KB237038

북천십이로

北天十二路

북천십이로 5
허담 新무협 판타지 소설

초판 1쇄 찍은 날 § 2012년 11월 2일
초판 1쇄 펴낸 날 § 2012년 11월 8일

지은이 § 허담
펴낸이 § 서경석

편집부장 § 권태완
편집책임 § 어정원
디자인 § 이혜정

펴낸곳 § 도서출판 청어람
등록번호 § 제1081-1-89호
등록일자 § 1999. 5. 31
어람번호 § 제2-2277호

주소 § 경기도 부천시 원미구 심곡2동 163-2 서경B/D 3F (우) 420—822
전화 § 032-656-4452 팩스 § 032-656-4453
http://www.chungeoram.com
E-mail § chungeorambook@daum.net

ⓒ 허담, 2012

ISBN 978-89-251-3066-8 04810
ISBN 978-89-251-2964-8 (세트)

북천십이로

北天十二路

5

대계(大計)

허 담 新무협 판타지 소설

ORIENTAL FANTASY STORY

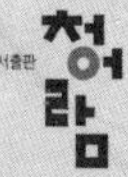

北天之路

目次

제1장   소요림   7

제2장   별이 지다   37

제3장   북천십이로   67

제4장   육방맹호진   99

제5장   출정(出征)   127

제6장   은얼위   157

제7장   북방의 산을 넘다   187

제8장   설궁(雪宮)   217

제9장   설야(雪夜)   247

제10장   가득한 음모   275

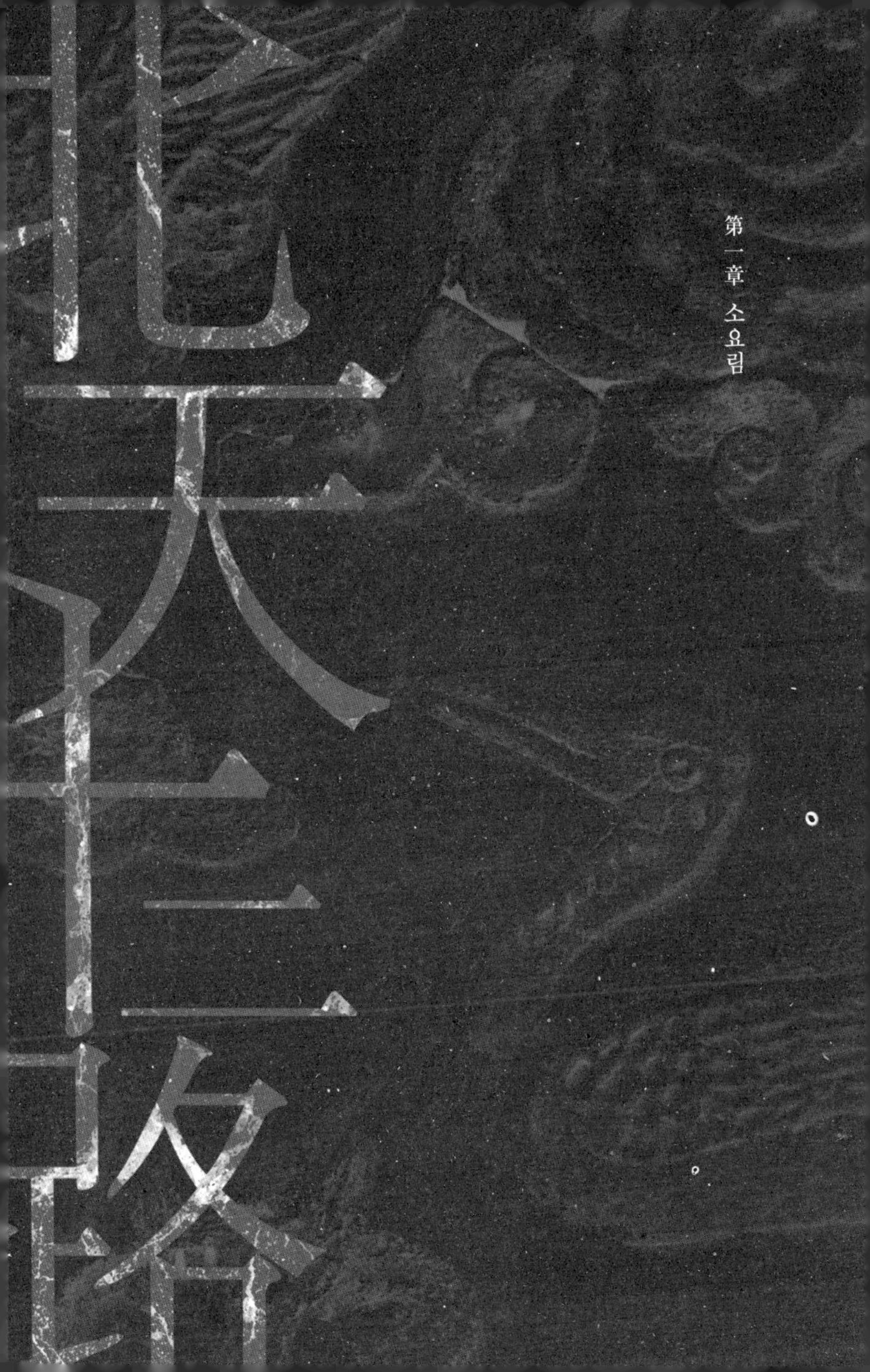
暗天子三路
第一章 소 요 림

"이건 정말 이상한 일이 아니오?"

금문십육사의 일인이자 금문 재정의 오 할을 감당한다는 금왕종의 장로 복만선이 중얼거렸다. 그러자 북종의 장로 강후상이 퉁명스레 되물었다.

"뭐가 말이오?"

강후상은 금온에 의해 거의 반강제로 장로 자리를 내놓고 은거하게 되었으므로 심기가 여간 어지러운 것이 아니었다.

"태상장로 말이오."

"태상장로가 어쨌단 말이오?"

이번에는 풍종의 금엽이 물었다. 그 역시 이번에 자진해서 장로의 자리를 내놓았지만 그래도 자신의 사위 손순이 그 자리를 이어받게 되어서인지 강후상만큼 불편한 표정은 아니었다.

"태상장로가 아무리 금분세수하고 은퇴를 한다 해도 어찌 우리 십육사를 배웅치 않는단 말이오."

"그만큼 우릴 하찮게 보는 것 아니겠소?"

금엽이 퉁명스레 대답했다.

"그야 어제오늘 일이 아니지 않소? 그렇지만 태상장로는 우리 십육사 중 누구라도 청도에 오면 반드시 그 배웅을 직접 했소. 그런데 오늘 우리 삼 인이 청도를 떠남에도 나와 보지 않는다는 것은 확실히 이상한 일이 아니오?"

복만선의 말에 이번에는 강후상이 분기를 드러내며 말했다.

"복 장로는 몰라도 우리 두 사람은 이미 장로의 자리에서 물러나기로 했으니 배웅할 필요조차 없다고 생각하는 것 아니겠소?"

"그렇지가 않소. 어제 떠난 사람들도 태상장로의 배웅을 받지 못했소. 생각해 보면 우리가 이 청도에 온 후 그의 얼굴을 본 것은 오직 단 한 번뿐이오. 이건 너무 이상하지 않소? 아무리 태상장로가 도도한 사람이라고 해도 그간 우리 십육사에 대해서는 그 예법에 어긋남이 없지 않았소?"

복만선의 말에 금엽이 고개를 끄덕이며 대답했다.

"음, 듣고 보니 과연 그렇긴 하구려. 우리가 청도에 머문 것이 십여 일, 그런데 오직 단 한 번만 얼굴을 보이다니 과연 이상한 일이오."

그러자 포구를 앞에 두고 강후상이 발걸음을 멈췄다.

"왜 그러시오?"

금엽이 의아한 얼굴로 강후상을 바라봤다. 그러자 강후상이 눈빛을 빛내며 말했다.

"듣고 보니 확실히 이상하구려. 소도주에게 금문을 물려주는 일은 결코 가벼운 일이 아니오. 그런데 단 한 번의 만남으로 그 일을 처리했소. 그래서 우리 삼 인은 물론 다른 장로들도 무척 불쾌해했단 말이오. 태상장로가 누구요. 강온과 진퇴에 관해선 타의 추종을 불허하는 사람이오. 그런데 이렇게 장로들을 도발한다는 것은 소도주를 위해서도 결코 좋은 일이 아니오."

"그럼 도대체 왜 태상장로가 이토록 무례하게 일을 처리했을까요?"

금엽이 고개를 갸웃했다. 그러자 복만선이 눈을 가늘게 뜨며 마치 천기를 누설하듯이 말했다.

"두 분, 혹 회광반조라고 아시오?"

순간 강후상과 금엽이 동시 눈을 크게 뜨며 복만선을 바라봤다.

"복 장로, 설마……."

금엽이 믿을 수 없다는 듯 복만선을 바라봤다. 그러자 복만선이 의미심장한 표정을 지으며 말했다.

"수천종 금백범 장로는 천문에 통달한 사람이오. 그가 며칠 전 유성의 흐름을 보고 계림의 큰 별이 질 거라고 했소. 그래서 우린 내심 태상장로의 명이 다했구나 이렇게 생각을 하고 있었소. 그런데 지난 모임에서 태상장로의 모습이 워낙 강건하여 크게 놀랐던 것이오. 그래서 금 장로가 보았던 유성은 우리가 모르는 다른 이인이 멸할 징조라 생각했던 것이오. 그런데… 만약 태상장로가 그날 보였던 모습이 회광반조라면……."

“음, 이건 확인을 해봐야겠소. 어쩌면 우리에게 다시 기회가
생길지도 모르겠소.”

강후상의 눈빛이 형형하게 빛났다. 그때 포구에서 한 사내가
달려와 세 사람에게 고개를 숙이며 말했다.

“배가 준비되었습니다. 오르시면 됩니다.”

그러자 강후상이 고개를 저었다.

“아니다. 출발을 미룬다.”

“네?”

“잊은 일이 있다. 두어 시진이면 족할 것이니 배에서 기다리
도록 하거라.”

“알겠습니다.”

“그리고 혹시 모르니 모두 병장기를 패용하고 있도록 하라.”

“도검을 말입니까?”

사내가 조금 놀란 표정으로 물었다. 그러자 강후상이 엄중한
표정으로 대답했다.

“그렇다. 이 일은 비상한 일이니 모두들 흩어지지 말고 자리
를 지키도록 하라.”

“알겠습니다.”

사내가 고개를 숙이며 대답했다. 그러자 강후상이 복만선과
금엽을 보며 말했다.

“자, 우리 돌아가 봅시다.”

“어디로 갈 거요?”

“그야 당연히 소요림이 아니겠소?”

강후상의 대답에 금엽이 걱정스런 표정으로 말했다.

　"괜찮겠소? 소요림은 태상장로가 은거하는 순간 금지가 되었소. 누구라도 태상장로의 청정을 방해하는 자는 목숨으로 죄를 묻겠다고 하지 않았소?"

　금엽의 말에 강후상이 눈빛을 번뜩이며 말했다.

　"그렇다면 이대로 돌아가 장로 자리를 내놓고 산속에 처박혀 살자는 말이오? 그러기엔 우린 아직 힘이 남아 있소. 그리고 유성이 떨어진 거 하며, 너무 활기찬 태상장로의 모습, 이후 단 한 번도 얼굴을 내밀지 않은 것을 보면 우리의 짐작이 구 할은 맞을 거요. 태상장로는 필시 위독하거나 아니면 벌써 죽었을 수도 있소. 이런 상황에서 어찌 그 애송이에게 금문을 내어주고 물러날 수 있단 말이오? 가봅시다."

　"그러다 만약 일이 잘못되면……?"

　"그때는 어떻게든 이 청도를 탈출해 잠시 몸을 숨겼다가 태상장로가 죽은 후 다시 금문으로 돌아오면 되오. 그의 나이 벌써 백이십. 오늘이 아니더라도 설마 십 년을 더 살겠소? 모험을 해봅시다. 잘만 되면 우리가 금문의 주인이 될 수도 있소."

　강후상의 말에 복만선과 금엽이 표정을 굳히며 고개를 끄덕였다.

　"좋소, 가봅시다. 나도 이대로 무림을 떠나기는 억울하니."

　금엽이 동의하자 세 사람이 서로 시선을 교환한 후 발걸음을 돌려 청도 안쪽으로 나는 듯이 달려가기 시작했다.

　청도주 금온이 청도에 거처를 정한 후 그의 손길에 의해 수많은 명소가 생겨났다. 그런데 최근 들어 다시 하나의 명소가 생졌으니 그 이름이 소요림이다.

소요림은 수백 그루의 소나무로 이뤄진 숲으로 섬 북쪽 절벽 인근에 있었는데, 지금까지는 그저 북풍을 막아주는 방풍림 역할을 하던 숲이었으나 며칠 전 금온이 이 숲에 은거하면서부터는 청도 제일의 신비지처로 변한 곳이다.

북풍이 불어와 송림을 흔들었다. 그러자 바람을 타고 솔잎 향이 사방으로 퍼져 나갔다. 그런데 한순간 그 바람 속에 삼 인이 모습을 드러냈다. 청도를 떠나려다 발걸음을 돌린 강후상과 금엽 그리고 복만선, 이 세 장로였다.

그들은 바람을 받아 기이한 소리까지 흘려내는 소요림을 조금은 두려운 눈으로 응시했다.

"들어갑시다."

강후상이 입술을 깨물었다.

"정말 괜찮겠소?"

금엽이 다시 묻는다.

"여기까지 와서 태상장로의 상세를 확인하지 않고 그냥 돌아갈 수는 없지 않겠소? 최악의 경우를 생각해도 죽지 않을 자신은 있소. 갑시다."

강후상의 자신있는 말투에 금엽과 복만선도 용기를 내 송림 안으로 들어가기 시작했다.

스스스!

세 사람이 소요림으로 들어서자 다시 한 차례 바람이 불어왔다. 그러자 어디서 몰려왔는지 모를 안개가 그 입구에서부터 소요림을 가리기 시작했다.

"확실히 기이하구려."

어느새 자신들을 휘감은 안개를 불안스럽게 바라보며 복만선이 중얼거렸다.

"그러게 말이오. 이건 진이 펼쳐진 듯한 현상인데……."

금엽도 고개를 갸웃했다.

"잡인의 출입을 금한다고 했으니 진이 펼쳐져 있는 것은 이상한 일이 아니오. 그나저나 다 온 모양이오."

강후상이 물결처럼 일렁이는 운무에는 별 관심이 없는 듯 손을 들어 송림 안쪽 우뚝 솟은 절벽을 가리켰다. 절벽 하단에는 굳게 닫힌 석문이 존재했는데 그 위에는 금동(金洞)이라는 글씨가 커다랗게 새겨져 있었다.

"인기척이 없구려."

금엽이 여전히 불안한 시선으로 석문을 보며 말했다.

"그러니 더 이상한 것이오. 만약 정말 그가 이곳에 은거했다면 비록 잡인의 출입을 금한다 해도 적어도 그의 시중을 드는 사람은 있어야 할 것 아니오? 그런데 쥐새끼 한 마리 보이질 않소. 그러니 과연 저 안에 그가 있겠소?"

"음, 듣고 보니 강 장로의 말이 맞구려. 가서 석문을 열어봅시다."

용기가 났는지 복만선이 먼저 석문을 향해 다가갔다.

석문은 대략 높이가 일 장 반, 넓이가 한 장은 되어 보였다. 얼핏 보아도 그 두께가 한 자 이상은 되어 범인의 힘으로는 도저히 열 수 없는 무게였다. 그러나 아무리 무거운 석문이라도 금문의 장로들을 가로막을 수는 없었다.

턱!

복만선 옆으로 다가선 금엽이 먼저 석문에 손을 댔다. 그러고는 서서히 진기를 끌어올리기 시작했다.

두둑!

석문 아래쪽에서 무거운 석문이 움직이는 소리가 일어났다. 그러더니 이내 석문이 우측으로 밀리기 시작했다.

그그그!

석문이 사람 두어 명 들어갈 정도로 열렸다. 열린 석문 안쪽에서는 검은 어둠이 세 사람을 기다리고 있었다. 그런데 비록 호기롭게 석문을 열기는 했지만 세 사람 중 누구도 먼저 석문 안 동굴 속으로 들어가지는 못했다. 막상 어두운 동굴을 대면하고 나니 억눌렀던 두려움이 새삼스레 생겨나는 것이었다.

"사람이 있을 만한 곳이 아니오."

동굴 속 짙은 어둠을 보며 복만선이 중얼거렸다. 그러자 강후상이 고개를 끄덕였다.

"맞소이다. 이곳에 태상장로가 있다면 필시 동굴 속에 야광주를 달아두어 어둠을 쫓았을 것이오."

그러나 강후상 역시 동굴 안에 금온이 없다는 것을 확신하면서도 여전히 동굴 안으로 들어가지 못했다. 대신 은근하면서도 낮은 목소리로 동굴 속을 향해 소리쳤다.

"태상장로님, 불초 강후상입니다. 이제 청도를 떠나면 세속을 떠나 깊은 산중에 은거하여 평생 강호에 나오지 못할 터이니 떠나기 전에 마지막 인사를 드리러 이렇게 명을 어기고 찾아왔습니다. 부디 못난 늙은이들의 마지막 인사를 받아주십시오.”

정중하게 동굴을 향해 말을 한 강후상이 두어 걸음 동굴에서 벗어나 두 손에 진기를 끌어올리고는 동굴 속 반응을 살폈다. 하지만 동굴 속에선 어떤 대답도 들려오지 않았다.

“역시 없는 것인가?”

이번에는 복만선이 서너 걸음 동굴 안쪽으로 들어가 고개를 빼 들고 동굴 속을 살피며 중얼거렸다. 그런데 그때였다.

“무슨 일이오?”

문득 그들의 등 뒤에서 한줄기 서늘한 목소리가 들렸다. 그러자 세 사람이 화들짝 놀라 뒤를 돌아봤다.

“음, 차 노사였구려.”

세 사람의 등 뒤에선 차유가 노기를 담은 눈으로 삼 인을 노려보고 있었다.

“이곳엔 어쩐 일들이시오? 소요림이 금지인 것을 모르시오?”

“아, 물론 우리가 어찌 소요림이 금지임을 모르겠소. 다만, 우린 섬을 떠나기 전 태상장로님을 마지막으로 뵙고 작별의 인사를 드리기 위해 이렇게 무례를 무릅쓰고 소요림을 찾았소이다.”

“이미 도주께서 십육사 장로들과 회동하여 문의 일을 정리하고 작별을 고하신 후 향후 더 이상 외인을 만나지 않겠다고 선언하셨는데 새삼스레 무슨 인사란 말이오?”

그러자 금엽이 능청스럽게 대답했다.

“우리와 다른 장로들은 다르지 않소?”

“뭐가 다르단 말이오?”

"다른 장로들이야 여전히 금문의 장로로서 청도에 드나들 터이니 우연한 기회라도 태상장로님을 뵈올 일이 어찌 없겠소. 그러나 나와 강 장로는 다르오. 이제 우리도 태상장로님의 뒤를 따라 금문의 일에서 손을 놓고 은거를 하게 되었으니 오늘 청도를 떠나면 다신 태상장로님을 뵐 일이 없을 것이오. 그러니 어찌 마지막 인사를 올리지 않을 수 있겠소. 태상장로님께 우리가 왔음을 알려주시오."

금엽이 차유의 표정을 살피며 말했다. 순간 차유가 나직하게 탄식을 흘렸다.

"아, 이제 보니 당신들은 도주께 인사를 올리러 온 것이 아니구려."

"아니 그게 무슨 말씀이오. 그럼 우리가 태상장로님을 왜 찾아왔단 말이오?"

"당신들은 아마도 도주님의 상세를 마지막으로 살피기 위해 왔을 거요. 도주님의 갑작스런 은거를 의심했겠지. 그리고 만약 도주님의 안위에 문제가 있다면 청도를 장악하고 금문이 주인이 될 기회를 노리려 함이 아니오?"

순간 강후상이 서늘한 표정으로 소리쳤다.

"말을 삼가시오! 비록 그대가 태상장로님의 수족으로 금문도에게 존중을 받고 있다고 해도 우린 금문의 장로들이오. 그대가 감히 그런 모함을 할 사람들이 아니란 말이오?"

"모함이라……. 나도 그랬으면 좋겠소. 오해를 풀고 싶다면 지금이라도 도주님의 명을 따라 이곳을 벗어나시오."

"우린 반드시 태상장로님을 뵈어야겠소."

"도주님의 분노를 감당할 수 있겠소? 사실 내가 그대들에게 돌아가기를 권하는 것은 그대들을 위함이 아니라 도주님을 위함이오. 도주께서 그대들을 베시기라도 한다면 그 청정한 삶에 사기가 끼어들 테니 어찌 내가 걱정하지 않을 수 있겠소?"

"하하하, 차 노사의 충정을 어찌 모르겠소? 하지만 태상장로께서 이만한 일로 우리 장로들의 목이야 베시겠소?"

"그야 모르는 일이 아니오?"

차유의 말에 강후상 등 삼 인이 잠시 두려운 기색을 보이다가 이내 얼굴빛을 회복하며 고집을 피웠다.

"어찌 되었든 우린 반드시 태상장로님을 뵈어야겠소. 자, 들어가 봅시다. 과연 태상장로께서 안에 계신지."

강후상이 금엽과 복만선을 충동하고는 자신이 먼저 동굴 안으로 들어서려 했다. 그런데 그 순간 갑자기 동굴 안에서 낮으면서도 무거운 목소리가 들려왔다.

"내게 인사를 하러 왔다고?"

순간 강후상 등이 화들짝 놀라며 잠시 어찌할 바를 모르다가 그 자리에 부복하며 입을 열었다.

"태, 태상장로님을 뵈옵니다."

그들의 지위로 볼 때 아무리 금온이 금문의 태상장로라도 무릎을 꿇을 일은 아니었지만 갑작스런 금온의 등장이 그들을 두려움에 빠뜨려 자신들도 모르게 땅에 엎드린 삼 인이었다.

"인사는 이미 지난날 나누지 않았는가? 그러니 그대들이 날 찾아온 까닭은 달리 있으리라. 자, 무슨 일로 날 보려는 건가?"

다시 금온의 목소리가 들려왔다. 그런데 기이한 것은 금온의 목소리만 들릴 뿐 그의 모습은 동굴 속 어둠에 가려 제대로 보이지 않는다는 것이었다.

그러나 세 사람은 금온의 목소리만으로도 충분한 공포를 느꼈다. 그들의 얼굴이 굳었고, 그들의 몸이 떨렸다.

"묻지 않는가? 무슨 일로 날 보려 하는가?"

다시 어둠 속에서 금온의 목소리가 들려왔다. 그러자 그나마 정신을 차린 복만선이 입을 열었다.

"저, 저희는 단지 인사를 여쭙기 위해 왔을 뿐입니다. 이제 떠나면 다신 청도에 오지 못할 것 같아서……."

"만 장로 그대는 은거할 것도 아니지 않은가?"

"저, 전 그저 두 장로와 동행을 하던 차에 함께 태상장로님을 뵈올 요량으로 따라왔습니다."

"음, 알겠네. 사람의 정리란 것이 깊고 깊으니 어쩔 수 없지. 우리가 함께 한 수십 년 세월을 뒤로하고 이제 이별을 하려니 마음이 서글프지 않을 수 없겠지. 그러나 난 이미 세상과의 연을 끊고 은거를 하기로 마음먹었으니 이렇게 인사를 나눈 것으로 만족하고 그만들 돌아가시게. 은자가 세속의 빛을 하루 쪼이면 그 마음에는 열 겹의 때가 끼는 법이네. 이제 그만 날 자유롭게 놓아주시게들."

금온의 말에 강후상과 금엽이 고개를 숙여 보이며 대답했다.

"알겠습니다, 태상장로! 이제 물러가면 다신 뵙지 못할 터이니 부디 평안하시길!"

"자네들도 평안하게. 내 배웅은 하지 않겠네."

금온의 말에 강후상과 금엽이 자리에서 일어났다. 그런데 이상하게도 복만선은 여전히 머리를 땅에 대고 일어날 생각을 하지 않았다.

"이보시오, 만 장로. 뭘 하시오. 그만 갑시다."

강후상이 두려운 빛으로 복만선을 재촉했다. 그러자 복만선이 갑자기 뜻밖의 말을 했다.

"태상장로께 마지막으로 한 가지 청이 있습니다."

"음, 또 무엇인가?"

금온의 조금 차가워진 목소리로 대답했다.

"이렇게 어렵사리 태상장로님을 만났는데 어찌 존안을 한번 뵙지 않을 수 있겠습니까? 그러니 부디 마지막으로 태상장로님의 존안을 뵐 수 있게 허락해 주십시오."

순간 강후상이 놀란 얼굴로 복만선을 만류하려다가 복만선과 눈이 마주쳤다. 순간 복만선이 가볍게 고개를 끄덕였다. 그러자 강후상이 잠시 어리둥절한 표정을 짓다가 무슨 생각이 들었는지 재빨리 고개를 돌려 동굴 안쪽을 바라봤다. 그러고는 안색을 바꾸며 정중한 목소리로 말했다.

"저 또한 마지막으로 태상장로님의 존안을 뵙기를 청합니다. 어렵게 걸음을 하였는데 어찌 존안도 뵙지 않고 떠날 수가 있겠습니까?"

강후상까지 나서자 두 사람의 갑작스런 행동에 의아해하던 금엽 역시 뭔가를 깨달았는지 이내 소리를 높여 말했다.

"이 늙은이 또한 태상장로님의 존안을 뵙지 않으면 차마 걸음을 뗄 수 없겠습니다. 부디 조안을 뵙는 것을 허락해 주십시오."

어느새 복만선은 자리에서 일어나 있었다. 세 사람은 마치 일생일대의 강적을 만난 것처럼 동굴 속을 노려보며 금온의 대답을 기다리고 있었다.

"내 이미 물러가라 말했거늘 늙어 은거를 했다고 이젠 내 말을 무시하는 것인가?"

금온의 차가운 목소리가 들려왔다. 그러자 복만선이 입가에 미소를 지으며 말했다.

"아무리 생각해도 태상장로님의 몸이 성치 않은 듯하여 저희로서는 걱정을 아니할 수 없습니다. 마침 제가 의술을 좀 알고, 품에 희대의 영약이 몇 개 있으니 몸이 불편하시면 제가 도움이 될 수 있을 겁니다."

복만선의 말에는 어떤 확신 같은 것이 깃들어 있어서 절대 이대로 물러갈 뜻이 없어 보였다. 그러자 그들의 뒤쪽에 있던 차유가 노성을 터뜨렸다.

"이미 도주께서 물러갈 것을 명하셨거늘, 감히 당신들 세 사람이 도주님의 뜻을 거역한단 말이오? 설마 반역이라도 하시려는 것이오?"

"반역이라니 무슨 말씀을 그리하시오? 우리 십육사가 태상장로님의 존안을 뵙겠다는 것이 어찌 반역이란 말이오?"

"태상장로께서 외인을 보기 싫다 하지 않으셨소?"

"그러나 우리 역시 걱정이 되어 이대로 돌아갈 수는 없소. 태상장로님의 안위를 살펴야겠소."

강후상이 고집을 피웠다. 그러자 차유가 참지 못하고 검을 뽑아 들었다.

"감히 도주님의 명을 듣지 않겠다니 그 죗값을 감당할 수 있겠소?"

차유가 검을 빼 들자 강후상의 눈에서 살기가 돌았다.

"그대가 감히 우리에게 검을 빼 들 자격이 있다고 생각하는가? 그대는 그저 태상장로님의 가노일 뿐이야. 우린 금문의 십육사다. 그런데 감히 우리에게 검을 뽑아!"

"강 장로의 말이 맞소. 난 도주님의 가노요. 가노란 본시 주인을 위해 목숨을 거는 사람, 그대들의 신분이 어떻든 그건 나와 상관없소."

"후후후, 과연 충직한 가노이군. 그러나… 과연 우릴 감당할 수 있겠나?"

강후상이 나직한 살소를 흘리며 말했다. 그러자 차유가 노기를 담은 어조로 말했다.

"잊었소? 내가 원했다면 그대들 자리 중 하나는 나의 것이었음을!"

"물론 어찌 그 사실을 잊을 것인가? 그러나… 그대는 하나고 우린 셋이나 되지. 그러니 아무리 그대의 무공이 대단해도 오늘 우리의 행보를 막을 수는 없을 거야."

"정말 도주님을 두려워하지 않는구려."

차유가 금온을 들어 위협했다. 그러자 이번에는 복만선이 빙그레 미소를 지으며 입을 열었다.

"이보시오, 차 노사. 우리가 왜 이곳에 왔는지 생각해 보셨소? 우리가 이곳에 와서 굳이 태상장로님을 뵈려 한 것은 태상장로님의 상세가 무척 심각하다고 판단했기 때문이오. 며칠 전

수천종의 금 장로가 계림을 향해 떨어지는 유성을 보았다고 했소. 그건 곧 계림의 큰 별이 진다는 뜻. 내 생각건대 아마도 지금 태상장로께선 홀로 거동키도 어려운 지경이실 것이오. 그러하니 우리가 이리 무례를 범하고 있음에도 아무런 벌을 내리지 않으시는 것 아니겠소? 하하하, 태상장로께서 위급하시다면 금문의 일은 다시 논의해야 할 것이오. 어찌 이 상황에서 나이 어린 소도주에게 금문의 태상장로 직을 넘길 수 있겠소. 마땅히 우리 늙은이들이 소도주를 도와 금문의 일을 처리해야 할 거요. 물론 그전에 태상장로님을 뵙고 허락을 얻어야겠지만.”

“정녕 낙성곡에서 도주한 반역자들의 뒤를 따르려는가?”

차유가 호통을 쳤다.

“후후후, 사실 그들에게 조금 미안한 감은 있소. 아마도 태상장로님의 상세가 위급해지신 것은 필시 낙성곡에서 중독된 독 때문일 터인데… 재주는 곰이 넘고 돈은 우리가 챙기게 되었으니… 금 장로, 금 장로께서 차노를 막아주시오. 그사이 우리는 석굴로 들어가 태상장로를 만나겠소.”

복만선이 금엽을 보며 말했다. 그러자 금엽이 잠시 망설이는 듯하다 고개를 끄덕였다.

“그렇게 합시다, 어차피 우린 한배를 탔으니.”

대답을 한 금엽이 바람같이 움직여 차유의 앞을 막아섰다. 그의 손에는 어느새 여섯 자루의 비도가 들려 있었는데 본래 금문 풍종은 경공과 비도에 통달한 자들이 모여 있는 곳이라 금엽의 경공술과 비도술은 강호제일의 경지에 올라 있었다.

“서두릅시다. 이러다가 다른 자들이 오면 낭패요.”

금엽이 차유를 막아서자 복만선이 강후상을 재촉했다. 그러자 강후상이 고개를 끄덕이고는 서둘러 석굴 안으로 들어가기 시작했다.

"태상장로님, 무례함을 용서하십시오!"

석굴로 들어서며 강후상이 소리쳤다.

"이놈들!"

차유가 검을 들어 올리며 노성을 토해냈다. 그러자 그의 앞을 가로막은 금엽이 고개를 저으며 말했다.

"차 노사, 진정하시오. 그대의 검만큼 내 비도도 무섭다는 걸 아시지 않소?"

금엽의 경고에 차유가 움직임을 멈췄다. 그리고는 금엽의 뒤쪽에서 석굴로 들어가는 강후상 등을 보며 나직하게 입을 열었다.

"너희가 정녕 살계의 문을 여는구나. 태상장로께서 그토록 너희를 살려주려 하셨건만… 이 미련한 인사들 같으니라구!"

순간 금엽의 표정이 일변했다.

"그게 무슨 소리요?"

금엽이 두려운 표정으로 물었다.

"두고 보면 알 일! 너희는 지옥문을 연 것이다!"

차유가 싸늘하게 말했다. 그 기세에 금엽의 몸이 자신도 모르게 떨려왔다. 그리고는 신형을 돌려 석굴 안으로 들어가는 복만선과 강후상을 바라봤다.

번쩍!

한 줄기 빛이 어둠을 갈랐다.

"헉!"

강후상의 입에서 기겁성이 터져 나왔다. 동시에 그의 신형이 바람처럼 뒤로 물러났다.

어느새 손에 들린 검이 빛을 향해 맹렬하게 휘둘러졌다. 그러나 빛줄기는 강후상의 검에 아랑곳하지 않고 그대로 강후상을 관통해 동굴 밖으로 뻗어 나왔다.

빛줄기에서 바람 가르는 소리가 일어났다. 그러자 빛줄기가 순식간에 방향을 바꿔 횡으로 움직이더니 경악스런 표정으로 뒤로 물러나던 복만선의 허리를 갈랐다.

"욱!"

복만선이 허리를 갈라오는 빛줄기를 간신히 피해내기는 했으나 등 쪽에 긴 상처를 남기며 동굴 밖으로 튕겨져 나왔다.

"으으!"

동굴을 물러난 복만선 옆으로 강후상이 한쪽 팔이 잘린 채 신음을 흘리며 내려섰다. 단번에 두 명의 절정고수가 심각한 부상을 입은 것이다.

"이, 이게⋯⋯?"

복만선이 등 쪽의 상처를 돌볼 여유도 찾지 못하고 당황한 눈으로 석굴 안을 바라보며 중얼거렸다. 그러자 석굴 안에서 금온의 목소리가 들렸다.

"과연 나의 오랜 친구들답군. 내 검의 마지막을 형제들의 피로 적시도록 기회를 주니 말이야. 맞는 말이다. 나 금온이 어찌 편히 은거에 들 수 있겠는가? 그동안 천하에 뿌린 피가 얼마더냐! 금문의 영화를 위해 수많은 사람의 피를 뿌렸지. 그중에는 금문과 아무런 상관없는 억울한 죽음도 있었으리라. 그런 내가 어찌 조용히 은거의 기회를 가질 수 있겠는가? 피를 밟고 살아왔으니 은거도 피의 문을 여는 것으로 해야겠지. 그대들은 어서 다시 들어오라. 나의 은거를 피로써 축하해 주도록 하라.”

금온의 깊고 음울한 목소리에 세 사람이 치를 떨었다. 도저히 감당할 수 없는 두려움이 그들의 정신을 지배했다.

“태상장로! 한 번만, 한 번만 용서해 주십시오!”

가장 영활한 머리를 가진 복만선이 그 자리에 부복했다. 그러자 퍼뜩 정신을 차린 금엽과 강후상도 땅에 이마를 대고 머리를 조아렸다.

“도주, 죽을죄를 지었습니다. 저희는 단지 도주님의 안위가 걱정이 되어서…….”

강후상이 시답지 않은 변명을 늘어놓았다. 그러자 다시 금온의 목소리가 들려왔다.

“실망이군. 설마 벌써 꼬리를 내리는 것인가?”

“부디, 부디 마지막으로 아량을 베풀어주십시오. 그리하면, 그리하면…….”

“그리하면 그대들은 나에게 뭘 줄 수 있는가?”

금온이 물었다. 그러자 세 사람이 모두 답을 하지 못한다. 그들이 금온에게 줄 수 있는 게 무엇이던가? 이미 금온은 모든 것을 가진 사람이다.

“원하시는 것은 무엇이든 하겠습니다.”

역시 장사꾼이 다르다. 이쪽에서 내어놓을 것이 없으면 상대가 원하는 것을 말하게 하는 것이 거래다.

"원하는 것은 뭐든?"

금온이 물었다.

"그렇습니다."

복만선이 이마로 땅을 찧었다. 그러자 금온이 호탕한 웃음을 터뜨렸다.

"하하하! 내 어찌 형제들의 목숨을 빌미로 그 대가를 원하겠는가? 이미 난 강호를 떠난 사람, 그대들은 이대로 물러가도록 하라. 내게 남은 욕심은 오직 청정뿐이니."

"태상장로……!"

금엽이 금온의 말에 감동을 했는지 떨리는 목소리로 금온을 부르며 다시 이마를 땅에 대었다. 그러자 금온이 타이르듯 말했다.

"사람이 가장 버리기 힘든 것이 욕심이라. 그대들의 마음속에도 어찌 세상을 향한 야망이 없겠는가. 그러나 이미 금문의 일은 금령 그 아이에게 넘어갔네. 그러니 괜한 욕심 부리지 말게. 나야 그대들과 함께한 세월이 있으니 그 정을 이기지 못하고 이렇게 돌려보내지만 금령 그 아이였다면 필시 그대들의 목을 베었으리. 그뿐인가? 후환을 없애기 위해 그대들의 피붙이 역시 단 한 사람도 살아남기 어려웠을 것이네. 그러니 어서 가게. 령이 이 사태를 알면 무슨 일이 벌어질지 나도 두렵군. 그 아이가 금문의 주인으로 하는 첫 번째 일이 형제들에 대한 혈겁이 되어서는 안 되지 않겠는가?"

금온의 말에 복만선이 두어 번 땅에 머리를 찍으며 대답했다.

"태상장로님의 말씀이 맞습니다. 저희들이 잠시 욕심에 눈이 멀어 태상장로님의 청정을 방해했으니 죽어 마땅합니다. 그러나 태상장로께서 깊은 은혜로 이렇게 목숨을 살려주시니 향후 우리 세 사람은 물론 그 후인들은 소도주님을 태상장로님 모시듯 충성을 다할 것입니다."

"그래주면 나야 고마운 일이고. 자, 작별이 길어선 안 되니 돌아들 가시게!"

금온이 축객령을 내리자 복만선 등 삼 인이 조심스레 자리에서 일어났다. 그러고는 뒷걸음으로 석굴에서 멀어지더니 송림에 이르자 이내 신형을 돌려 바람처럼 송림 속으로 사라졌다.

"쿨럭!"

삼 인이 사라지자 문득 석굴 안에서 깊은 기침 소리가 들려왔다.

"도주님!"

차유가 기침 소리에 놀라 급히 동굴 안으로 뛰어들었다. 동굴로 들어선 차유의 눈에 태사의에 앉아 있는 금온과 그 뒤에 우뚝 서 있는 한 사람의 모습이 보였다.

"쿨럭!"

다시 금온이 기침을 했다. 그러자 차유가 재빨리 금온 앞에 무릎을 꿇고 그의 등에 손을 댔다. 아마도 진기를 전해 금온의 발작을 줄이려는 모양이었다.

금온은 차유의 진기가 전해지자 서서히 호흡을 진정하기 시작했다. 그러고는 잠시 후 그의 얼굴이 본래의 색을 되찾았다.

“괜찮으십니까?”

차유가 걱정스레 물었다. 그러자 금온이 힘없이 고개를 끄덕였다.

“괜찮아.”

“어쩌자고 무공을 사용하셨습니까?”

차유가 질책하듯 말했다. 그러자 금온이 빙그레 미소를 지었다.

“자네… 내가 이런 몸으로 그런 무공을 시전할 수 있다고 생각하는 건가?”

“하면……?”

차유가 놀란 표정을 짓다가 금온의 뒤에 서 있는 사내를 바라봤다.

“자네가?”

차유가 물었다. 그러자 동굴의 어둠 속에 서 있던 사내가 고개를 끄덕였다.

“제가 도주님을 대신해 검을 썼습니다.”

석요송이다.

“으음, 그랬군. 어쩐지 처음 보는 검초라 생각했지.”

차유가 고개를 끄덕였다. 그러자 금온이 고개를 돌려 석요송을 보며 물었다.

“그런데 넌 그들이 올 것을 어찌 알고 이곳으로 왔느냐? 혹 령이 명을 하더냐?”

“아닙니다.”

“석요송이 고개를 저었다.

"하면?"

"그들이 올 것을 알고 도주님을 뵈러 온 것은 아닙니다."

"다른 볼일이 있어 왔다가 그들을 만난 것이라는 말이군."

"그렇습니다."

석요송이 고개를 끄덕였다. 그러자 금온이 물었다.

"네 볼일은 뭐냐?"

"여쭐 것이 있습니다."

"음, 내게 더 들을 말이 남아 있다니 이상하군. 그래, 물어보고 싶은 것이 뭐냐?"

"계림혈사에 대해 이상한 말을 들었습니다."

순간 지쳐 있던 금온의 표정이 일변했다. 등 뒤에 서 있는 석요송은 알 수 없었지만 금온의 눈빛이 밤 호랑이처럼 번쩍였다.

"계림혈사?"

"그렇습니다."

"음, 그 일이 비록 본 문에서 논하는 것이 금기시된 일이긴 하지만 인검으로서 이미 상세히 알고 있을 터인데? 그런데 거기에 무슨 이상한 말이 있다는 것이냐?"

"저도 그리 생각하고 있습니다만, 누군가 계림에서 제 아버님이 돌아가신 데에는 다른 이유도 있다고 하더군요."

"다른 이유가 있을 턱이 있나? 계림혈사는 결국 왕 씨의 충견인 추룡사들이 우리의 계획을 미리 알아차리고 함정을 파놓았기에 벌어진 일이었다. 다른 이유가 있을 리가 없다."

"그렇군요. 그런데 또 누군가는 제 아버님이 살 수도 있었다고 하더군요."

"그 누군가가 누구냐?"

금온이 써늘한 어조로 물었다. 그러자 석요송이 가볍게 고개를 저었다.

"말씀드릴 수 없습니다."

"무슨 소리냐?"

"그에 대해 말한다면 도주께서는 그를 죽이시겠지요. 그러니 어찌 제가 그의 이름을 말하겠습니까?"

"누군가의 이간계라는 생각은 하지 않았느냐?"

"물론 그럴 수도 있겠지요. 그래서 전 그 일에 대해 완벽하게 모든 것을 알기를 원하는 것입니다."

석요송의 말에 금온이 나직하면서도 단호하게 말했다.

"계림혈사에 대해선 나도 더 이상 할 말이 없다. 애석한 것은 당시 내가 계림에 가지 않았던 것이지. 그 한 번의 실수가 나의 천추의 한이다."

"알겠습니다. 도주님의 답을 들었으니 이만 물러가겠습니다."

"그리하거라. 인검이 주인의 곁을 오래 비워서는 안 되는 법이니라."

"명심하지요."

석요송이 금온의 뒤쪽에서 고개를 숙여 보이고는 희미한 그림자를 남기며 그 자리에서 사라졌다. 석요송이 사라지자 금온이 힘겹게 이마를 짚으며 중얼거렸다.

"결국 저 아이의 귀에 들어갔군."

"아직 정확한 내막은 모르는 것 같으니 너무 걱정하실 일은 아닙니다."

"누굴까?"

금온의 말에 차유가 곰곰이 생각에 잠겼다가 눈빛을 번쩍이며 말했다.

"한 가지 실수를 한 것이 있는 듯합니다."

"실수? 우리가 뭘 실수했지?"

금온이 눈살을 찌푸리며 물었다. 그러자 차유가 침착함 목소리로 대답했다.

"금산에서 요송의 비무를 허락하는 것이 아니었습니다."

"흑수마혼!"

금온이 마른 손으로 무릎을 쳤다.

"그라면 그 일을 짐작하고 있을 수도 있습니다. 더군다나 요송은 도주님께서 허락을 구해 금옥에서 그를 만나기까지 했지요."

"으음, 그래, 맞아. 흑수마혼 그자야. 그자가 반역을 한 데에는 계림에서 묘문이 죽었기 때문이기도 하지. 그래도 당시에는 그저 묘문의 죽음 그 자체에 분노했을 거라 생각했는데 결국 어느 정도 그 내막을 의심하고 있었다는 말이 되는군. 그런데 의문이군. 묘문의 죽음에 얽힌 비밀을 그자가 어찌 알았을까? 흑수마혼은 계림에 가지도 않았는데."

"글쎄요. 정말 듣고 보니 그렇군요. 제가 금산엘 다녀오지요."

"서두르지 말게. 일단은 내 장례나 치르고 나서……."

"도주님!"

차유가 화들짝 놀라 금온을 바라봤다. 그러자 금온이 미소를 지으며 대답했다.

"길지 않았어. 오 일 안에 끝날 거야. 아! 미리 이런 결단을 내릴 것을! 겨우 보름도 편한 삶을 즐기지 못한다는 건가? 너무 가혹한 일이 아닌가?"

금온이 탄식했다. 그러다가는 다시 고개를 저으며 중얼거렸다.

"아니지. 내 손에 죽어간 자가 얼마던가. 당연히 천벌을 받아야 마땅한 내게 하늘이 어찌 안락함을 주시겠는가? 이 며칠을 허락한 것도 과분한 것이지."

"도주님!"

차유의 노안에 이슬이 맺혔다. 그러자 금온이 그런 차유를 보며 다시 냉엄한 목소리로 말했다.

"잊지 말게. 내가 죽거든 반드시 거할을 찾아. 그리고 그를 베게. 요송이 변심을 하면 금문의 대업도 끝이야. 흑수마혼도 없애게. 그자가 요송과 마음이 맞으면 령이 위험해. 또한… 요송을 살피게. 내 비록 단중자를 령의 곁에 두었지만 령은 아마도 요송을 더 의지하려 들 게야. 내가 보아도 단중자보다는 요송이 든든해 보이거든. 그러나 령이 요송을 의지하면 할수록 령은 위험해질 걸세. 그러니 요송을 살펴주게."

"살아 있는 한은 그리하겠습니다. 그러나 저 또한 명이……."

"껄껄껄! 걱정 말게. 내 천기를 보았어. 자네 명은 적어도 십 년은 충분해. 그 정도면 령이 천하를 손에 넣겠지. 그나저나 이젠 정말 죽을 자리를 찾아야겠군. 내 오 일 뒤 계림에서 떠오르는 해를 보며 죽을 생각이네. 그리 준비해 주게.”
　“도주!”
　“하늘에 내 명을 온전히 맡기는 것은 내 성정에 맞지 않아. 내 명은 내가 결정하겠네. 어차피 하루 이틀 차이겠지만.”

第二章 별이 지다

　석요송은 길게 이어진 석굴을 따라 걸었다. 섬의 북쪽에서 동쪽까지 이어진 이 길의 존재를 아는 사람은 청도에 채 열이 되지 않았다. 청도주 금온과 금령, 그리고 그들의 분신만이 알고 있는 길이었다.

　희미한 야광주는 빛의 구실을 제대로 하지 못해 석굴은 칠흑처럼 어두웠다. 그러나 석요송이 걸음을 옮기는 데에는 아무런 문제가 없었다. 석굴 바닥이 걷기 편하도록 매끈하게 다듬어져 있기 때문이다.

　모든 길에는 끝이 있다. 영원히 이어질 것 같던 석굴도 역시 끝이 났다. 거대한 석문이 길을 막았다. 석문을 열고 나서면 다른 세상이리라. 그리고 그곳에 오늘 다른 세상으로 가려는 사람이 그를 기다리고 있었다.

그르르!

석요송이 석문을 열었다. 투명한 새벽빛이 동굴 안으로 들어왔다. 아직 태양빛에 물들지 않은 새벽빛은 세상에서 가장 투명하고 맑은 빛이다. 석요송은 그 빛 속에 쓸쓸하게 앉아 있는 노인을 응시했다. 그의 좌우로 금령과 차유가 비통한 표정으로 서 있었다.

"왔군."

금온의 낮은 목소리가 들렸다. 금령의 시선이 석요송에게로 향했다. 석요송이 가볍게 고개를 숙여 보였다.

"이리 오너라."

다시 금온의 목소리가 들렸다. 석요송이 무거운 발걸음으로 금온의 곁으로 다가갔다. 그러자 금온이 석요송을 바라봤다. 순간 석요송이 자신도 모르게 흠칫했다. 금온의 눈에서 감출 수 없는 죽음의 기운을 읽었던 것이다.

'정녕 오늘인가?

석요송이 금온의 눈을 보며 생각했다. 물론 금온이 오늘 이승을 떠날 것이란 걸 모르지는 않았다. 그러나 그의 예언이 정말일지, 그날이 진정 오늘, 지금이라고는 실감이 나지 않는 석요송이다.

"어떠냐?"

"……?"

"내가 불쌍하냐?"

금온이 죽음이 내려앉은 입가에 미소를 지으며 물었다.

"아닙니다."

"그럼 초라하냐?"

"세상을 가지신 분이 어찌 초라하겠습니까?"

그러자 금온이 고개를 저었다.

"거짓말을 하고 있구나. 네놈은 날 불쌍한 노인네, 비참한 노인네로 보고 있는데……. 맞아, 난 불쌍한 노인이다. 그러니 죽은 이 순간만큼은 날 원망치 말거라."

"……."

석요송이 대답을 하지 않았다. 그러자 금온이 다시 입을 열었다.

"하긴 지나친 욕심이지. 네게 몹쓸 짓을 해놓고선 죽는 순간 용서를 바라다니……. 그러나 요송."

"말씀하십시오."

"나에 대한 원망을 령에게로 돌리지는 말거라. 령과 너는 다른 인연이다."

"……."

다시 석요송이 침묵을 지켰다.

"후후, 이 또한 욕심인가? 하긴 내가 아니었다면 둘이 만났을 리도 없으니. 아, 업은 또 이렇게 이어질 수밖에. 하지만 아무튼 너희 둘은 잘 지내길 바란다. 그리고 때가 되면… 서로의 길을 가도록 해라."

이 말에는 석요송보다 금령이 놀랐다. 입을 열지는 않았지만 그녀의 어깨가 들썩이는 것을 석요송은 놓치지 않았다.

"령!"

"예, 할아버님!"

"내 말 명심해라. 때가 되면 요송을 놓아주거라. 인연이 차면 떠나보내야지 고집하면 선연도 악연으로 변하는 법이다."

진심을 알 수 없는 당부다. 석요송은 그래서 금온의 말이 자신이 아닌 타인을 두고 하는 말처럼 느껴졌다.

"알겠습니다."

금령의 입에서도 속마음을 알 수 없는 대답이 흘러나왔다. 석요송은 두 사람이 정말 닮은 조손이라고 생각했다.

아무튼 금온으로서는 만족할 대답이었으므로 그의 입가에 다시 미소가 지어졌다. 그의 등이 좀 더 깊이 의자에 파묻혔다.

시선은 아련하게 동쪽을 본다. 멀리 해동으로부터, 계림이 있을 어딘가로부터 떠오르는 태양이 드디어 투명한 새벽빛을 몰아내고 바다를 붉게 물들이기 시작했다.

"좋구나. 장엄하다. 마치 령 네 앞날을 보는 것 같구나. 그러나… 눈부신 일출이 있으면 붉은 석양도 있는 법, 항상 자만하지 말고 주변을 경계해라."

"알겠습니다."

다시 금령이 대답했다.

"좋아, 그럼 이제 내 마지막 일출을 즐기자꾸나."

금온이 입을 닫았다. 사람들도 더 이상 입을 열지 않았다. 그러자 세상이 완전한 침묵에 빠졌다. 석요송이 고개를 돌려 눈부신 태양을 마주했다. 너무나 눈이 부셔 잠시 시야가 흐려졌다.

그렇게 얼마의 시간이 흘렀을까. 태양이 서서히 바다 위로 올라가 하늘에 자리를 잡자 세상이 다시금 본래의 모습으로 돌아왔다. 석요송이 고개를 돌렸다. 그러자 잠든 거인의 모습이 보였다.

　‘편안히 잠들라는 말은 차마 못하겠군요.’

　석요송이 살짝 아미를 모은 듯 잠들어 있는 금온을 보며 생각
했다.

＊　　　＊　　　＊

　금온의 죽음은 철저히 비밀에 부쳐졌다. 청도에서 금온의 죽
음을 아는 사람은 석요송과 차유, 그리고 금령이 전부였다. 금
온을 따르던 은검들조차도, 정종의 장로들조차도 금온의 죽음
을 알지 못했다. 그들은 단지 금온이 소요림에 은거하여 마지막
여생을 한가로이 보내는 것으로 생각하고 있었다.

　당연히 세상은 그대로였다. 금온이 존재하는 한 비록 그가 소
요림에 은거했다고 해도 세상은 여전히 금온의 이름으로 돌아
갈 것이기 때문이다. 그렇다고 시간이 많은 것은 아니었다. 적
어도 일이 년 안에는 금온의 그 모든 힘과 영광을 금령이 이어
받아야 했다. 그 시간이 길어지면 또다시 청도는 야망가들의 공
격을 받을 터였다.

　금온은 소요림 안쪽 비밀스런 석굴 깊은 곳에 묻혔다. 묘비도
없었다. 그가 묻힌 곳을 아는 자도 석요송 등 오직 삼 인뿐이었
다. 금령은 눈물을 보이지 않았다. 마치 자신과는 아무런 상관
이 없는 사람이 죽은 것처럼 그렇게 금온을 묻고 묵묵히 금온과
작별을 하는 금령이었다. 이 음울하고 기이한 장례식 끝에 금령
이 내뱉은 말 또한 지극히 건조했다.

별이 지다　43

"내일 단중자가 할 말이 있다고 하더구려."

석요송에게 한 말이다.

"무슨 일이 있습니까?"

석요송이 물었다.

"천하지계를 말하겠다고 하였소."

"……."

석요송이 대답이 없자 차유가 입을 열었다.

"궁금하군요. 그 아이에 입에서 어떤 계책이 나올지……."

그러자 금령이 역시 건조한 표정으로 대답했다.

"계책이란 것은 결국 여러 길 중 하나를 찾는 것에 지나지 않지요. 그 길이란 것 또한 어차피 도검이 열어야 하는 것이니 어떤 길이든 무슨 상관이겠어요."

금령의 말에 석요송이 걱정스런 표정으로 금령을 바라봤다. 겉으로는 덤덤했지만 금령은 금온의 죽음에 큰 충격을 받은 것이 분명했다.

*　　　*　　　*

북천십이로(北天十二路).

흰 종이 위에 다섯 글자가 쓰여 있다. 금령은 그 글씨를 무심히 내려다보고 있었다. 그 앞에는 단중자가 무릎을 꿇고 금령의 말을 기다리고 있었다.

"북천십이로라……. 무슨 뜻이오?"

"당금의 강호는 결국 북천십이문을 손에 넣는 세력이 무림 천하를 지배하게 되어 있습니다. 해서 전 소도주께서 나아가실 행로에 북천십이로라는 이름을 붙여보았습니다. 소도주께선 이미 일월문을 손에 넣으셨지요. 이는 북천십이로의 시작이라고 할 수 있을 겁니다. 그리고 이 길의 마지막에도 역시 북천십이문의 한 문파가 있겠지요. 북천십이로를 모두 걸으시면 그때 소도주님의 손에 강호 천하가 들어와 있을 겁니다."

단중자의 말이 사뭇 비장하다. 그러나 금령은 비장한 단중자의 모습과 달리 심드렁한 표정을 지었다.

"열두 문파를 손에 넣어야 하는 것은 당연한 일이오. 이건 비책이 될 수 없소."

그러자 단중자가 고개를 끄덕이며 북천십이로라 쓰인 종이를 치웠다. 그러자 그 아래 다시 빼곡히 글이 쓰인 종이가 모습을 드러냈다.

"이건 뭐요?"

금령이 물었다. 그러자 단중자가 진중한 음성으로 대답했다.

"이 글에는 북천십이문 중 하나인 천오문을 공략하기 위한 책략이 들어 있습니다. 지난 몇 달간 전 금문 내의 모든 정보를 이용해 북천십이문을 공략할 계책을 마련했습니다. 북천십이로란 말씀하신 대로 그저 듣기 좋고 사람을 하나로 모으기 좋은 명분이지요. 어찌 제가 그 하나의 이름만을 들고 소주님을 뵈려 하겠습니까."

"그러니까 북천십이문 각 파의 정세를 살피고 그 강약을 파악해 공략의 비책을 연구했다는 것이구려."

“그렇습니다.”

“음… 그저 도를 들고 쓸고 지나가면 되지 않을까 생각했는데…….”

금령이 여전히 심드렁하게 말했다. 그러자 단중자가 고개를 저었다.

“강호 천하를 검으로 얻을 수는 있습니다. 그러나 그렇게 검으로 얻은 천하는 단 일 년도 버티지 못하고 와해될 것입니다. 북천십이문을 얻는 방법에 패(覇)만을 동원해서는 북천십이로의 여행이 끝났을 때 남는 것은 오직 파멸뿐일 것입니다. 손을 잡을 곳은 손을 잡고, 항복을 받아내야 할 곳은 항복을 받아내야 하며, 멸할 곳은 멸해야 합니다. 그래야만 온전한 강호가 소도주님의 손에 들어올 것입니다.”

단중자의 말에 금령이 고개를 끄덕였다.

“일리가 있군. 역시 이래서 할아버님이 그대를 곁에 두라 하신 거군. 알겠소, 내게 시간을 주시오. 그대가 준비한 북천십이로의 계책을 오늘부터 읽어보도록 하겠소. 십여 일은 걸리겠군. 이후에 다시 이야기합시다.”

“알겠습니다. 그런데 한 가지 용서를 구할 것이 있습니다.”

“뭐요?”

“오늘 올린 계책이 완벽한 것은 아니라는 점입니다. 북천십이문의 다른 문파들은 모두 살폈으되 오직 두 문파에 대해선 상세히 이르지 못했습니다.”

“어디요, 그대의 지모로도 파악되지 않은 곳은?”

“천랑원과…….”

　단중자가 대답을 하다 말고는 석요송을 바라봤다. 그러자 금령이 빙긋 미소를 지었다.

　"토하곡, 석문이구려."

　"그렇습니다."

　"흠, 석문에 대해선 걱정하지 마시오. 인검이 있어서가 아니라 사실 석문에 대해선 내가 잘 알고 있으니까."

　"알겠습니다. 하면 천랑원은……?"

　"천랑원……. 어려운 곳이지. 몇이나 죽었는지 알고 있소?"

　문득 금령이 석요송에게 물었다. 그러자 석요송이 조용히 대답했다.

　"지금까지 밀영 여섯이 죽었더군요."

　"그러고도 알아낸 것은 많지 않지."

　"맞습니다. 그들이 대요 황실과 연관이 있는 자들이라는 것과 천공극이라는 자가 그 원주라는 것, 무방산이란 자가 세상에 알려진 고수의 거의 전부이지요."

　"내 예감으로는 결국은 그 천랑원이 북천십이로… 음, 나도 어느새 이 말을 쓰고 있군. 어쨌든 북천십이로의 마지막이 될 것 같구려. 그러니 지금부터라도 그들에게 대해 좀 더 많은 것을 알아봐야겠지. 좌우풍사에게 일러 이 일을 시행해야겠소."

　"그리함이 타당할 것입니다."

　석요송 대신 단중자가 대답했다. 그러자 금령이 고개를 끄덕이며 단중자에게 말했다.

　"그럼 이제 난 그대의 계책을 읽어보겠소."

　"알겠습니다. 기다리겠습니다."

단중자가 고개를 숙여 보이고는 금령의 거처를 벗어났다. 그러자 금령이 손가락으로 툭툭 단중자가 남기고 간 북천십이로의 계책을 두드리다가 석요송에게 물었다.

"함께 읽어보겠소?"

그러자 석요송이 고개를 저었다.

"머리를 쓰는 일은 이제 제 소관이 아닌 듯합니다."

"하아! 설마 할아버님의 말씀을 마음에 두고 있는 거요? 단중자가 내 모사가 될 것이니 나와 거리를 두고 있으라는?"

"도주님의 말씀보다는 제 마음이 그렇습니다. 복잡한 일은… 떠넘길 사람이 있다면 넘기는 것이 좋지요. 제겐 홀가분한 일입니다."

"휴, 굳이 그리 생각한다면 그렇게 하시오. 하지만 난 내 행보를 정하는 데 있어서 단중자보다는 그대의 의견을 묻고 싶군."

"꼭 묻고자 하신다면 그땐 제 생각도 말씀드리지요. 하지만 지금은……."

"알겠소. 이번에는 나만 고생하겠군. 모두 편히 쉬는데……."

"물러가겠습니다."

석요송이 금령에게 고개를 숙여 보이고는 금령의 처소를 벗어났다. 그러자 금령이 나직하게 한숨을 쉬며 중얼거렸다.

"단중자는 모사지. 그러나 인검은 의협이다. 누구의 말이 무겁겠는가!"

석요송이 숙소에 돌아왔을 때 왕춘이 그를 맞았다. 그동안 서로 바빠 얼굴을 본 지 오래였기에 석요송은 반가운 마음에 먼저 입을 열었다.

"와 계셨군요. 얼마만이지요?"

기실 석요송은 반드시 왕춘을 만나야 할 일이 있었다. 그에게 해줘야 할 말이 있기는 한데 적당한 기회를 찾기가 어려웠던 것이다.

"허허허, 그러게 말이야. 한 보름 되었나? 이거 같은 청도에 있으면서도 얼굴 보기 힘들군."

"어르신께서 워낙 바쁘셔야지요."

"흐흐, 그렇기는 해. 내가 말이야, 풍운각에서 십이조의 조장이 되었어."

"예? 조장이요?"

"그래, 풍운각에 천하를 살피는 열다섯 개의 조가 있는 것은 알지?"

"그럼요, 알죠."

"그런데 소도주께서 날 직접 풍운각 십이조의 조장에 임명했다는 말이야. 본래 풍운각의 조장은 좌우풍사가 결정을 하는 법인데 이번에는 어쩐 일이지 소도주가 직접 날 임명했지. 내 그래서 부랴부랴 자네를 찾아온 걸세. 혹 자네가 날 소도주께 천거했나?"

왕춘이 지레짐작을 한 얼굴로 물었다.

"아뇨, 그런 일은 없는데……."

"응? 그래? 그럼 왜 소도주가 날 조장에 임명한 거지?"

왕춘이 고개를 갸웃했다. 그러자 석요송이 말했다.

"아마도 혈사신보를 취급하는 어르신을 눈여겨보신 모양이지요.”

“음, 그런가? 아무튼 기분이 나쁘지는 않아. 내가 풍운각 십이조의 조장이 될 줄이야 누가 알았겠나? 하하하!”

왕춘이 짐짓 너털웃음을 터뜨렸다. 그런 왕춘을 보며 석요송이 잠시 망설이다가 입을 열었다.

“혹 그분에 대한 소식은……?”

그러자 왕춘의 표정이 어두워졌다.

“아직… 쉽지가 않더군. 풍운각의 눈과 귀를 이용하면 금세 찾을 테지만 말을 꺼낼 수가 있어야지. 그저 그간 풍운각에 쌓인 자료들을 들춰 보아 알아보려니 눈치도 보이고 모래사장에서 바늘 찾는 것 같기도 하고……. 음, 이제 조장도 되었으니 좀 더 수월하겠지.”

왕춘이 다부진 표정을 지으며 말했다.

“그분의 이름이 단 씨 성에 취 자, 월 자를 쓰신다고 했지요?”

“그렇지. 그런데 새삼스레……. 자네, 뭔가 알아낸 건가?”

왕춘이 놀란 표정으로 석요송을 보며 물었다. 그러자 석요송이 천천히 고개를 끄덕인다. 순간 왕춘의 얼굴이 묘하게 변했다. 기대와 두려움이 교차하는 얼굴이다.

“살아 있던가?”

“예.”

석요송이 고개를 끄덕였다.

“음, 다행이군. 그래, 어디에 있나?”

왕춘이 망설이지 않고 물었다. 그러자 석요송이 약간의 침묵 끝에 대답했다.

“금산 근처에 금문의 금옥이 있습니다.”

순간 왕춘의 표정이 하얗게 질렸다.

“금옥! 설마 옥살이를 하고 있다는 건가?”

왕춘이 자신도 모르게 주먹을 움켜쥐었다. 그러자 석요송이 고개를 저었다.

“옥살이를 하고 계신 것은 아닙니다.”

“하면?”

“그곳에서 옥지기들에게 밥을 해주고 계시더군요.”

“뭐라? 옥지기들의 찬모 노릇을 하고 있다고? 도대체 어떻게 그럴 수 있단 말인가? 당시 그녀는 제법 뛰어난 무공을 지니고 있었네. 더군다나 그녀가 모신다던 자는 금문의 수뇌였고. 그런데 옥지기들의 찬모 노릇이라니. 이건 뭐가 잘못되었군.”

“고정하시고 제 말을 들어보세요.”

“연유를 알고 있군.”

왕춘이 석요송에게 바싹 들어앉았다. 그러자 석요송이 침착한 목소리로 말했다.

“그분이 금산의 뇌옥으로 간 것은 스스로 원하셨기 때문이라고 하더군요.”

“스스로 원했다고?”

“예.”

“무엇 때문에?”

왕춘이 다급하게 물었다. 그러자 석요송이 잠시 망설이다가 나직하게 입을 열었다.

“그분께 혈육이 있습니다.”

“응?”

왕춘이 당황한 표정을 지었다. 단취월은 왕춘이 평생을 그리워한 여인이다. 그리고 자신이 그랬듯이 단취월 역시 자신을 그리며 살고 있을 거라 생각했던 왕춘이다. 그런데 자식이라니? 그렇다면 단취월이 왕춘을 잊고 다른 남자와 혼인을 했다는 말이 아닌가.

“확실한가?”

왕춘이 조금 허망한 표정으로 물었다.

“그렇습니다. 그런데 그 아들 되는 사람이 보통 사람이 아니더군요.”

“그래? 어떤 자인가?”

“도주님을 베려 했다더군요, 아주 오래전에.”

“응? 도주님을?”

실의에 빠져 있던 왕춘도 놀란 표정을 지었다.

“그렇습니다.”

“결국 실패했겠군. 그래서 그 죄를 쓰고 금옥에……. 아니, 그렇다면 금옥에 갇혀 있어야지 찬모는 뭐야?”

왕춘이 이해할 수 없다는 듯 되물었다.

“단취월 그분이 모시던 사람이 바로 도주님이셨습니다.”

“음, 역시……. 하긴 청도주 정도의 인물을 모시고 있었으니 어찌 정분을 핑계로 금문을 떠날 수 있었겠는가? 나로서도 그녀가 모시던 사람이 청도주라면 그리 억울하지는 않네. 그런데 어쩌다가 그 아들이 청도주를 암살하려 했지?”

“아마도 그는 자신의 생부가 도주님이라 생각했던 모양입니다. 그런데 그는 자라면서 언제나 숨어 살아야 했지요. 스스로 도주의 핏줄이라 생각한 그로서는 참을 수 없는 일이었지요. 단지 모친이 도주님을 모시는 시종이라 하여 자신의 존재를 인정하지 않는 청도주에게 원한을 품었던 거지요.”

석요송의 말에 왕춘이 연신 고개를 끄덕였다. 누구라도 단취월의 아들의 심정을 백분 이해할 수 있었다.

“그래서 그 아들은 어찌 되었나?”

“도주께서는 그를 용서하시고, 자신이 그의 친부가 아님을 확실히 하셨지요. 그러나 비록 도주께서 그를 용서했다고 해도 두 분은 도주님의 곁에 있을 용기가 없었지요. 해서 단취월 그분께서는 금산 금옥의 찬모를 자청하시어 은거하셨고, 또 그 아들은……”

석요송이 말꼬리를 흐렸다.

“어찌 되었나?”

왕춘이 묻자 석요송이 결심을 한 듯 대답했다.

“그 아들도 역시 험지에 오랫동안 자중하며 자신의 능력을 키웠지요. 그리하여 당금에 와서는 누구도 무시 못할 사람이 되었습니다. 그리고 드디어 도주님의 완전한 용서를 받고 강호에 나왔지요.”

“누군가?”

왕춘이 다시 급히 물었다.

“그는 청도에 있습니다.”

“음……!”

왕춘이 신음성을 흘렸다. 단취월의 혈육이 자신과 한 섬에 머물고 있다는 것이 그를 두렵게 만들었다. 정인의 혈육을 그는 어떤 눈으로 바라볼 수 있을까? 어쩌면 배신감에 몸을 떨며 그를 적대할지도 모른다. 그러나 세월이 흐르지 않았는가. 애초에 단취월을 찾으면서도 자신과 그녀가 과거도 돌아갈 것이라곤 생각지 않았던 왕춘이다.

"이름을 알고 싶으십니까?"

석요송이 물었다. 그러자 왕춘이 망설이지 않고 대답했다.

"알아야지. 서로 실수하는 일은 없어야 하니."

"알겠습니다. 혹 삼십삼진의 대주였던 지낭 단중자를 아십니까?"

순간 왕춘의 눈이 번쩍였다.

"단중자! 그인가?"

"그렇습니다."

석요송이 고개를 끄덕였다. 그러자 왕춘이 나직하게 탄식했다.

"그렇군. 바로 그였군. 금문 내 최고의 모사라고 하더니… 한순간에 소도주의 장자방이 되어 장차는 금문 내 이인자가 될 것이란 소문도 들리더군. 그런데 단씨 성을 쓴다면……."

"모친의 성을 따른 것이지요."

"도대체 아비가 누구기에 아비의 성을 따르지 못했단 말인가?"

왕춘이 나직하게 탄식했다. 단중자의 탄생에 심상치 않은 사연이 있음을 짐작한 것이다.

"그의 나이가 어찌 되는지 아십니까?"

"글쎄… 사십대라는 이야기가 있던데……."

"그렇습니다. 정확하게 마흔둘이라 하더군요."

"음, 아주 먼 과거의 일이……. 잠깐, 마흔둘?"

"그렇습니다."

석요송이 무겁게 고개를 끄덕였다.

"마흔둘… 마흔둘이라면… 설마……!"

왕춘이 놀란 표정으로 석요송을 바라봤다. 그러자 석요송이
말했다.

"확실한 것은 그분의 말을 들어봐야 알 수 있겠지요. 그러나
여러 정황상 짐작하시는 바가 맞을 듯합니다."

"아……!"

왕춘이 현기증이 나는지 몸을 비틀거렸다.

두 사람은 긴 침묵에 빠졌다. 왕춘은 가끔 고개를 뒤로 젖히
기도 하고 두 손으로 얼굴을 감싸기도 했다. 석요송은 창밖을
바라보며 운기를 하듯 조용히 가부좌를 틀고 있었다.

"휴……!"

다시 왕춘의 긴 한숨 소리가 들려왔다. 그러자 석요송이 무심
하게 입을 열었다.

"자리를 마련해 보겠습니다."

"나에 대해 밝히겠다고?"

"그건… 단취월 그분만이 하실 수 있는 일이지요. 전 단지 자
연스레 두 분이 얼굴을 익힐 수 있는 자리를 마련해 드리겠다는
것입니다."

“어떻게?”

“다행히 그와 저는 한 주인을 모시고 있지요. 함께 술 한 잔, 차 한 모금 마시는 것은 어려운 일이 아닙니다. 어르신 또한 저와는 대막에서부터 막역한 사이임을 모르는 사람이 없으니 약속없이 날 찾는 것이 이상한 일이 아니지요.”

“음, 그렇긴 하지만…….”

“오늘 밤에 시간을 내시지요. 지낭이나 저나 며칠은 조금 한가합니다. 소도주께서 천하지계를 살피고 계시거든요. 소도주께서 그 일을 마치면 우리에겐 시간이 없을 겁니다.”

“음, 알겠네.”

왕춘이 무겁게 고개를 끄덕였다. 그러고는 다시 혼이 빠진 사람처럼 말없이 허공을 바라보기 시작했다.

늦은 밤, 두 사람이 바닷바람 불어오는 대청에 앉아 찻잔을 기울이고 있었다. 석요송도 단중자도 술을 즐기지 않았다. 그래서 차보다는 술이 어울리는 시간이었지만 두 사람은 술 대신 차를 나누었다.

“인검께서 날 초대할 줄은 미처 생각지 못했소이다.”

단중자가 차 한 모금을 입에 물고 삼키더니 찻잔을 내려놓으며 입을 열었다. 오늘의 자리는 석요송의 청으로 이뤄진 자리다. 단중자의 말에 석요송이 담담한 목소리로 대답했다.

“본래 난 손님을 청하는 성격이 아니지요. 그러나 단 대협만은 한 번 청하고 싶었소이다.”

“이유가 있소이까?”

단중자가 물었다.

"한 주인을 모시는 사람들이기도 하지만 그보다는 단 대협에 대한 약간의 미안함 때문이라고 할 수 있소."

그러자 단중자가 씁쓸한 미소를 지으며 속이 비어 있는 왼쪽 팔소매를 보며 말했다.

"이 팔을 말하는 것이오?"

단중자의 물음에 석요송이 고개를 끄덕였다. 그러자 단중자가 가벼운 웃음을 흘렸다.

"팔을 자른 것에 대해 인검께서 미안해하실 필요는 없소. 그 일은 인검 개인의 감정이 아니라 소도주를 위한 일이었으니 말이오. 그리고 한 팔이 잘리면 불편한 점도 있지만 좋은 점도 있소."

"팔이 없어 좋은 것이 있다는 말은 처음 듣는구려."

"후후후, 사람이 자신에게 꼭 필요한 것이 없어지면 소중한 다른 것들이 보이기 시작하는 법이라오. 한 팔이 없어지자 남은 팔 하나의 소중함을 알게 되었고, 두 다리의 소중함을 알게 되었으며… 가장 중요한 것은 내 두 근 머리의 중요함을 더욱 더 뼈저리게 느끼게 되었다는 것이오. 아마도 난 팔이 잘리기 전보다 두어 배는 더 신중해졌을 것이오. 모사꾼에게는 큰 이득이라고 할 수 있소."

단중자의 말에 석요송이 가볍게 고개를 끄덕였다.

"그럴 수도 있겠구려. 하지만 그것은 결국 단 대협 스스로 찾아낸 이득이고 나로선 어쩔 수 없는 상황이었다 해도 미안한 마음이 없을 수 없소이다. 해서 이렇게 차나 한 잔 대접하려 청한 것이오.”

“하하하, 이유야 어쨌든 저로선 좋은 일이오. 인검의 차 대접을 금문의 그 누가 받을 수 있겠소. 인검이야말로 현 금문의 제 이인자이거늘.”

단중자의 말에 석요송이 빙그레 미소를 지었다.

“다른 금문의 고수들이 들으면 그 말을 비웃을 것이오. 나야 아직 애송이지요. 또한 소도주의 검노(劍奴)일 뿐이고.”

“검노라……. 비약이 심하구려. 금문의 문도 누구도 인검을 소도주의 검노 정도로 생각하지 않소. 만약 그런 자가 있다면 금문의, 아니, 강호의 칼밥을 먹고살 자격이 없다 할 것이오. 사실… 호천단의 일부는 소도주보다도 인검을 더 의지하는 것 같더이다.”

순간 석요송의 눈이 가늘어졌다. 듣기에 따라서는 무척 위험한 말이었기 때문이다. 인간사에서 주인의 위세를 넘어서는 수하의 길은 오직 둘뿐이다. 반역, 혹은 죽음. 석요송이 나직하게 탄식을 흘렸다.

“나로서는 그럴수록 뒤로 물러날 수밖에 없지요. 그래서 단 대협의 도움이 필요하오.”

“음, 내가 할 수 있는 일이 뭐가 있겠소?”

“왜 없겠소이까? 단 대협이라면 날 좀 더 사람들의 이목으로부터 자유롭게 해줄 수 있을 거요.”

석요송의 말에 단중자가 잠시 석요송을 바라보다 눈빛을 번뜩이며 물었다.

“정말 인검께는 세상을 향한 야망이 없는 거요?”

"북천십이로의 계를 만들 때 우리 토하곡, 석문에 대해서도 조사를 했을 거요. 그렇다면 우리가 어떤 사람들인지도 알고 있을 것이라 생각되오만……."

"물론 석문의 전통을 모르는 것은 아니오. 그러나 소도주께 말씀드렸지만 토하곡의 일은 사실 그리 많이 알지 못하오. 기이하게도 석문에 대한 자료들은 많은 부분에서 도주님과 소도주님만이 가지고 있었소. 풍운각에서도 그 정보를 제대로 찾기 어렵더이다."

"풍운각엘 가보셨소?"

"북천십이로의 계는 풍운각의 도움 없이는 만들어질 수 없는 계책이오."

단중자의 대답에 석요송이 고개를 끄덕였다. 그런데 그때였다. 문득 대청 앞에 인기척이 느껴지더니 불쑥 왕춘이 모습을 드러냈다.

"이보게, 뭘 하는가? 아이쿠, 이거 손님이 계셨군."

왕춘이 짐짓 놀란 표정을 지으며 말했다. 그러자 석요송이 자리에서 일어나며 왕춘을 맞이했다.

"어서 오십시오, 어르신. 밤늦게 어쩐 일이십니까?"

"하하, 내가 뭐 꼭 일이 있어야 오는가? 마침 풍운각의 일이 끝나 숙소로 돌아가던 길에 자네와 술 한잔할까 해서 왔지."

왕춘이 손을 들어 보였다. 과연 그의 손에 새끼줄로 묶인 세 통의 술병이 보였다.

"다른 손님이 오셨으니 난 이만 돌아가 보겠소."

왕춘이 나타나자 단중자가 몸을 일으키며 말했다. 그러자 석요송이 얼른 단중자를 만류하며 말했다.

"그러지 말고 같이 한잔하십시다."

그러자 왕춘도 얼른 입을 열었다.

"그러십시다. 본래 여기 인검께서는 술을 즐기지 않아 대작을 한다고 해도 재미가 없소이다."

석요송과 왕춘이 만류를 하자 단중자가 조금 의아한 표정을 지으면서도 두 사람의 권유를 뿌리치지 못하고 다시 자리를 잡고 앉았다. 그러자 왕춘이 훌쩍 대청으로 올라와 의자 하나를 꿰차고 앉았다.

턱!

왕춘이 들고 온 술병을 탁자 위에 올렸다. 그러자 뚜껑을 열지도 않았는데 은은한 주향이 풍겨 나왔다.

"이건 선죽주군요."

석요송이 왕춘을 보며 물었다.

"맞네, 나야 선죽주가 아니면 술을 마시지 않지. 그나저나 통성명이나 합시다. 난 풍운각 십이조장 왕춘이오. 혹 소도주님을 모시는 그 지낭 단 대협이 아니시오?"

왕춘의 아는 척을 하자 단중자가 눈빛을 빛내며 대답했다.

"맞습니다. 제가 바로 그 단중자입니다. 절 알고 계실 줄은 몰랐군요."

"하하하, 풍운각에 있다 보니 청도에 드나드는 사람 대부분을 알게 되더구려. 더군다나 지낭 단 대협의 명성은 이미 금문 내에 널리 퍼졌으니 어찌 내가 단 대협을 모르겠소?"

"알아주시니 영광입니다."

단중자가 가볍게 고개를 숙이면서도 깊은 눈으로 왕춘을 살폈다. 그러거나 말거나 왕춘이 석요송을 보며 말했다.

"술은 내가 준비했으니 다른 건 인검께서 준비하시게."

왕춘의 말에 석요송이 빙그레 미소를 지었다.

"그러지요."

석요송이 자리에서 일어나 대청과 연해 있는 한쪽 문을 열고 밖으로 나갔다. 그러자 왕춘이 그런 석요송을 보며 중얼거렸다.

"참으로 이상한 사람이야. 평소의 그를 보면 누가 그를 인검으로 생각하겠는가. 저렇게 유한 사람이……."

그러자 단중자가 맞장구를 쳤다.

"맞습니다. 인검은 종잡을 수 없는 사람이지요."

"음, 그와는 친분이 깊소?"

"그렇지는 않습니다. 지난번 소도주께서 금산으로 가던 길에 처음 보았지요."

"그렇구려. 난 그와 대막에서 함께 흑사풍을 상대했었는데 그때 그의 무공이란 같은 편이지만 두려움을 느낄 정도로 고강하고 살벌했었소. 그런 그가 평상시에는 이리 온순하니 참으로 어울리지 않는 성정에 독한 무공이오."

"그렇군요. 그때 그와 인연을 맺으셨군요."

단중자가 고개를 끄덕인다. 그러자 왕춘이 단중자를 찬찬히 살피다가 문득 눈에 이채를 띠며 물었다.

"그 팔은……?"

"아, 이것 말인가요?"

단중자가 속이 빈 왼쪽 소매를 휘둘러 보였다.

“어찌 되신 거요?”

왕춘이 조금은 걱정스런 표정으로 물었다. 그런 왕춘의 행동이 이상하게 느껴지기는 했으나 단중자가 망설이지 않고 대답했다.

“그를 만나 선물로 주었지요.”

“그게 무슨……?”

“소도주께서 처음 절 거두려 하실 때 전 소도주를 거부했지요. 그러자 인검이 제 팔을 베어 경고를 하더군요.”

“음!”

왕춘이 나직한 침음성을 흘렸다. 아마도 단중자는 확실히 왕춘 자신의 아들일 것이다. 그런 그가 석요송의 검에 팔이 잘렸다니 그로서도 안타깝지 않을 수 없었다.

“그가 원망스럽지 않소?”

왕춘이 물었다. 석요송에게 팔이 잘리고도 태연하게 그의 초대에 응해 차를 마시고 있는 단중자가 이상한 모양이다. 그러자 단중자가 고개를 저었다.

“그는 그가 할 일을 한 거지요. 그리고 그 일은 그가 원해서 한 일이 아니고 소도주의 명에 따른 것이니 굳이 원망을 하려면 소도주를 원망해야 하는데 소도주는 지금 제 주인이니 이제 와서 누굴 원망하겠습니까? 원망하려거든 주인을 제때 알아보지 못한 제 자신을 원망해야겠지요.”

단중자의 침착한 대답에 왕춘의 얼굴에 슬쩍 대견한 기색이 어렸다. 아들로서가 아니라 한 명의 강호인으로서 단중자는 이미 한 경지에 이른 사람이란 걸 깨달았기 때문이다.

그때 밖으로 나갔던 석요송이 들어왔다. 그는 나무로 만든 접시에 술잔 세 개와 마른 육포를 가지고 들어와 탁자에 자리를 잡고 앉았다. 그러자 왕춘이 퉁명스레 물었다.

"단 대협의 팔을 자네가 잘랐다고?"

갑작스런 왕춘의 말에 석요송이 머뭇하다가 이내 왕춘의 내심을 짐작하고 고개를 끄덕였다.

"그랬지요."

"검을 독하게 썼군."

"그만큼 단 대협이 어려운 상대였다는 뜻이지요."

"흠, 인검의 검이 독한 것은 내 익히 알고 있었지."

왕춘이 짐짓 생뚱한 표정을 지었다. 그러자 단중자가 얼른 두 사람 사이에 끼어들었다.

"제 팔 잘린 것 갖고 두 분이 다투실 일은 아니지요."

"하하, 누가 다툰다고 그러시오. 다투는 것이 아니오. 그저 농을 해본 것이라오."

왕춘이 얼른 표정을 바꾸며 대답했다. 그러자 석요송이 작은 미소를 지으며 왕춘이 가져온 술병의 마개를 열어 술잔에 선죽주를 따랐다. 선죽주 특유의 맑은 향이 삽시간에 대청을 채웠다.

"아, 정말 좋은 술이군요."

"선죽주라고, 아실 거요."

왕춘이 말했다.

"망산과 이가장에서 난다는 바로 그 술이군요."

"맞소."

왕춘이 자랑스럽게 고개를 끄덕였다.

"이 귀한 술을 어떻게 구하셨습니까? 값이 보통이 아닐 터인데?"

"이 술은 산 게 아니오. 내가 빚은 거지."

"예?"

단중자가 의아한 표정으로 왕춘을 바라봤다. 그러자 왕춘이 미소를 지으며 대답했다.

"내 선죽주 빚는 법을 알고 있다오. 해서 난 선죽주를 직접 빚어 마시오."

왕춘의 말을 석요송이 거들었다.

"더군다나 어르신의 선죽주는 망산이나 이가장에서 난 것보다 더 향이 좋지요. 오늘 단 대협은 횡재를 한 것이오. 자, 한잔 하시지요."

석요송이 술을 권하자 단중자가 고개를 갸웃하며 술잔을 들어 올렸다. 그러자 석요송과 왕춘 역시 자신들의 잔을 들었다. 세 사람이 가볍게 잔을 맞댄 후 이내 선죽주를 입에 가져갔다.

"음!"

선죽주 한 모금을 입에 머금은 단중자가 나직한 침음성을 흘렸다. 그건 감탄의 의미였다. 그가 잔을 들어 눈앞으로 가져갔다. 그러고는 중얼거렸다.

"내 평생 이런 술은 처음이군요."

"맛이 좋다니 다행이오."

왕춘이 기꺼운 표정으로 대답했다.

"맛이 좋은 정도가 아니라 그 향에 정신이 혼미해질 지경입니다.”

그러자 석요송이 웃으며 말했다.

“그렇지 않아도 흑사풍의 고수들이 이 술에 취해 우리에게 길을 열어주었소이다.”

“그런 일이 있었소이까?”

단중자가 호기심을 드러냈다. 그러자 왕춘이 얼른 석요송의 대답을 낚아챘다.

“그러니까 그게 어찌된 일이냐 하면 말이오.”

그날 밤 세 사람은 밤이 늦도록 선죽주를 마셨다. 주향이 대청에 가득했고, 단중자 자신은 모르는 부자의 정 또한 주향 못지않게 진하게 묻어났다. 왕춘은 연신 웃음을 터뜨렸고, 석요송도 다른 날에 비해선 부쩍 말이 많은 밤이었다.

第三章　북천십이로

"일월문은 소도주의 품에 들어왔고, 천오문은 일월문과 가까우니 충분히 무력을 쓰지 않고 복종을 받아낼 수 있을 것입니다. 그들이 고구려의 후손을 자처하는 자들이니 최대한 성의를 보이고 존중을 하면 결국 대세에 따를 것입니다. 이 두 문파를 손에 넣는다면 북쪽의 일은 대충 마무리가 된다고 할 수 있습니다."

금령의 처소에 단중자가 들어 있다. 호천단주 범교와 부단주 금불현 역시 자리를 지키고 있었고, 석요송은 그들과 조금 떨어진 곳에서 창밖을 내다보고 있었다. 말을 하는 것은 단중자였다.

"그 두 문파는 나도 걱정하지 않소. 그런데 그다음 행로가 의외구려. 요동을 안정시키지 않고 흥안령을 넘어 대막으로 건너

가 빙궁과 묵철가를 제압하자니 말이오. 우리가 일단 북천십이
로의 행보를 시작하면 무림의 제 문파들이 우리의 행보를 주시
할 것이오. 흥안령을 넘어 대막으로 갔을 때 후방이 안전하겠
소?"

금령이 물었다. 그러자 단중자가 미소를 지으며 대답했다.

"물론 그들은 기회를 노릴 것입니다. 하지만 쉽게 움직일 수
는 없겠지요. 일월문과 천오문의 고수들을 요동 중부로 일부 이
동시키고 또 성하장원을 움직이면 요동의 문파들은 함부로 준
동하지 못할 것입니다."

"그 계책을 보기는 했소. 그런데 성하장원이라……."

"꺼리십니까?"

"조부님께서 성하장원을 움직이는 일은 극히 삼가라 하셨소.
이유는… 그들에게 한번 길을 내어주면 그들의 행보를 제어하
기가 쉽지 않기 때문이오."

"소도주님의 외가라 그러하겠지요?"

"그렇소."

"그러나 어차피 무림 천하를 손에 넣으시려면 성하장원을 이
대로 방치해 두는 것은 좋지 않습니다. 아무리 금문의 세력이
넓고 강대해도 천하를 금문 홀로 통제할 수는 없습니다. 그럴
경우 결국 가장 믿을 만한 곳은 역시 성하장원입니다. 설혹 성
하장원이 약간의 무리를 해서 세인들의 지탄을 받는다 해도 말
입니다."

단중자의 말에 금령이 가만히 턱을 괴고 생각에 잠겼다가 손
으로 탁자를 치며 말했다.

"좋소, 일단 그리합시다. 삼사도 성하장원으로 돌아갔으니 무리한 일은 벌이지 않을 거요. 그런데 이것으로 되겠소? 장백파와 모용세가는 이미 낙성곡에서 할아버님을 공격하는 일에 동참했소. 어쩌면 그 두 문파에 본 문의 반도 일부가 숨어 있을 수도 있소. 그런데 일월문과 천오문, 그리고 성하장원의 힘으로 그들을 감당할 수 있겠소?"

"제 계산으로 소도주께서 급작스레 흥안령을 넘을 경우 그들이 일을 도모하기 위해선 적어도 석 달의 시간이 필요할 겁니다. 그들의 세력을 분석한 결과입니다. 만약 준비를 완벽하게 하지 않고 석 달 안에 서둘러 일을 도모하려 한다면 충분히 본 문이 방비해 둔 계책으로 막을 수 있을 겁니다."

"그러니까 흥안령을 넘은 후 석 달 안에 일을 마치고 돌아와야 한다?"

"그렇습니다."

"가능하겠소?"

"평시라면 불가능한 일이지요. 묵철가와 북해빙궁의 거리만도 보름길이니……. 하지만 석 달 뒤에는 가능합니다. 흔히 대막을 넘어 북방 무림으로 불리는 곳의 강자들이 신령한 천록야에 모여 천제를 드리는 것이 두 달 뒤 보름이기 때문이지요."

"그 자리에서 모두의 항복을 받아낸다?"

"그렇습니다."

"가능하겠소? 금문의 모든 힘을 몰아갈 수는 없소."

"시간이 있으면 계책이 나오는 법이지요. 천록야가 비록 대막무림의 성지라고는 하지만 몇 가지 준비를 할 수는 있습니다.”

단중자의 말에 금령이 살짝 눈살을 찌푸렸다.

“음모로 그들을 거둘 생각은 없소.”

“걱정 안 하셔도 됩니다. 단지 그들의 원군을 끊는 정도일 것입니다.”

“무슨 계획이오? 그대가 올린 계책에도 없던데?”

“요 황실을 움직여 볼 생각입니다.”

“야율씨를 말이오?”

“그렇습니다.”

“음, 때에 맞춰 요의 세력을 대막으로 부르면 북방의 문파들도 함부로 주력을 움직일 수 없을 거란 말이구려.”

“그렇습니다.”

“그런데 요 황실을 어찌 움직일 수 있소?”

“요의 상경 인근에는 항시 요의 고관대작들이 여름을 나기 위해 모여들지요.”

단중자가 나직하게 말했다.

“그들을 베겠다?”

“그리고 대막을 일주하여 북해방면으로 도주하면 요는 흉수들을 따라 기병이든 아니면 그들의 령이 미치는 무림인들을 움직여 추격할 겁니다. 그리되면 묵철가나 빙궁이나 쉽게 본가의 세력들을 움직이지 못할 겁니다. 저들의 공격에 대비도 해야 하고, 혹은 또 다른 오해를 살 수도 있으니 말입니다.”

단중자의 말에 금령이 고개를 끄덕이다가 말했다.

"좋은 계책이기는 하나 누가 그 일을 맡는단 말이오? 살문을 쓰는 것은 위험하오. 그들이야 재물이 생기면 언제든 변심을 할 수 있으니 말이오."

"맞습니다. 살문을 움직일 수는 없지요. 이 일은 우리 사람으로 해야 합니다. 아무래도……."

단중자가 시선을 석요송에게 돌렸다. 그러자 금령이 고개를 저었다.

"인검이 갈 수는 없소."

"인검과 밀영들이 가장 확실하게 이 일을 처리할 수 있습니다."

단중자가 말했다. 그러나 금령이 단중자의 말에 다시 고개를 저었다.

"인검은 살수가 아니오. 겨우 적들을 유인하는 미끼로 쓰자고 인검이 있는 것이 아니오. 또한 인검의 칼은 결코 가볍지 않소. 적어도 인검의 칼에 목을 베이려면… 그대 정도는 되어야지."

금령의 말에 단중자의 표정이 묘하게 변했다. 자신에 대한 칭찬인지 아니면 석요송에 대한 두둔인지 가늠할 수 없는 금령의 말이었다.

"하면 저로서는 이 계책에 적당한 사람들을 찾을 수 없습니다만……."

"음, 가만있자. 그러고 보니 내게 해결책이 있을 수도 있겠군."

"어떻게 하시렵니까?"

단중자가 물었다. 그러자 금령이 미소를 지으며 대답했다.

"그들에 대해선 내게 맡겨두시오. 때가 되면 그들을 쓰겠소. 자, 대막의 문파들을 손에 넣고 나면 그 후엔 흥안령을 타고 내려와 공손세가를 친다?"

"그렇습니다. 공손세가의 세력은 모용세가나 저 은밀한 천랑원에 비하면 대단치 않사오나 그들은 위치가 묘합니다."

단중자의 말에 금령이 서탁에 놓인 천하도를 보며 고개를 끄덕였다.

"중심이구려."

"그렇습니다. 그들을 제압하면 천랑원 및 하북의 문파들과 모용세가 등 요동 문파들의 길이 끊어지게 되지요. 그렇게 길목을 막고 요동의 제 문파들을 제압한 후, 그 힘으로 장성을 넘어 하북의 문파를 정리하는 것이 북천십이로의 끝이 될 것입니다."

단중자의 말에 금령이 고개를 끄덕이며 자리에서 일어났다. 그러고는 방 안을 서성이더니 문득 석요송에게 물었다.

"인검은 이 계책에 대해 어찌 생각하시오?"

"이미 소도주님의 마음속에 결심이 선 것이 아닌지요?"

"그래도 인검의 의견이 듣고 싶구려."

그러자 석요송이 잠시 생각에 잠겼다가 입을 열었다.

"북천십이로의 계책은 지금으로써는 소도주께서 취할 수 있는 가장 상책의 계책입니다. 단지 단 하나의 위험이 남아 있지요."

"그 위험이 뭐요?"

금령이 물었다. 단중자도 호기심이 이는 표정으로 석요송을 바라봤다. 그러자 석요송이 나직하게 입을 열었다.

"과연 금문의 고수들이 요동과 대막, 그리고 중원을 휘젓고 다니는 것을 해동의 추룡사가 두고 볼 것인가 하는 문제와 일이 커졌을 때 구산선문은 또 어떤 행보를 보일지……."

석요송의 말에 금령이 고개를 끄덕였다.

"인검의 말이 정확하오. 역시 해동, 고려가……."

그러자 단중자가 입을 열었다.

"그들의 발을 붙들어두면 됩니다."

"어찌 말이오?"

"북종과 북방의 야인들을 움직여 고려의 변경을 소란스럽게 하는 것입니다. 하면 그들이 소도주님의 행보에 신경을 쓸 여력이 없어질 것입니다. 제가 듣기로 완안부의 세력이 능히 고려 변경의 관군을 제압할 만하다 들었습니다."

"음, 성동격서라……."

"이에는 두 가지 이득이 있습니다. 첫째는 추룡사의 눈을 어지럽힐 수 있고, 둘째는 북종의 힘을 약화시킬 수 있지요. 비록 금천명이 도주했다고는 해도 여전히 북종에는 야심가와 강자들이 많습니다. 불산의 금관유도 있고……."

단중자의 말에 금령이 다시 석요송에게 물었다.

"이 계책이 어떤가?"

그러자 석요송이 대답했다.

"좋은 계책이나 사람이 많이 죽겠군요."

"어쩔 수 없는 일이지, 대사를 위해선."

"또 하나, 변방이 시끄러워지면 고려에서 대군을 몰아올 수
도 있습니다."

"언젠가는 겪어야 할 일이고."

"또 다른 위험도 있지요."

"그게 무엇이오?"

이번에는 단중자가 물었다.

"완안부의 힘이 커지면 그들을 통제하기 어려울 수도 있소이
다."

그러자 단중자가 고개를 저었다.

"그리 되면 우두머리를 베면 그뿐이오."

단중자의 대답에 금령이 동조했다.

"가끔 그들의 주인이 누군지 확인시켜 줄 필요는 있지. 어쨌
든 대충 행로는 정해졌군. 일정을 잡아보시오."

금령이 단중자에게 명했다. 그러자 단중자가 고개를 숙였다.

"알겠습니다. 서둘러 일정을 잡겠습니다."

단중자가 물러나자 금불현과 범교도 자리에서 물러났다. 그
러자 금령이 석요송을 보며 물었다.

"그와 술을 했다고 하더구려."

"그렇습니다."

단중자를 두고 하는 말이다.

"어떤 사람 같소?"

"새삼스럽게 그걸 왜……?"

금령과 석요송이 단중자를 받아들인 것이 이미 수개월 전이
다. 새삼스레 단중자의 사람됨을 문제 삼을 일은 없었다.

"그저 그대와 의견이 다른 것 같아서 말이오."

"의견이 다른 것이 아니라 성정이 다르지요. 그러나… 소도주께 꼭 필요한 사람입니다. 패도의 길을 걸으시는 한에서는."

"그렇소? 혹… 배신할 염려는 없겠소?"

"의심이 드십니까?"

석요송은 의아한 표정으로 물었다. 그러자 금령이 고개를 갸웃하며 말했다.

"모르겠소. 분명 좋은 인재고, 나에게 충심으로 복종하는 것은 맞는데 왜 이렇게……. 음, 두고 봅시다."

"삼사 어른들을 먼저 만나셔야겠군요."

"망할 늙은이들!"

금령이 인상을 썼다.

"아마도 그분들만큼 소도주님을 위하는 사람도 없을 겁니다."

"알고 있소. 그렇기 때문에 징그러운 거요. 그 인연이 말이오. 하아! 그들은 참… 원죄와 같은 사람들이지. 그렇지 않소?"

금령이 어떻게 태어났는지 알고 있는 석요송으로선 부인할 수 없는 사실이다. 석요송이 묵묵히 고개를 끄덕이자 금령이 다시 말했다.

"덕분에 아주 오랜만에 외숙부를 만날 수 있겠구려."

금령이 지그시 눈을 감으며 말했다. 그러자 금령의 얼굴에서 패자의 모습은 사라지고 여인의 모습이 떠올랐다. 석요송은 그런 금령의 모습이 슬프지만 아름답다고 생각했다.

　　　　　＊　　　　＊　　　　＊

　금령과 석요송이 몇 명의 밀영만 대동한 채 청도를 떠난 것은 단중자와 함께 북천십이로의 계책을 상의한 후 오 일이 지난 후였다.

　그사이 청도는 많은 것이 변했다. 금온의 그림자는 여전히 청도를 휘어 감고 있었으나 이미 그 내면에선 많은 변화가 일어나고 있었다. 그리고 그 변화의 중심에는 금령이 있었다.

　그리하여 금령이 석요송과 은밀히 청도를 떠날 때에는 이미 청도는 금령의 섬이 되어 있었다. 청도를 지탱하는 정종의 장로들 역시 철저하게 금령에게 복종했다.

　배분으로 보자면 금령의 존중을 받아야 했지만 그들은 청도의 젊은 문도들이 보라는 듯 금령에게 극진한 충성심을 보였다. 그래서 청도는 더욱 금령의 섬으로 변하고 있었다.

　일단 그렇게 청도의 금문 문도들이 금령을 주인으로 인정하자 천하에 퍼져 있는 금문의 제 종파들도 이제 금문의 금령에 의해 움직인다는 것을 인정하고 그동안 금온에게 보였던 충성과 복종의 모습을 금령에게 보이려 하고 있었다.

　"그들이 언제 온다고 했소?"

　문득 금령이 석요송에게 물었다. 흔들리는 배 위에 오직 금령과 석요송뿐이다.

　"누굴 말씀하시는 건지요?"

　석요송이 되물었다.

“새로 장로가 된 자들 말이오.”

“보름 후까지는 입도하라고 했으니 이번 달 그믐까지는 올 것입니다.”

“그럼 성하장원의 일을 빨리 마무리해야겠군.”

“그렇겠지요. 그런데… 성하장원의 원주께서 과연 소도주님의 말씀에 순순히 따르실지 그게 걱정이군요.”

“따를 수밖에 없을 거요.”

“어찌하실 요량이신지?”

“내가 일을 처리하는 방식을 잘 알고 있지 않소?”

“그러나 성하장원은…….”

“패도의 길에 친족의 정은 없소.”

금령이 단호하게 말했다. 그러자 석요송이 무슨 말인가를 하려다 입을 닫았다. 석요송이 침묵하자 금령이 다시 입을 열었다.

“토하곡에 사람을 보내시오.”

순간 석요송의 눈이 가늘어졌다.

“무슨 일로……?”

“걱정 마시오. 토하곡을 강호의 일에 끌어들일 생각은 없으니. 단지… 아무래도 토하곡주께서는 할아버님의 일을 아셔야 할 것 같아서 말이오. 그리고 북천십이로의 계에 대해서도 의견을 여쭈어주시오.”

“답을 주시지 않을 겁니다.”

“그래도… 한 번은 의견을 청하고 싶소. 또한 원행에 나서면 그대가 토하곡에 들를 날은 더욱 멀어지지 않겠소. 안부는 전해야지 않소?”

“그리하지요.”

석요송이 담담히 고개를 끄덕였다. 그러다가 문득 석요송이 질문을 던졌다.

“그런데 요의 상경에 누굴 보내실 생각이신지요?”

“조부님이 돌아가신 후 놀고 있는 자들이 있소.”

“……?”

“은검들을 보낼 거요.”

“그들이라면…….”

“아마도 모두 은거하려 할 테지만 내 마지막 부탁이라고 고집을 피울 생각이오. 차노가… 그들을 설득할 거요.”

“차노시라면 가능하겠지요.”

석요송이 고개를 끄덕였다. 그러자 금령이 갑자기 눈살을 찌푸리며 말했다.

“그런데 차노 또한 은거를 하겠다고 고집을 피우더구려.”

“애초에 도주님의 마지막 청으로 강호에 나온 것 아닙니까?”

“그렇긴 하지만 날 버려두고 은거를 택할 거라고는 생각지 않았는데… 보아하니 청도를 떠나 달리 할 일이 있는 사람 같기도 하고.”

“그런가요?”

“은거할 사람의 눈치는 아니었소. 그리고 정말 은거하려 했다면 이삼 년 곁에 있어 달라는 내 부탁을 거절하지는 않았을 거요.”

금령의 말에 석요송이 고개를 끄덕였다. 차유의 성정을 보건대 금령의 말이 맞을 터였다. 금령이 간청하면 차유는 결코 금령을 떠날 수 없다. 그에게 금령은 결국 혈육과 마찬가지인 존재였다.

철썩!

파도가 세차게 일렁였다. 배가 한차례 흔들리더니 한순간 불어오는 남풍을 타고 비호처럼 북쪽을 향해 내달렸다.

심양에서 동쪽으로 백여 리를 가면 정군산이 나온다. 정군산은 동서남북 사통으로 통하는 길을 끼고 있어 근방의 요충지라 할 수 있었는데 그 정군산에 일백여 년 전부터 자리를 잡은 한 문파가 있었다.

처음 사람들은 그 장원에 든 사람들이 누구인지 알 수 없었다. 왜냐하면 장원을 세운 자들이 바깥출입을 거의 하지 않았기 때문이다. 그러나 시간이 흐르면서 장원의 사람들은 서서히 근방의 무림에 출도하기 시작했고, 그 비범한 재능들을 드러내기 시작했다.

일단 그들이 강호행을 시작하자 그들은 금세 정군산 근방은 물론 요동에서도 주목받는 문파로 성장했다. 그리하여 그 성세가 하루가 다르게 커졌고, 정군산의 장원 역시 그들의 명성에 맞춰 커져갔다.

그런데 그 와중에서 그들의 무명보다 더 사람들의 관심을 끄는 것이 있었는데, 그건 성하장원 그 자체의 아름다움 때문이었다.

정군산 남쪽 면을 타고 동북쪽으로 이어진 장원은 낮에도 아름다웠지만 밤이 되면 더욱 그 아름다움을 빛냈다. 장원 안에 적당한 거리를 두고 들어선 건물들에 불이 밝혀지면 마치 하늘의 은하가 땅으로 내려온 듯 보이기 때문이었다.

그리하여 사람들은 시간이 지나면서 그 장원을 성하장원이라고 불렀고, 장원 내의 사람들도 사람들이 부르는 대로 자신들을 성하장원의 사람들이라고 말하기 시작했다.

그렇게 정군산에 성하장원이 들어선 지 일백여 년. 그런데 이십여 년 전부터 아름답던 성하장원의 야경이 사라졌다. 웬일인지 성하장원은 밤에 불을 밝히지 않았다. 간혹 한두 건물에서 불빛이 새어 나오기도 했지만 그것도 금세 꺼져 버렸다.

불이 꺼진 성하장원은 사람들의 관심에서 차차 멀어졌다. 더불어 성하장원 사람들의 강호행도 극도로 적어졌다. 사람들은 그래서 성하장원을 사문(死門) 취급하기까지에 이르렀다.

그러나 강호의 소식에 정통한 사람들은 성하장원이 결코 몰락의 길을 걷는 것이 아니라는 것을 알고 있었다. 당금 강호의 일패로 불리는 금문 소도주의 외가가 바로 성하장원이란 것을 알고 있기 때문이다.

어느 날 성하장원이 그동안의 침묵을 깨고 금문의 외척 가문으로서 강호에 다시 모습을 드러내면 강호는 다시 한 번 성하장원의 그 아름다운 성세를 보게 될 것이라는 것이 눈 밝은 자들의 생각이었다.

"적막하군요."

문득 석요송이 입을 열었다. 그의 눈앞에 어둠이 깃든 정군산

품에 잠든 성하장원이 들어왔다. 정군산의 그림자가 마치 거대한 거인처럼 장원을 품고 있었는데 그건 아늑하기보다는 음습한 느낌을 주고 있었다.

"자업자득이랄까……."

금령이 중얼거렸다. 목소리엔 여전히 원망의 기운이 서려 있었다.

"반길까요?"

"속마음이야 어떨지 모르지만 박대하진 못할 거요. 적어도 난 금문의 새로운 태상장로니까."

"그렇군요, 가시죠."

석요송의 말에 금령이 고개를 끄덕이고는 성하장원을 향해 걸음을 옮기기 시작했다.

"그 아이가 무슨 일일까요?"

육십을 바라보는 사내가 무거운 안색으로 중얼거렸다. 그의 앞에 대여섯 명의 사람이 앉아 있었는데 그중 세 명은 주름이 얼굴을 덮은 백발의 노인이었다.

"금문의 주인이 되었으니……."

노인 중 한 명이 말꼬리를 흐렸다.

"삼사께도 연락이 없었는지요?"

사내가 물었다. 그러자 노인들이 고개를 끄덕였다. 노인들은 생사도를 떠나 성하장원으로 돌아온 천기삼사였다.

"우리에게도 소도주의 연락은 없었소이다. 그러나 역시 소도주가 도주의 뒤를 이어 금문의 수장이 되었으니 한 번쯤 원주를 만나러 오는 것은 당연한 일이라고 할 수 있을 것이오."

천수의 말에 원주라 불린 사내, 당금 성하장원의 원주이자 금령의 외숙이 되는 대천궁이 고개를 끄덕였다.

"그렇지요. 우리 두 사람이 한 번은 만나야지요. 그런데 혹 금령이 날 만나서 할 이야기를 짐작할 수 있는 사람이 있소?"

사내가 다른 사람들을 둘러보며 물었다. 그러자 호협한 얼굴에 침착한 눈빛을 지닌 삼십대 초반의 젊은 사내가 대답했다.

"둘 중 하나일 것입니다."

"종담, 생각을 말해봐라."

젊은이는 대천궁의 아들이자 다음 대 성하장원의 주인이 될 대천궁의 아들 대종담이다. 그는 약관의 나이에 이미 창술의 한 경지를 이뤘다고 알려진 창술의 달인인데, 서른을 넘어서면서는 무인으로서 그의 아버지인 대천궁을 넘어섰다고 인정받고 있는 무공의 기재였다.

"좀 더 깊은 곳으로 들어가라 하거나 혹은 이제는 세상으로 나서라 하겠지요."

"그렇구나. 하긴 그 두 가지 말고는 할 이야기가 없겠지. 삼사께서 보시기에는 어느 쪽일 것 같습니까?"

"난 전자일 것 같소이다."

인도가 말했다. 그러자 대천궁의 표정이 어두워졌다.

"그렇다면 큰일이군요. 이미 우리 성하장원이 봉문 아닌 봉문을 당해 강호에 발걸음을 끊은 것이 이십 년입니다. 그런데 여기서 다시 더 깊은 어둠 속으로 들어가라 하면 본 장원은 명맥을 유지하기가 쉽지 않을 겁니다."

"그렇다고 그 아이와 대적할 수도 없지 않소이까?"

인도가 물었다.

"음, 그도 그렇고. 힘들군요."

대천궁이 손으로 이마를 짚었다. 그러자 문득 대종담이 입을 열었다.

"만약 그 아이가 본 파의 봉문을 요구한다면 이번만큼은 순순히 그 요구를 들어줄 수 없습니다. 더 이상 어둠의 시절을 지속한다면 본 장원의 쇠락은 물론이고 선조들의 뜻을 이루고자 하는 문도들의 의지도 사라지게 될 것입니다."

"하면 어쩌자는 말이냐?"

"거래를 해야겠지요."

"거래?"

대천궁이 놀란 얼굴로 대종담을 바라봤다.

"그렇습니다."

"어떻게?"

"듣자 하니 그 아이가 금문의 수장이 된 후 청도의 무인들은 그 아이에게 절대적으로 복종하고 있으나 다른 종파의 금문도들은 여전히 금령 그 아이에게 의문을 가지고 있다고 하더군요. 그러니 그 아이로서도 자신이 믿을 수 있는 새로운 힘이 필요할 겁니다. 그 자리를 우리 성하장원이 채우도록 하면 됩니다."

"허허, 그걸 누가 몰라서 지금껏 봉문을 하고 지냈느냐? 우리의 힘을 도주나 그 아이가 원치 않았기에 이렇게 봉문 아닌 봉문을 하고 지냈던 것 아니더냐?"

대천궁이 실망한 표정으로 말했다. 그러자 대종담이 다시 입을 열었다.

"물론 그렇지요. 그러나 이번에는 그 아이가 우리의 힘을 쓰지 않을 수 없게 만들면 됩니다."

"무슨 소리냐?"

"백호대를 그 아이에게 드러낼까 합니다."

순간 대천궁이 놀란 표정을 지었다.

"백호대를?"

"그렇습니다."

"하지만 백호대는 우리 성하장원의 마지막 희망이다. 그 백호대를 그 아이에게 맡기겠다는 거냐?"

"그뿐 아니라 저 또한 그 아이의 밑으로 들어가지요."

"종담아!"

대천궁이 놀란 목소리로 아들을 불렀다. 그러자 대종담이 차분하게 입을 열었다.

"도주님과 그 아이가 우리 성하장원을 멀리하려 한 것은 그 이유가 서로 다릅니다. 도주님은 성하장원이 금령의 외척으로서 금문의 권력 쟁투에 뛰어드는 것을 원치 않아 본 문을 봉문시킨 것이고, 그 아이는 고모님의 일로 원망하는 마음이 깊어 본 장을 멀리하려 했던 것이지요."

"음, 그렇지."

대천궁이 고개를 끄덕였다.

"그러니 일단 본 장원의 봉문을 풀려면 그 아이의 마음을 풀어주는 것이 중요합니다. 그러기 위해서는 지금 그 아이에게 가장 필요한 것을 아낌없이 내어주는 것이 좋겠지요. 완전하고도 철저하게 말입니다. 만약 이대로 그 아이와 거리를 두고 외부에서 그 아이를 돕겠다고 한다면 그 아이는 결코 우리를 신뢰하지 않을 것입니다. 그러나 소자가 백호대를 이끌고 아무런 조건 없이 그 아이의 곁에서 견마의 힘으로 돕겠다면 필시 그 아이도 우리의 제안을 거절하지 않을 것입니다."

그러자 대천궁이 고개를 끄덕이면서도 불안한 표정으로 물었다.

"그 아이도 그 아이지만 네가 과연 그런 수모를 감당할 수 있겠느냐? 사사로이 그 아이는 너의 사촌동생이다. 그런데 그런 아이의 수족으로 살아갈 수 있겠느냐?"

"장부가 어찌 일시의 고난을 두려워해 대사를 그르치겠습니까. 그 아이의 곁을 지키다 보면 필시 제게도 기회가 오겠지요."

"음, 와신상담이라 하기는 했으나 나로선 마음이 좋지 않구나."

"전 그보다 다른 것을 걱정하고 있습니다."

"달리 뭐가 걱정이란 말이냐?"

대천궁이 의혹 어린 표정으로 물었다. 그러자 대종담이 형형한 안광을 흘리며 말했다.

"저나 백호대는 천하를 상대하기 위해 살아온 사람들입니다."

"그렇지."

"그런데 과연 금령 그 아이가 이런 우리를 품을 그릇이 될지 그것이 걱정입니다. 저야… 사사로운 인연이나 가문의 큰 여망

을 위해 스스로 몸을 낮출 수 있다지만 다른 백호대의 형제들도
그러할지는……."

"그렇구나. 백호대의 아이들은 어려서부터 참혹한 고난을 이
기며 스스로를 단련했지. 아무리 내 명이라 해도 쉽사리 금령에
게 복종하려 하지 않을 것이다. 또한 어찌 외견상 금령을 따르
다 해도 결국 마음이 따르지 않으면 오히려 분란이 일어날 수
있겠지. 난제로구나."

"이런 경우 방법은 하나입니다."

대종담이 단호하게 말했다.

"방법이 있느냐?"

"그 아이를 시험하는 것이지요. 그래서 백호대의 형제들이
그 아이가 백호대를 담을 그릇이 된다는 것을 증명하는 것이지
요."

순간 천기삼사 중 지덕이 큰 소리로 입을 열었다.

"그건 불가하다."

"어찌 불가한지요?"

대종담이 사납게 물었다. 문파의 존장에 대한 예의를 찾아볼
수 없는 태도다.

"종담, 무례하다!"

대천궁이 얼른 나서서 대종담을 나무랐다. 그러자 대종담이
사나웠던 눈길을 거두며 고개를 숙였다.

"원주, 종담을 나무라지 마시오. 우리 세 늙은이야 장원을
위해 한 일이 없으니 어찌 종담이라고 우리를 원망하는 마음이
없겠소. 그러나 종담아, 금령 그 아이를 시험할 생각일랑은 말

거라."

"이유가 무엇입니까?"

종담이 다시 퉁명스레 물었다. 그러자 지덕이 눈을 가늘게 뜨고 대종담을 살피다가 나직하게 탄식하며 입을 열었다.

"아, 이제 보니 금령 그 아이의 그릇이 궁금한 것은 백호대의 아이들이 아니라 바로 너 자신이로구나. 종담 네가 그 아이에게 적의를 가지고 있다는 것은 알겠다. 어찌 그렇지 않을쏘냐? 본 장원이 수십 년 봉문에 가까운 행보를 보인 것이 모두 그 아이 때문이라고 생각하고 있을 텐데. 그러나 종담아, 그 아이를 시험하려 하지는 말거라."

"금령 그 아이가 두렵사옵니까, 아니면 그 아이에 대한 정이 본 장원에 대한 정보다 깊기 때문이십니까?"

대종담이 다시금 도발적인 질문을 던졌다. 그러자 지덕이 망설이지 않고 대답했다.

"우리 세 늙은이의 그 아이에 대한 정이 작다고는 하지 않겠다. 그러나 아무리 그렇다고 해도 성하장원을 생각하는 마음만 하겠느냐? 과거 우리가 한 그 역천의 행사들도 모두 장원을 위하는 마음에서 한 일이다. 그러니 그 아이에 대한 정으로 너의 행보를 막으려는 것은 아니다."

"그럼 결국 그 아이가 두렵기 때문이라는 것이군요."

대종담의 여전히 냉막한 표정으로 말했다. 그러자 지덕이 고개를 끄덕였다.

"그렇다. 우린 그 아이가 두렵다. 그리고 그 아이의 곁에 있는 인검도 두렵다."

"인검! 삼사께서 키워 소도주에게 바친 그자 말이군요."

대종담의 말에 비수가 담겨 있다.

"아니, 그는 우리가 키운 것이 아니다. 그는 스스로 성장했어. 청도주가 그를 선택하는 순간 그는 이미 인검이 되어 있었던 거지. 우린 그냥 그가 인검이 되는 과정을 지켜봤을 뿐이다. 소도주와 인검은 네가 생각하는 것보다 훨씬 무서운 사람들이다. 더군다나 소도주에게는 자비가 없다. 두 사람을 대적하려다가 백호대가 몰살을 당할 수도 있어."

지덕의 말에 대종담이 차갑게 대답했다.

"백호대는 그리 약하지 않습니다. 스스로의 목숨쯤 지킬 수 있는 형제들이지요. 그리고 전 제 운명을 아무에게나 맡기지는 않습니다. 반드시 소도주를 시험해 보겠습니다. 제 무공의 경지 역시 금령에게 뒤진다고 생각지 않습니다."

"아, 어찌 이리 고집이 센고."

지덕이 탄식을 흘렸다. 그러자 두 사람의 대화를 듣고 있던 대천궁이 대종담에게 물었다.

"반드시 해야겠느냐?"

"그래야 성하장원의 갈 길이 정해집니다."

대종담이 단호하게 대답했다. 그러자 대천궁이 천기삼사를 보며 말했다.

"어르신들, 이 일은 나도 종담의 말에 찬성입니다."

"원주!"

지덕이 안타까운 듯 소리쳤다. 그러자 대천궁이 얼굴을 굳히며 말했다.

“물론 삼사께서 무엇을 걱정하는지는 잘 알고 있습니다. 그러나 우리 성하장원은 지난 세월 철저히 외면을 당해왔지요. 이 삶을 종담에게도 물려주고 싶지 않습니다. 그러자면 역시 종담의 말대로 하는 것이 좋겠습니다.”

“아, 너무 위험한 일인데…….”

지덕이 중얼거렸다. 그러자 천수가 말했다.

“원주께서 결심을 하셨다니 어쩔 없는 일이네. 소도주도 설마 외가에 와서 혈겁이야 일으키겠는가? 또 우리도 지켜보고 있으니 불상사는 없을 걸세.”

천수의 말에 지덕이 나직하게 중얼거렸다.

“부디 그리되기를 바라야지.”

“어디서 오시는 분들이오?”

굳게 잠긴 문 앞에서 사십대 중반의 사내가 검을 들어 가슴 어림을 막으며 물었다. 그러자 석요송이 대답했다.

“청도에서 왔소!”

“청도라면…….”

사내가 놀란 눈으로 석요송과 금령을 번갈아 살폈다.

“기별이 왔을 거요.”

“물론입니다. 원주께서 이미 기다리고 계십니다. 드십시오. 열어라!”

사내의 명에 함께 정문을 지키고 있던 자들이 재빨리 장원의 정문을 열었다. 그러자 어둠에 싸인 성하장원이 석요송 앞에 모습을 드러냈다.

"길을 열겠습니다."

사내가 다시 고개를 숙여 보인 후 앞장서서 석요송과 금령을 장원 안으로 이끌었다.

'음울하다.'

석요송이 사내의 뒤를 따르며 살짝 눈살을 찌푸렸다. 장원은 잘 지어져 있었지만 그 기운이 맑지 않았다. 어쩌면 수십 년 봉문 아닌 봉문을 당해왔기 때문인지도 몰랐다.

사내는 두 사람을 구불거리며 정군산의 동쪽 비탈로 이어진 길로 이끌었다. 성하장원은 정군산 전체를 그 영역으로 두고 있었기에 규모 면에서는 웬만한 산성에 버금갔다.

그렇게 이각여를 이동하자 두 사람의 눈앞에 한 채의 커다란 전각이 모습을 드러냈다. 전각은 다른 건물들과 달리 대낮처럼 환하게 밝혀져 있었는데, 그 전각 앞에 일단의 사람이 나와 서서 석요송과 금령을 기다리고 있었다.

"오셨습니까, 소도주!"

금령을 먼저 맞이한 사람은 천기삼사 천수였다.

"나와 계실 줄은 몰랐군요."

금령이 싸늘하게 대답했다.

"소도주께서 오신다는데 우리 세 늙은이가 나와 보지 않을 수 있겠습니까?"

"괜한 걸음 하셨군요."

"소도주, 이 늙은이들을 그만 용서해 주십시오."

"제가 용서하고 말고가 있나요? 세 분은 세 분 뜻대로 살아가시면 되지요."

금령이 차갑게 대답을 하고는 시선을 들어 성하장원의 원주 대천궁을 응시했다. 대천궁은 금령의 친모인 대모설의 오라비이니 금령에게는 외숙부다. 그럼에도 불구하고 두 사람은 마치 생면부지의 사람을 보는 것처럼 서로를 응시했다. 그러다가 결국 대천궁이 먼저 입을 열었다.

"어서 오시구려, 소도주! 이렇게 외가에 발걸음을 해주시니 고맙구려."

비록 사사로이 외숙이기는 하지만 금령은 당금 금문의 태상장로다. 그런 금령에게 함부로 하대를 하지 못하는 대천궁이다.

"오랜만에 뵙는군요, 외숙부!"

금령이 고개를 까딱였다. 금령은 자신의 출생에 대한 비밀들을 알기 전까지는 가끔 이 성하장원에 들렀다. 그러나 철이 든 이후로는 근 십여 년간 단 한 번도 성하장원을 찾지 않은 금령이었다.

"마지막으로 뵈었을 때는 어린 아기씨였는데… 세월이 흘렀구려. 들어갑시다, 소도주."

대천궁이 금령을 자신의 거처인 전각 안으로 이끌었다.

'화려하군. 과거의 영화를 짐작할 만해.'

대천궁이 이끄는 대로 전각 안으로 들어선 석요송이 내심 감탄했다. 대천궁의 거처는 화려하기 이를 데 없었다. 곳곳에 금박으로 장식된 가구들이 놓여 있었고, 가운데 놓인 서탁 역시 여간 공들여 만든 것이 아니었다. 대천궁은 금령을 그 서탁으로 이끌었다.

“밤늦게 오신다 하여 다과를 준비치는 않았소이다. 차를 내어도 되겠소이까?”

대천궁의 태도가 극진하기 이를 데 없다.

“그러지요.”

금령이 차갑게 대답했다.

“차를 내어라!”

대천궁이 한쪽에 서 있는 시비들에게 말하자 시비들이 얼른 전각을 벗어났다. 시비들이 나가는 것을 확인한 대천궁이 문득 대종담을 가리키며 금령에게 물었다.

“누군지 아시겠소?”

그러자 금령이 대종담을 보며 말했다.

“종담 오라버니, 오랜만이군요.”

금령의 입을 열자 대종담이 딱딱한 안색으로 대답했다.

“그렇군요, 소도주!”

친족이 아니라 타인을 대하는 듯한 말투다. 역시 대천궁처럼 말을 놓지 않았고, 오히려 존대를 하는 대종담이다.

“청도에 한번 오시지 않고요?”

“후후, 도주와 소도주님이 무서워서 어디 청도 출입을 할 수 있어야지요.”

대종담이 냉소를 흘리며 대답했다. 그러자 금령이 말했다.

“저로서야 언제나 오라버니를 환영했을 텐데요.”

“하하, 진심이십니까?”

“그럼요. 제가 왜 오라버니께 거짓을 말하겠어요?”

순간 대종담의 표정이 살짝 변하는가 싶더니 이내 정색을 하며 물었다.

"오늘 이 성하장원에 오신 이유가 무엇입니까?"

"종담, 무례하다."

대천궁이 대종담을 꾸짖었다. 그러나 금령은 별반 기분이 상한 얼굴이 아니었다.

"제가 오지 말아야 할 곳을 왔나요?"

금령이 대종담에게 물었다. 그러자 대종담이 싸늘하게 대답했다.

"본 장이 금문과 인연을 맺은 이후 금문의 사람들이 본 장엘 오면 항상 본장을 곤란하게 하는 일을 가지고 왔지요. 그러니 내 어찌 소도주의 행차를 반길 수만 있겠습니까?"

"그렇군요. 저도 알고 있는 일이지요. 그리고 오라버니의 예상이 맞습니다. 저 또한 오늘 성하장원에 온 것은 바라는 것이 있어서이지요."

순간 대종담의 눈썹이 꿈틀거렸다.

"본 장이 또 뭘 내놓아야 할까요?"

그러자 금령이 정색을 하며 말했다.

"이젠 성하장원의 힘을 빌려주서야겠어요."

"힘! 무사들을 내놓으란 말입니까?"

"지난 세월 성하장원이 세상에 드러내지 않고 힘을 기르고 있었다는 것을 알아요. 그 힘을 제게 주세요."

"금문은 참으로 독하군요. 본 장의 마지막 밑천까지 내놓으라니……."

대종담이 노기를 담은 음성으로 말했다. 그러자 금령이 다시 입을 열었다.

"대신 대가가 있어요. 오늘부로 성하장원의 봉문은 끝이에요!"

순간 대천궁과 대종담, 그리고 천기삼사의 눈빛이 번쩍였다.

"소도주, 그게 진심이시오?"

대천궁이 믿기 어렵다는 듯 물었다.

"외가에 와서 숙부께 허언을 하겠어요?"

"도주께서 허락하셨습니까?"

천기삼사 천수가 급히 물었다. 그러자 금령이 고개를 끄덕였다.

"할아버님은 이미 금문의 일을 모두 내게 일임하셨어요. 이 일 또한 달리 반대하시지 않았지요. 이젠… 지푸라기 한 올의 힘이라도 제게 필요하다는 것을 아시니까요."

"그게 무슨 말씀이십니까? 금문에 무슨 변고라도……?"

지덕이 걱정스런 표정으로 물었다. 그러자 금령이 패도적인 기운을 흘리며 대답했다.

"이제 전 금문의 고수들을 이끌고 천하를 향해 나아갈까 해요."

"음……."

"으음……."

대천궁도 천기삼사도 나직하게 신음성을 흘렸다. 금령은 지금 무림 제패의 길을 떠나겠다고 말하고 있는 것이다. 그건 청도주 금온조차도 실행에 옮기지 못한 일이었다.

"진정 그리할 생각이십니까?"

지덕이 확인하듯 물었다.

"그래요. 이미 모든 계획은 세워졌어요. 이젠 실행에 옮길 때죠. 그래서 성하장원도 그 행보에 동참하기를 권하러 온 것입니다."

금령이 거부할 수 없는 시선으로 대천궁을 보며 말했다.

第四章 육방맹호진

“천하를 손에 넣을 자신이 있습니까? 아니, 오늘 그 능력을 증명할 수 있습니까?”

차가운 침묵 끝에 대종담이 도발적인 질문을 던졌다. 그러자 금령이 대답했다.

“두 가지 경우에 한해 그 답을 들을 수 있을 거예요. 첫 번째 는 내 제안을 거절한다면 성하장원이 겪어야 할 고난으로, 둘째 는 오늘 나의 제안을 수락한 후 몇 년 뒤 강호무림 위에 서 있는 금문과 성하장원의 모습에서!”

금령이 아무렇지도 않게 협박을 했다. 그러자 대종담의 눈에 노기가 번뜩였다.

“모든 일이 끝난 후 답을 들을 수 있다면 그 누가 소도주의 행 보에 동참을 하겠습니까? 제 생각에는 오늘 이 자리에서 소도주께서는 그 답을 주실 수 있을 것 같습니다만……."

대종담의 말에 금령이 대종담을 응시하며 물었다.

"어떻게 답을 해드리면 될까요?"

"제게 서른 명의 형제가 있습니다. 지난 이십 년 동안 성하장원은 밤에는 불을 밝히지 않고 낮에는 문을 열지 않았지요. 그러니 장원의 젊은 후기지수들은 억울하기 이를 데가 없었습니다. 그들이라고 어찌 강호를 횡보하고 싶은 생각이 없겠습니까? 해서 아버님과 장원의 어르신들께서는 그들의 그 암울한 절망을 무공을 수련하는 데 몰두하는 것으로 견뎌내도록 하셨습니다. 새옹지마라고, 해서 이십 년의 봉문 아닌 봉문의 결과 성하장원은 서른 명의 강력한 고수를 배출했지요. 장원에선 그들을 백호대라 부릅니다."

"제게 필요한 사람이 바로 그런 사람들입니다."

금령이 마침 잘되었다는 듯 말했다. 그러자 대종담이 싸늘하게 대답했다.

"그들은 강호에 출도하지 않고 오직 무공만 수련했기에 무공에 대한 자부심이 무척 강합니다. 해서 그들은 자신들을 능가하는 고수가 아니라면 결코 타인을 위해 병기를 들지 않을 것입니다."

대종담의 말에 금령이 빙그레 미소를 지었다.

"결국은 무공으로 나의 능력을 증명하라는 말이군요."

"그렇습니다."

"좋지요. 애초에 말 한마디로 성하장원의 정예들을 얻을 거라고는 생각지 않았지요. 또한 나도 궁금하군요. 그 백호대라는 자들이 과연 쓸 만한 자들인지."

"비무를 허락하시겠습니까?"

"그러죠."

금령이 고개를 끄덕였다. 그러자 지금껏 침묵하고 있던 석요송이 입을 열었다.

"소도주께서 직접 검을 드실 일은 아닙니다. 제가 하지요."

석요송의 말에 금령이 대종담을 보며 물었다.

"제게 분신이 한 명이 있는 것을 아시지요?"

"인검에 대해선 들었습니다."

"인검이 비무를 대신해도 될까요?"

"소도주께선 자신이 없으십니까?"

대종담이 도발했다. 그러자 금령이 고개를 저으며 대답했다.

"사실대로 말하자면 백호대를 위한 제안이지요. 제 도(刀)는 파멸의 도지요. 상대하는 자들이 살아남기 어렵습니다. 제가 외가에 와서 어찌 그런 피바람을 일으킬 수 있겠어요. 반면에 인검의 검은 정심하지요. 사람이 많이 상하지는 않을 거예요."

"죽음을 걱정해야 하는 것은 백호대가 아닐 것입니다. 백호대 서른 명이 펼치는 육방맹호진을 감당할 고수가 강호에 있다고는 생각지 않습니다."

"세상에는 가끔 기이한 능력을 지닌 자가 있지요. 인검 역시 그런 사람입니다. 좋은 대결이 될 거예요."

"좋습니다. 그 전에 약속을 해주시지요."

"말씀하세요."

"인검이 치른 비무의 결과를 소도주께서도 인정하셔야 합니

다. 또한 만약 백호대가 이 비무에서 승리를 한다면… 저도 소
도주께 한 가지 요구를 할 것입니다.”

“뭐지요?”

“그건 비무가 끝난 후 말씀드리지요.”

대종담의 말에 금령이 선선히 고개를 끄덕였다.

“좋아요. 그렇게 하죠. 하지만 아마도 그 요구를 말할 기회는
없을 것 같군요, 인검!”

“예, 소도주!”

석요송이 금령에게 다가섰다.

“이 비무는 곧 내가 하는 것이니 손에 사정을 두지 마시오. 또
한 반드시 이겨야 하는 비무요.”

“명심하지요.”

석요송이 대답을 하고는 대종담을 바라보며 물었다.

“비무는 어디서 하리까?”

“이미 준비가 되어 있소.”

대종담이 대답을 하면서 자리에서 일어났다. 그러고는 대전
의 문 쪽으로 걸어가더니 힘차게 문을 열어젖혔다. 그러자 대낮
처럼 환한 불빛이 대전으로 밀려들어 왔다.

수십 개의 횃불 아래 서른 명의 무사가 서 있다. 등에는 도를,
허리춤에는 활과 전통을 매단 사내들의 두 손에는 긴 창이 들려
져 있었다. 강호의 무인이라기보다는 전장의 날랜 병사들 같은
모습을 한 사내들이었다.

“저들은 백호대라고 하오.”

문득 석요송과 금령의 귀에 대천궁의 목소리가 들려왔다. 그러자 금령이 고개를 끄덕이며 대답했다.

"좋군요."

"소도주의 칭찬을 들으니 기쁘구려."

대천궁이 미소를 지었다.

"성하장원이 잠만 잔 것은 아니군요."

"하하하, 비록 도주님의 명으로 강호행을 삼갔다고 해도 무림 문파가 어찌 수련을 게을리할 수 있었겠소이까? 그런데… 과연 인검 홀로 저들을 상대할 수가 있겠소?"

대천궁이 금령을 보며 물었다. 그러자 금령이 석요송에게 말했다.

"시작하시겠소?"

금령의 말에 석요송이 말없이 고개를 끄덕였다. 그러자 금령이 다시 문 앞에 서 있는 대종담에게 큰 소리로 말했다.

"오라버니, 이쪽은 준비가 되었어요."

"좋습니다. 그럼 소도주께서 어떤 칼을 얻으셨는지 보겠습니다. 모두 준비하라!"

대종담의 명에 서른 명의 성하장원 무사가 바람처럼 움직이더니 기이한 진세를 구축했다. 여섯 방위에 각기 다섯 명씩 무사들이 섰고, 동쪽과 북쪽의 방위는 비워둔 진세였다.

보통 진을 구축할 때는 팔방의 방위를 모두 점하게 마련인데 그런 면에서 보자면 성하장원 무사들의 진세는 진법의 정법을 어기는 것이었다.

"생사의 문을 열어놓았군요."

금령이 성하장원 무사들의 진법을 살피며 말했다. 그러자 대천궁이 감탄했다.

"과연 소도주시구려. 천하에 다시없는 기재라고 삼사께서 입에 침이 마르도록 칭찬을 하시더니… 단번에 육방맹호진의 원리를 파악하셨구려. 맞소이다. 육방맹호진은 생문과 사문을 열어놓은 진이오. 두 문을 관통할 수만 있다면 육방맹호진을 파훼할 수 있을 것이오."

대천궁의 대답에 금령이 다시 석요송을 바라봤다.

"들었소?"

금령의 말에 석요송이 고개를 끄덕였다. 그러자 금령이 다시 말했다.

"동쪽으로 들어가 북쪽으로 나오면 진이 파훼될 거요. 가급적 속도를 높여 저들의 창이 위력을 발휘하지 못하게 해야 하오. 그렇지 않아 진 속에서 창의 연환 공세에 빠지면 헤어나기 어려울 것이오."

금령이 조금은 걱정이 되는 표정을 지었다. 그러자 석요송이 가만히 육방맹호진을 살피더니 침착하게 입을 열었다.

"다른 방법도 있을 것 같군요."

"다른 방법? 무슨 방법이 있단 말이오? 생로와 사로가 이미 정해진 진인데?"

그러자 석요송이 훌쩍 몸을 날리며 대답했다.

"진으로 들어갈 것이 아니라 아예 밖에서 진을 부수는 방법도 있지요."

턱!

바람처럼 대전을 빠져나간 석요송이 성하장원의 백호대 무사 서른 명이 펼친 육방맹호진 앞에 내려섰다. 그러자 순식간에 장 내에 팽팽한 긴장감이 깃들기 시작했다.

스릉!

석요송이 거침없이 검을 뽑았다. 그러자 백호대의 무사들도 창을 하늘을 향해 들어 올리더니 이내 석요송을 향해 창끝을 겨 눴다.

"조심하시오. 도검에는 눈이 없소. 하물며 지금은 어두운 밤 이니……!"

대종담이 경고를 하고는 훌쩍 뒤로 물러나며 대전 위로 올라 섰다. 그러자 어느새 다가온 금령과 대천궁, 그리고 천기삼사가 긴장한 시선으로 석요송과 백호대의 대치를 응시했다.

동쪽이 생문인 것은 확실했다. 일단 이 싸움의 승부를 보려면 동쪽의 생문으로 파고들어 진 안에서 상대의 신세를 흩뜨려야 한다. 그리고는 최종적으로 북쪽의 사문으로 나와야 진이 와해 될 터였다. 그런데 석요송은 이상하게도 동쪽 생문으로 들어갈 기세를 보이지 않았다. 대신 그는 육방맹호진을 남쪽 정면에서 응시하며 검을 머리 위로 들어 올렸다.

"무모하군."

대천궁이 중얼거렸다. 정면으로 진을 깨뜨리려는 석요송의 내심을 읽었기 때문이다. 그러자 지덕이 입을 열었다.

"저 아이가 그리 판단을 했다면 그 이유가 있을 것이오."

"생사의 문을 통하지 않고 진을 깨뜨릴 수 있다는 것입니까?"

대천궁이 믿기 힘들다는 듯 물었다.

"글쎄… 어려서부터 항상 우리를 놀래준 아이라서… 기대가 되는구려."

지덕의 말에도 불구하고 대천궁에게는 석요송이 생사의 문을 통하지 않고 육합맹호진을 상대하는 것은 무모한 행동으로 보였다. 그런데 그때 문득 석요송이 하늘 높이 들고 있던 검을 내리그었다.

쿠앙!

마른 밤하늘에서 한줄기 벼락이 떨어져 내렸다. 강력한 파열음이 일어나며 육합맹호진이 흔들렸다. 그러자 백호대 무사들이 들고 있던 창들이 갈대처럼 한쪽으로 쏠려갔다.

차앙!

십여 대의 창이 뻗어 나간 곳에서 석요송이 검을 휘둘러 자신을 향해 달려드는 창끝을 걷어냈다. 그러고는 재차 검을 휘둘렀다.

우웅!

이번에는 기이하게 휘어진 검기가 백호대 무사들의 창을 휘어 감았다. 그러자 몇 자루의 창대가 중간에서 뎅겅뎅겅 잘려져 나갔다. 그러나 창을 자른 것이 전부, 잘려 나간 창이 있던 자리로는 다시 새로운 창이 밀고 들어와 그 공간을 메웠다.

잘 훈련된 연환의 창술은 서른 개의 창이 하나처럼 보이게 만들었다. 그러나 석요송은 실망하지 않고 계속해서 검을 휘둘렀다. 그가 검을 휘두를 때마다 어김없이 한두 개의 창이 부러져 나갔다. 그러면 또 다른 창이 그 자리를 메우면서 석요송을 상대했다.

그렇게 싸움은 끊임없이 이어질 것처럼 보였다. 그런데 한순간 갑자기 석요송이 육합맹호진의 왼쪽 방향을 타고 움직이기 시작했다. 그러면서도 계속해서 검을 휘둘러 창들을 부러뜨리고 있었는데, 석요송이 움직이는 속도가 점점 더 빨라지자 창들도 마치 바람에 쓸린 갈대처럼 한 방향으로 쏠리기 시작했다.

석요송의 움직임은 점점 더 빨라졌다. 그럴수록 그를 겨눈 창들도 왼쪽으로 급격하게 기울어졌다. 이제 사람들의 눈에 석요송의 신형이 거의 보이지 않았다. 그러자 백호대의 무사들도 석요송의 신형을 찾는 대신 그가 남긴 잔영을 중심으로 창을 모아 석요송의 공격에 대비했다.

그런데 한순간 왼쪽으로 돌던 석요송의 신형이 갑자기 멈추는 듯싶더니 번개처럼 오른쪽으로 방향을 틀었다. 그러자 그를 향하던 창들도 역시 그를 따라 오른쪽으로 움직였다. 그러나 미리 준비를 하고 움직인 석요송과 석요송의 움직임을 보고 반응한 백호대 무사들의 움직임 사이에는 찰나의 간격이 존재했다. 그 순간 지금껏 석요송이 줄곧 왼쪽으로 움직였던 이유가 드러났다.

좌악!

창의 방향이 틀어지며 생긴 틈으로 석요송이 왼손을 흩뿌렸다. 그러자 그의 왼손에서 다섯 줄기의 지력이 뻗어 나와 육방맹호진의 빈틈을 파고들었다.

퍼퍽!

"억!"

도검은 창으로 막아낼 수 있지만 은밀하고 번개처럼 파고드는 지력은 창의 방어막을 뚫고 들어가 백호대 무사들을 타격했다. 둔탁한 파열음이 신음성과 함께 들렸다. 그러자 석요송의 유뢰지가 파고든 진의 일부가 크게 흔들렸다.

필시 지력에 격중된 무사들이 쓰러지면서 진에 균열이 생긴 것이 분명했다. 진의 흔들림을 목격한 석요송이 이번에는 검을 내리그었다.

콰앙!

벽력같은 파공음과 함께 천광검 단의 초식이 펼쳐졌다. 이 장 이상 뻗어 나간 검기가 단번에 육방맹호진을 갈랐다. 좌우에서 십여 개의 창이 뻗어 나와 서로 교차하면서 석요송의 검기를 막았다. 그러나 한번 흔들린 진세는 태산의 무게를 지닌 석요송의 검기를 온전히 받아내지 못했다.

캉!

"욱!"

"크윽!"

몇 마디의 비명과 함께 어둠을 밝히는 횃불 사이로 붉은 선혈이 솟구쳤다. 백호대 중 일부가 석요송의 검기에 격중되어 몸이 상한 것이 분명했다.

"진세를 지켜라!"

진 안에서 노성이 터져 나왔다. 그러자 당황하던 백호대의 무사들이 자신의 자리를 찾기 위해 재빨리 움직였다. 그러나 이미 잠깐의 혼란 속에서 석요송은 진 안으로 육박해 들어가고 있었다.

우웅!

석요송의 검이 천광검 환의 초식을 일으켰다. 그러자 육방맹호진을 형성하고 있던 백호대 무사들이 물결 갈라지듯 갈라지며 곳곳에서 창대가 부러져 나갔다

일단 진 안으로 뛰어든 석요송은 마치 양 떼 사이에 뛰어든 맹수와 같았다. 그의 검이 검기를 일으킬 때마다 백호대 무사들은 파도 쓸리듯 한쪽으로 밀려났고, 그의 손에서 유뢰지가 펼쳐질 때마다 어김없이 한두 명의 백호대 무사가 땅에 쓰러졌다.

삽시간에 육방맹호진이 무너지기 시작했다. 그러자 멀리 대전에서 비무를 지켜보고 있던 대종담이 노기를 담은 말투로 소리쳤다.

"산진하고 도검으로 상대하라!"

대종담의 명이 떨어지자 창을 들고 진세를 유지하기 위해 안간힘을 쓰던 백호대 무사들이 일제히 창을 내려놓더니 등 뒤에서 도검을 뽑아 들고 석요송을 향해 날아들기 시작했다. 그러자 석요송의 움직임이 더욱 빨라졌다. 창은 장병이라 근접하면 그리 위험한 병기가 아니지만 도검은 다르다. 단병의 빠른 병기를 상대하려면 그보다 빠른 움직임이 필요한 법이다.

석요송의 귀령보가 보는 사람들의 눈을 어지럽힌다. 화살처럼 꽂혀드는 도검 속에서 석요송은 귀령보를 밟아 상대의 공세를 무위로 돌린 후 그 빈틈을 노려 반격을 가했다.

그러면 또한 어김없이 백호대 무사들이 쓰러졌다. 이대로 가

다가는 백호대 전부가 전멸할 상황. 그나마 다행인 것은 아직 석요송이 살수를 쓰지는 않는다는 것이었다. 쓰러진 자들은 부상이 심할 뿐 죽지는 않았다.

도검을 들었음에도 양 떼처럼 몰리는 백호대 무사들을 보며 대천궁과 대종담 부자의 얼굴이 붉게 달아올랐다. 특히 대종담의 경우 한 손으로 자신의 도를 꽉 움켜잡고 있었는데 여차하면 자신이 비무에 뛰어들 태세였다.

그런데 그때 비무를 지켜보던 금령이 심드렁하게 입을 열었다.

"이건 뭐… 더 볼 게 없군요."

금령이 휙 신형을 돌려 대전 안으로 들어갔다. 더 이상 비무를 볼 이유가 없다는 태도였다. 아직 비무가 끝나지 않았는데 대전으로 들어가는 금령을 보며 대종담의 얼굴이 더욱 붉게 달아올랐다. 그러고는 참지 못하고 도를 뽑으려는 찰나 천수의 손이 그의 팔을 잡았다. 그러고는 고개를 저으며 말했다.

"쓸데없는 일이네. 더 이상 피를 볼 필요는 없어. 원주, 비무를 멈추시지요."

천수의 말에 대천궁이 딱딱하게 굳은 얼굴로 잠시 망설이다가 이내 명을 내렸다.

"그만 멈추라! 비무는 끝났다!"

"아버님!"

대종담이 승복할 수 없다는 듯 대천궁을 바라봤다. 그러자 대천궁이 씁쓸한 표정으로 말했다.

"장부는 승복할 줄도 알아야 한다. 들어가자."

대천궁이 매정하게 신형을 돌렸다. 그러자 천수가 대종담의 어깨를 두드리며 말했다.

"우리가 성하장원을 떠난 것이 꼭 우리가 원했던 것은 아니네. 어쩔 수 없는 면도 있었지. 그때도 지금처럼 금문의 힘을 감당할 수 없었네. 만약… 항거했다면 본 장원은 멸문을 당했을 것일세. 그러니 이젠 우리에 대한 원망도 그만 거두시게."

천수가 나직하게 말을 하고는 대천궁을 따라 전각 안으로 들어갔다. 그러자 그 모습을 보고 있던 대종담이 허망한 표정으로 중얼거렸다.

"내가 백호대를 빌미로 봉문을 풀어 강호로 나가려 했던 것은 우리의 힘을 믿었기 때문이다. 그런데 이대로라면 난 저 아이의 종복으로 살아갈 뿐 내 꿈을 펼칠 수는 없겠구나. 아, 이래서 봉문이 결코 나쁜 것은 아니라고 삼사께서 말씀하셨던 것이군."

대종담이 허탈하게 걸음을 옮기려는데 문득 석요송이 그의 곁을 스치고 지나갔다. 그러자 대종담이 급히 물었다.

"석문 출신이라 들었는데, 맞소?"

그러자 석요송이 고개를 돌려 대종담을 바라봤다.

"맞소."

"어쩌다 인검이 되었소?"

"……?"

갑작스런 질문에 석요송이 대종담을 응시했다. 그러자 대종담이 자신의 실태를 깨닫고는 이내 고개를 저었다.

"이거 미안하오. 내 그대의 무공에 놀라 잠시 묻지 말아야 될 말을 물은 모양이구려."

"아니오. 감출 일은 아니니까. 도주의 겁박에 어쩔 수 없이 인검이 될 수밖에 없었소."

석요송의 대답에 대종담이 놀란 표정을 지었다. 설마하니 인검이 청도주의 협박으로 금문에 몸을 담은 사람인 줄은 몰랐던 모양이다.

"그런데… 그럼에도 여전히 령을… 소도주를 따르오?"

"석문 형제들의 자유를 약속받았소."

"아! 그렇군. 그래, 후우! 그러니 난들 어쩔 수 있나. 장원을 위해서 소도주의 견마가 되는 수밖에."

대종담이 탄식을 흘렸다. 듣고 보니 석요송의 처지나 자신의 처지나 별반 다르지 않다고 느낀 모양이다. 그러다가 또 문득 대종담이 고개를 갸웃했다. 그러면서 석요송을 유심히 보더니 주저하며 입을 열었다.

"그대는… 내가 아는 누군가와 무척 닮았구려. 내가 아주 어릴 때 돌아가신 고모님과 함께 보았던 분이 있는데……."

석요송은 대종담이 말하는 사람이 누군지 금세 알아챘다. 그의 고모라면 금령의 어머니 대모설이다. 그런 그녀와 함께 보았고, 자신과 닮은 사람이면 아버지 석묘문일 수밖에 없었다.

"내 부친의 함자가 묘 자, 문 자요."

석요송이 중얼거리듯 대답을 하고는 전각 안으로 들어갔다. 그런데 대종담은 쉽게 걸음을 떼지 못했다. 그는 조금 넋이 나간 표정으로 석요송을 한참 동안 바라봤다. 그러고는 퍼뜩 정신을 차린 후 중얼거렸다.

"청도주는 정말 무서운 사람이군. 어찌 그 아비와 아들을 모두 금문의 검노로 만들었을까? 그 비정한 양반에게 과연 인정이란 것이 있을까? 하긴 그런 정이 있는 사람이면 우리 성하장원을 이토록 핍박하지는 않았을 테지. 휴, 그나저나 석묘문 대협의 아들이라니… 왠지 정이 가는걸."

대종담이 급히 걸음을 옮겨 석요송의 뒤를 따랐다.

*   *   *

숙주의 포구는 오늘도 사람들로 북적였다. 요동 반도 끝에 위치해 중원이나 해동으로 이동하는 배들이 반드시 거처 가는 곳이기도 하고, 요동 안쪽 북방의 대륙으로 들어가는 상단이 하선하는 곳이기도 해서 숙주의 포구는 언제나 인산인해를 이룬다.

그런데 며칠 전부터 장사치들로 들끓는 이 포구에 기이한 자들이 모습을 드러내기 시작했다. 도검을 허리에 차고 형형한 안광을 흘리는 자들은 숙주의 객잔에서 하루 이틀을 머문 후 배를 타고 어디론가 사라졌다.

그래서 오랫동안 숙주에서 장사를 해온 장사치들은 금명간에 숙주 인근에서 강호인들의 큰 싸움이 벌어질 거라고 수군거렸다.

두두두!

시끄럽던 숙주의 포구에 거친 말발굽 소리가 일어났다. 그러자 장사를 하던 자나 물건을 사던 자들, 혹은 배에서 내리거나 배에 올라 먼 길을 떠나려 하던 자들이 움직임을 멈추고 말을 타고 나타난 자들에게 시선을 주었다.

포구에 나타난 자들은 두 명의 중년인이 이끌고 있었는데, 행색을 보니 두 사람이 한곳에서 온 것 같지는 않고 포구에서 만난 모양이었다. 그럼에도 불구하고 두 사람이 무척 친근하게 이야기를 나누는 것으로 보아서는 이미 안면이 있는 자들이 분명했다.

두 무리의 무사는 잠시 포구에서 머물다가 기이하게 생긴 배가 포구로 들어오자 그 배에 올라 이내 대해로 빠져나갔다.

"또 금문의 사람이지?"

두 무리의 사람을 싣고 배가 떠나자 포구에서 건어물을 파는 황씨가 포목 장사를 하는 변씨에게 말을 건넸다.

"음, 맞는 것 같으이. 옷자락에 금 자가 새겨져 있었어."

"필시 청도에 무슨 사단이 난 게야."

황씨가 고개를 끄덕이며 말했다.

"그러게 말일세. 벌써 요 며칠 새 배를 타고 청도로 들어가는 금문도의 숫자가 근 이백여 명에 이르네. 청도가 큰 섬이라고는 하나 지금쯤 청도는 발 디딜 틈이 없을 걸세."

"무슨 일일까?"

"예끼, 이 사람아. 우리가 금문의 일을 알아서 무엇하나. 다만 청도에 사람이 넘친다면 필시 소용되는 물건이 부족할 터, 공가에게 선을 대어보세."

"음, 그렇군. 공가를 통하면 청도에서 부족한 물건들을 댈 수 있겠지. 한몫 잡겠는걸."

"공가 놈이 얼마나 많은 구전을 달라고 할지 그게 걱정이야."

"이번에는 우리도 단단히 버티세. 비록 그놈이 숙주의 상인들 중 유일하게 청도와 거래를 한다지만 제가 금문의 사람은 아니지 않은가?"

"그렇긴 해. 오늘 저녁에 공가를 찾아가 보세."

황씨가 눈에 욕심을 드러내며 말했다.

숙주의 포구를 떠난 배는 순식간에 망망대해로 나왔다. 배는 크기에 비해 돛이 커서 무척 빠르게 움직였다. 그 배의 선두에 두 명의 중년 사내가 바닷바람을 맞으며 서 있었다.

"그래서 결국 지낭이 소도주의 사람이 되었다는 말이구려."

오십은 훌쩍 넘어 보이는 사내가 사십대 중반으로 보이는 사내에게 물었다.

"그렇소이다. 소도주의 손속이 생각보다 독하더구려. 설마 지낭의 팔을 자를 줄이야."

"팔을 자른 자는 소도주가 아니라 인검이라 하지 않았소?"

"그렇긴 하지만 결국 소도주가 자른 것이나 마찬가지지요. 소도주의 명이 없이 어찌 인검이 그의 팔을 자를 수 있었겠소."

"음, 그렇긴 하지만… 그럼 금 대주께서는 그 이후 소도주를 보지 못했소이까?"

"물론 멀리서 잠시 보기는 했소이다. 그러나 난 금산지회가 끝나기 전에 금산을 떠나 바로 불산으로 들어가 지금껏 그곳에 머물렀지요. 금문의 정세가 워낙 혼란스러워 하루 앞을 내다볼 수 없으니 이럴 때는 그저 앉은 자리를 지키는 것이 가장 좋은 처신이지요."

　사내는 불산 금관유였다. 현종의 장로 금무해에 의해 금령을 위협할 만한 사람으로 꼽힌 금관유, 지낭 단중자를 얻기 위해 금령이 삼십삼진에 갔을 때 만났던 바로 그 금관유가 청도행의 배를 타고 있었던 것이다.

　"맞는 말이외다. 장인께서도 그걸 후회하더이다."

　사내는 금문의 한 종파인 풍종의 장로 금엽의 사위 손순이다. 그는 지난번 청도에서 있었던 장로들의 회합 이후 그의 장인 금엽을 대신해 풍종의 장로에 오른 사람이었다.

　"금엽 장로님으로서는 아쉬운 일이지요. 금천명, 금자명 두 장로의 반란에 온전히 합세한 것도 아니고, 설마 그들이 낙성곡에서 도주를 도모할 것은 모르셨을 것 아니오?"

　"그렇지요. 그들이 낙성곡 인근과 장백 인근의 정보와 본 문의 삼십육진 전체의 상황을 좀 과도하게 요구한다고는 생각했지만 설마하니 낙성곡에서 태상장로를 암격할 줄은 모르셨다고 하더군요. 물론 어쨌든 장인께서 소도주보다는 그 두 사람을 태상장로의 후계로 더 염두에 두고 있었던 것은 사실이지만."

　"그렇지요. 금문의 형제 중 칠 할은 모두 그리 생각하고 있었지요. 그런데 일이 참 묘하게 되었소이다. 낙성곡의 일로 인해 금문의 모든 힘이 순석간에 소도주에게 집중되었으니……. 소도주에게 낙성곡의 일은 오히려 전화위복이 된 셈 아니오?"

　금관유의 말에 손순이 고개를 끄덕였다.

　"맞소이다. 그런 면에서 보자면 소도주에게 천운이 따르는 것 같기도 하고… 혹은……."

　손순이 말꼬리를 흐렸다. 그러자 금관유가 손순을 보며 물었다.

“다른 의견이라도 있으신지……?”

“이건 한 귀로 듣고 한 귀로 흘려주시오.”

“그러지요.”

“음, 풍문에 의하면 낙성곡의 일이 오히려 태상장로님이 펼친 함정이었다는 소리가 있소이다.”

그러자 금관유가 고개를 끄덕였다.

“나도 그 이야기는 들었소. 그러나… 아무리 태상장로님이라해도 자신의 목숨을 걸고 그런 함정을 파겠소? 그리고 그 함정에 걸려든 사람이 두 장로뿐이라면 모르겠으나 그곳에는 강호의 여러 문파 사람들이 왔었소. 그러니 두 장로가 낙성곡의 일을 준비한 것은 아주 오래전부터의 일일 것이오. 태상장로가 그모든 일을 안배하여 일으킨 일일 수는 없을 거요.”

“물론 그렇기는 하오. 그러나 적어도 태상장로께서는 그들이낙성곡에서 일을 벌일 것이라는 것은 알고 있었을 거요. 그리고그 위기를 기회로 바꾼 것이고 말이오.”

“음, 그건 가능성이 있는 말이구려. 아무튼 태상장로는 정말무서운 분이오. 어떤 상황에서도 결국 모든 일이 태상장로의 의도대로 되어가니.”

“그렇지요. 그래서 금문이 오늘날 이런 성세를 맞이한 것 아니겠소? 그나저나 금 대주, 아니, 이젠 장로님이라 불러야겠구려. 금 장로께서는 어쩌실 생각이오?”

손순이 화제를 돌렸다.

“무엇을 말이오?”

“소도주에 대한 일 말이오.”

“음, 이미 문의 모든 힘이 소도주에게 쏠리고, 태상장로의 직을 넘겨받았으니 나 혼자 거부할 수는 없는 일이지요.”

“금 장로의 진심을 알고 싶은 것이라오.”

손순이 깊은 눈으로 금관유를 보며 말했다. 그러자 금관유가 오히려 되물었다.

“그런 손 장로께선 어찌하실 요량이오?”

“글쎄올시다. 일단 난 소도주를 만나보고 결정할 생각이오. 사실 난 소도주를 본 적이 없소. 그 그릇이 금문을, 천하를 담을 그릇이면 나 손순의 인생을 소도주에게 걸어볼 마음이 있소.”

손순의 대답에 금관유가 고개를 끄덕인다.

“그런 생각이시면 아마도 소도주의 사람이 되시겠구려. 내가 본 소도주는 충분히 그럴 만한 그릇이요.”

“그렇소? 그럼 금 장로께서도……?”

“글쎄올시다. 사실 내 행보를 결정하는 것은 소도주가 아니오.”

금관유의 말에 손순이 의아한 표정을 지으며 물었다.

“소도주가 아니라면 도대체 누가 금 장로의 행보를 결정한단 말이오?”

“그런 사람이 있소. 그를 만나면 내 운명도 정해질 것 같구려.”

*　　*　　*

석요송의 눈빛이 살짝 흔들렸다.

"누가 찾아왔다고?"

청도에서 석요송의 거처는 두 곳이다. 계명원 내 은림각에 은밀하게 존재하는 밀영들의 처소와 계명원과 연해 있는 새롭게 조성된 호천단의 거처가 그곳이었다. 사람들은 그곳을 호천각이라 불렀다.

석요송은 하루 중 낮의 대부분은 호천각에서 보냈는데 호천각에서 시중을 드는 소녀가 문득 손님의 방문을 알렸던 것이다.

"불산의 금관유 대협… 아니, 금 장로님이 오셨습니다."

'불산 금관유? 그가 왜?'

불쑥 의구심이 들었다. 삼십삼진에서 한 번 보기는 했지만 이후 금관유와는 면식이 없던 사이다. 물론 금관유가 이번에 청도에 온다는 것은 알고 있었다.

성하장원에서 돌아온 금령은 금문의 제 종파에 전서구를 날려 각 종파에서 뛰어난 기재들을 뽑아 각기 십여 명에서 이십여 명씩 청도로 보내라는 명을 내렸다. 그리고 새롭게 금문의 장로가 된 불산 금관유와 풍종의 손순은 직접 수하들을 이끌고 청도로 들어올 것을 명했다. 그러니 금관유가 청도로 오는 것은 이미 정해진 일이었다. 하지만 청도에 들어온 그가 석요송 자신을 찾아올 것은 전혀 예상치 못한 일이었다.

'온 손님을 아니 받을 수는 없지.'

석요송이 자리에서 일어나 방문을 열며 말했다.

"어디 계시느냐?"

그러자 소녀가 겁을 먹은 듯한 표정으로 호천대의 거처로 쓰이는 전각 앞마당 한쪽을 가리켰다.

"저기……."

소녀가 기어들어 가는 목소리로 말했다. 석요송이 시선을 돌려보니 금관유가 뒷짐을 진 채 먼 바다를 바라보며 서 있었다. 금관유를 발견한 석요송이 걸음을 옮겨 금관유 곁으로 다가갔다.

"오랜만에 뵙습니다."

금관유는 과거 삼십삼진에서 보던 그가 아니다. 이젠 강후상을 대신해 북종의 유일한 장로였다. 물론 석요송 역시 금령의 인검으로서 금문 내 누구에게라도 존중을 받을 위치였지만 그래도 장로는 장로다.

"잘 계셨소?"

금관유가 석요송을 돌아보며 부드럽게 말했다. 삼십삼진에서 볼 때와는 사뭇 다른 기도다. 타고난 성정이 유해졌을 리는 없고 석요송에게 호의를 보이는 것이리라.

"저야……. 그런데 무슨 일로?"

석요송이 물었다.

"내 소도주를 뵙기 전에 인검과 할 이야기가 있어서 이렇게 찾아왔소이다."

"무슨 일이신지……?"

"음, 여기서는 좀……."

금관유가 주변을 돌아봤다. 멀리 호천각의 무사 몇과 시중을 드는 시녀들이 눈에 들어온다.

"조용한 곳으로 모시겠습니다."

석요송이 금관유를 이끌고 전각의 안쪽으로 들어갔다.

호천각 안에 있는 석요송의 숙소로 들어온 금관유가 잠시 뜸을 들이다가 문득 입을 열었다.

"인검께서 석 대협… 석묘문 대협의 아들이라 들었소."

금산지회 이후에는 비밀이 아닌 일이다. 석요송이 석묘문의 아들이라는 사실은 이제 금문도 모두 알고 있는 일이었다. 새삼스레 그 이야기를 꺼내는 금관유의 의도가 궁금할 뿐이다.

"그렇습니다."

석요송이 담담히 대답했다.

"왜… 삼십삼진에서 내게 그 말을 하지 않은 거요?"

"굳이 말할 일인가요? 또 기회도 없었고."

"당연히… 당연히 내게 말했어야 하오. 우리 이십사룡이 어떤 사람들인지 모르지는 않을 거요."

"이십사룡의 일이야 금문의 전설이지요."

"전설이라……. 후후, 수모의 역사요."

"그런가요?"

"몰라서 묻는 건 아닐 거요. 그리고 그 수모의 중심에 석묘문 대협의 희생이 깔려 있다는 것도!"

금관유가 침통하게 말했다.

"아버님의 일이야 어쩔 수 없는 일이었다고 들었습니다. 강호에서 도검을 들고 살아가는 사람이라면 언제든 겪어야 할 일이지요."

석요송의 말에 금관유가 입술을 깨물며 말했다.

"아니오. 그건 당연한 일이 아니었소. 그 일은… 음, 우리가 비겁하지만 않았다면 혹은 우리가 좀 더 현명했다면 석 대협을 그렇게 죽게 버려두지는 않았을 거요."

"무슨 말씀인지 모르겠군요."

"만약에 말이오, 계림혈사에 지금껏 알려지지 않은 사실이 존재한다면 어찌할 거요?"

"어떤 사실 말입니까?"

"그것이……."

금관유가 뭔가를 말하려다 말고 입을 다물었다. 그러자 석요송이 다시 물었다.

"제가 모르는 일이 있습니까?"

"그것이… 솔직히 말하면 나도 확실한 대답을 하기 어려운 문제요. 이 일을 확실히 말해줄 수 있는 사람은 오직 한 사람뿐이오. 거할이라고… 이십사룡의 한 사람이오."

'또 거할인가? 결국 그를 만나야 아버님의 죽음에 대한 정확한 진상을 알게 된다는 거군. 하지만 그를 찾을 수가 없으니.'

석요송이 내심 생각을 하다가 문득 금관유에게 물었다.

"그분, 거할이란 분의 거처를 아십니까?"

"그것이… 사실 금문에서 그분의 거처를 아는 사람은 아무도 없소. 계림에서 돌아온 이후 그분은 금문의 모든 일에서 손을 놓으시고 강호를 떠도셨는데 가끔 이십사룡 중 일부에게 얼굴을 비출 때도 있었지만 그것도 잠시, 금세 다시 자취를 감추시곤 했소. 마치 무엇엔가 쫓기는 사람처럼."

"그분이 알고 있는 사실이 위험한 것인가 보군요."

“그럴지도 모르오. 그러나 역시 만나보기 전에는…….”

“그렇군요.”

석요송이 묵묵히 고개를 끄덕였다. 그러자 금관유가 뭔가를 망설이다가 무척 조심스럽게 물었다.

“만약에 말이오, 혹 기회가 된다면 인검 자신이 무림의 주인이 될 생각은 없소?”

의도를 알 수 없는 말이다. 지금 와서 금령을 배신하고 자신과 손을 잡자는 말을 하려는 것은 아닐 터였다.

“……?”

석요송이 대답없이 금관유를 바라봤다. 그러자 금관유가 겸연쩍은 표정을 짓다가 입을 열었다.

“그대와 소도주가 양립할 수 없는 사이가 된다거나 뭐 그런 경우에 말이오.”

“원한으로 말하자면 지금도 적지 않지요.”

석요송이 대답했다.

“음, 그렇소?”

“내가 지금 이 청도에서 인검으로 살아가는 것 자체가 원한이라면 원한이지요. 그러나 약속은 약속이니 역시…….”

“알겠소이다. 내 더 이상 말하지 않겠소. 인검이 석묘문 대협의 아들이라는 사실을 아는 순간 인검의 인품이 어떠한지 짐작할 수 있었으니 말이오. 하지만 한 가지 말은 해두고 싶소. 사실은 이 말을 하기 위해 청도에 오자마자 인검을 찾아온 것이오.”

“말씀하시지요.”

“우리 이십사룡은 나를 포함해서 모두 석묘문 대협에게 깊은 은혜를 입었소. 그 은혜는 사실 우리로선 무척 부끄러운 것이며 평생 동안 가슴에 안고 살아갈 수밖에 없는 은혜요. 해서 우린 언제든 그 은혜를 갚을 준비가 되어 있소. 인검께서 우리의 힘이 필요하다 판단하시면 언제든 말씀을 해주시구려. 우린… 어떤 경우에라도 인검의 힘이 되어드릴 것이오.”

“어떤 경우라도 말입니까?”

“그렇소.”

“그것이 금문을 버리는 일이어도 말입니까?

석요송이 서늘한 표정으로 물었다. 그러자 금관유가 고통스런 표정으로 대답했다.

“그래야 한다면 그렇게 하겠소. 우리가 계림에서 석 대협의 시신을 뒤로하고 살아 돌아오는 그 순간 사실 우린 금문도로서의 자부심 같은 것은 완전히 잃어버렸던 것이오. 야망은 여전히 지금도 우리의 가슴을 뛰게 하지만 그래도 그것이 석묘문 대협께 진 빚에 미치지는 않소. 적어도 우리 이십사룡은 그 정도 양심은 있는 사람들이오.”

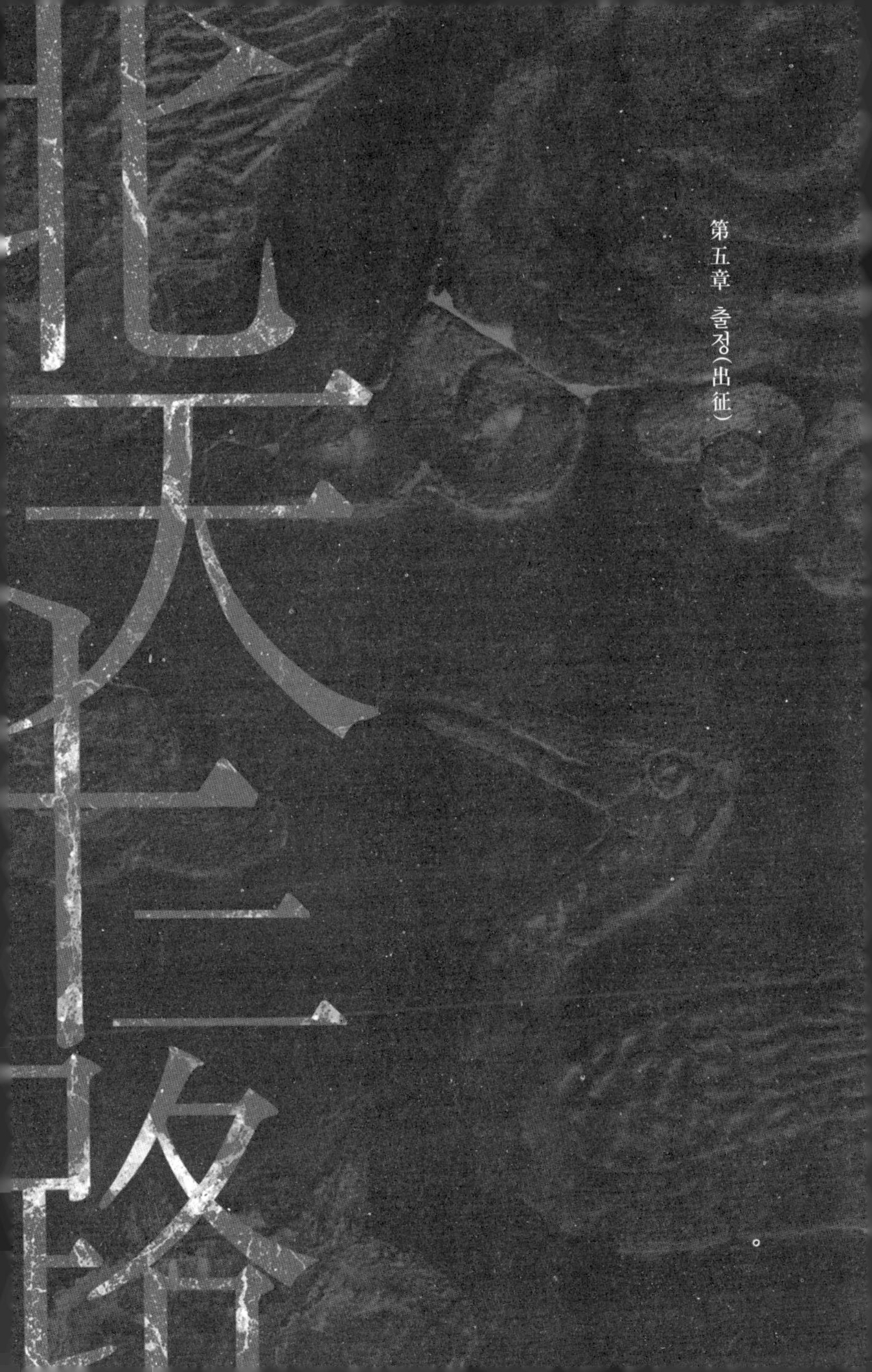

第五章 출정(出征)

청도가 다시 북적이기 시작했다. 십육사의 모임 이후 썰물처럼 빠져나갔던 사람들이 다시 밀물처럼 밀려들어 와 청도를 채웠다. 그러나 청도를 채운 사람들의 분위기가 지난번과 달랐다.

지난번에는 금온의 은거를 앞두고 있었기에 사람이 많아도 청도의 분위기는 그늘져 있었지만 이번에는 사람들의 얼굴과 행동에 패기가 넘쳐흐르고 있었다.

청도에 모인 금문의 고수들은 새롭게 금문의 태상장로가 된 금령의 패기만만한 야망을 알고 있었다. 그 야망은 금문이 아주 오랫동안 꿈꿔왔던 것이기에 금령이 금문의 주인이 되기까지의 그 불안한과 못 미더움은 어느새 사라지고 금령과 함께 천하를 향해 일보를 내디딜 기대감이 사람들의 가슴을 뛰게 하고 있었다.

"모두 아홉 개의 종파에서 일백팔십의 고수가 모였습니다. 그리고 본 문과 인연을 맺고 있는 문파 일곱 곳이 숙주의 포구 인근에 이백여 명의 고수를 집결시키고 있습니다. 이제 출정의 시간이 된 듯합니다."

과거 금온이 주거하며 금문의 대소사를 처리하던 동심원의 대전에 금령이 앉아 있다. 좌우로 금문의 노고수들이 늘어서 있었으며, 금령에게 정세를 보고하는 사람은 지낭 단중자였다.

"좋소, 그럼 이틀 뒤 섬을 나가겠소."

금령이 말했다. 그러자 금령의 좌우에 서 있던 금문의 고수 중 한 명이 입을 열었다.

"태상장로께 한 말씀 올리겠습니다."

입을 연 사람은 정종의 장로 금지선이다.

"말씀하세요."

금령이 고개를 끄덕였다. 그러자 금지선이 낯빛을 굳히며 말했다.

"출도가 코앞에 다가왔음에도 현재 저희들은 이번 출정의 상세한 계획을 알지 못하고 있습니다. 대저 대사에 임할 때는 그 행보를 정확히 함으로써 문도들의 불안감을 씻어주어야 하는 법입니다. 그런데 어찌하여 이번 행보에 대한 자세한 계책을 말씀해 주지 않으시는 건지요? 비록 그 계책이 비밀을 요하는 것이라도 이제 출정의 때가 되었으니 이곳에 모인 사람들에게 말씀을 해주시는 것이 좋을 듯합니다."

그러자 금령이 고개를 저었다.

"물론 장로님의 말씀이 타당합니다. 그러나 이번 일은 금문의 명운이 걸린 대사이고, 향후의 계획이 밖으로 새어 나갈 경우 금문이 큰 위험에 처할 수도 있습니다. 역시 비밀을 유지하는 것이 좋을 듯합니다.”

“음, 그러면 출도하는 문도들의 심사가…….”

“그러니 문도들의 마음을 각 종파의 수장들이 잘 어루만져 주세요.”

“알겠습니다. 소도주님의 뜻이 그렇다시면 그 일은 다시 거론치 않겠습니다. 그러나 한 가지 일은 알고 싶습니다.”

“무엇입니까?”

“출정의 첫 번째 목표가 모용세가나 장백파입니까?”

“아닙니다.”

금령이 대답하자 금지선이 심각한 표정으로 말했다.

“그렇다면 원행이 될 것인데 만약 청도의 전력이 원행을 나섰을 때 그 두 문파가 청도를 공격하면 우린 근거지를 잃을 수도 있습니다. 더군다나 그 두 문파는 지난번 낙성곡의 혈사에서 도주님을 공격했던 곳입니다. 그에 대한 대비는 있어야지 않겠습니까?”

“그 일은 걱정 마세요. 이미 대비책을 세워놓았습니다. 남종을 중심으로 본 문의 고수 일부와 본 문과 연을 맺은 문파의 고수들이 숙주 인근에서 모용세가의 움직임을 감당할 겁니다. 더불어 청도에는 장로님들이 계시니 청도가 공격받을 일은 없을 겁니다. 장백파의 경우 본거지를 떠나 청도로 오기에는 거리가 너무 멀고 또한 금관유 장로께서 북종의 고수들과 완안부의 강병들을 동원해 백두 인근을 혼란스럽게 할 것이니 장백파가 고수들을 동원해 청도로 올 수는 없을 겁니다.”

“음, 그리 준비하셨다면 이 늙은이는 더 이상 할 말이 없습니다. 부디 태상장로님의 무운을 빌 뿐입니다.”

금지선의 말에 금령이 가볍게 고개를 숙여 보이고는 다시 말했다.

“대정에 나서는 무사들은 모두 삼군으로 나눌 것이오. 일군은 나와 함께 움직일 호천단이 될 것이고, 이군은 궐 장로께서 이끄시되 미리 알려드린 행로를 따라 은밀히 이동해 약속된 장소에서 만나게 될 겁니다. 삼군은 현종의 장로이신 금무해 장로께서 이끌고 장성 부근에 머물게 될 것이오. 이번에 강호행에 나서는 문도들은 모두 각 종파에서 고르고 고른 인재들이오. 그런 만큼 삼군 중 어느 한곳 약한 곳은 없소. 그러나 또한 그래서 반드시 이번 강호행을 성공해야 하오. 만약 이번에 실패를 한다면 우리 금문은 다시 수십 년, 아니, 어쩌면 수백 년 동안 어둠 속에서 살아야 할지도 모르오. 그러니 모두들 최선을 다해주기 바라오.”

“명심하겠습니다.”

대전에 모인 금문의 고수들이 일제히 금령에게 고개를 숙이며 대답했다. 그러자 금령이 장로 궐후와 금무해를 보며 말했다.

“두 분께서는 따로 시간을 내어주시기 바랍니다. 이군과 삼군의 행보를 상의해야 하니까요.”

“알겠습니다, 소도주!”

궐후가 정중하게 대답했다.

"다른 분들은 모두 돌아가서 충분히 휴식을 취하도록 하시오. 이틀 후면 다시 편히 쉴 날을 찾기 어려울 테니."

"알겠습니다, 태상장로!"

대전에 모인 자들이 우렁차게 대답했다. 사람들의 대답을 들은 금령이 고개를 끄덕이고는 궐후와 금무해를 데리고 대전을 벗어났다. 그러자 지낭 단중자가 재빨리 금령의 뒤를 따랐다.

*   *   *

둥둥둥!

청도에 어지러운 북소리가 울렸다. 그러자 십여 척의 배가 청도의 포구로 몰려들었다. 몰려든 배 중 단연 눈에 띄는 것은 검은색 일색의 용선이었다. 용선이 뜬다는 것은 청도의 주인이 출도를 한다는 의미였다.

청도의 사람들 팔 할이 포구로 나왔다. 그리고 그들이 만든 사람의 길을 따라 금령이 말에 탄 채 천천히 포구로 향했다.

"무사히 돌아오십시오."

"무운을 빌겠습니다."

금령이 지나가는 곳곳에서 청도의 식솔들이 금령의 장도를 축원했다. 금령은 사람들의 축원이 들릴 때마다 고개를 끄덕여 일일이 응대를 해주었는데 금령의 대답을 들은 사람들은 감격에 겨워 연신 고개를 숙여댔다.

사람들의 환송 속에 포구에 도달한 금령이 지체하지 않고 용선에 올랐다.

둥둥둥둥!

다시 커다란 북소리가 청도를 뒤흔들었다.

"출항하라!"

호천단주 범교의 목소리가 용선을 뒤흔들었다. 그러자 용선의 돛이 펴지고 배가 한쪽으로 기울어지더니 이내 크게 원을 그리며 청도의 포구를 벗어나기 시작했다.

"부디 다시 대망을 이루고 무사히 돌아오시길!"

누군가의 염원이 석요송의 귀에 들렸다.

'전장에 나가는 병사들의 마음이 이러할까.'

석요송은 세상을 향한 야망과 죽음에 대한 두려움이 공존하는 금문 문도들의 얼굴을 보며 쓸쓸한 마음이 들었다. 그런 그의 곁으로 금불현이 다가왔다.

"형님!"

"어서 와."

"얼굴이 밝지 않으세요."

"글쎄… 사람들의 얼굴에 두려움이 보이는군."

"그럴 수밖에요. 이들 중 상당수는 돌아오지 못할 거예요."

"그렇겠지? 그래도 가야 하는 길이겠지?"

"뭐… 결국 우린 불완전한 사람일 뿐이니까요. 욕심을 버릴 수 없죠, 목숨은 버려도."

"비참한 말이군."

"그런가요?"

금불현이 뒷머리를 긁었다. 그러자 석요송이 생각났다는 듯이 물었다.

“왜 삼군을 안 따라가지? 금 장로님이 삼군을 이끌게 되셨으니 도와드려야 하지 않나? 소도주께서도 이런 경우는 호천단을 벗어나는 것을 허락하셨을 텐데.”

금무해가 이끄는 삼군을 따라가지 않고 금령을 따라 북정에 나서는 금불현의 선택을 두고 하는 말이었다.

“보고 싶었어요.”

“뭐가?”

“성공한다면 강호가 한 가문의 손에 들어오는 것을 보게 될 것이고… 실패하게 되면 세상에서 가장 처절한 패망의 모습을 구경하겠지요. 어떤 경우든… 놓치기 어려운 구경거리지요.”

“목숨이 걸린 일이라도?”

“목숨이야 뭐… 형님이 지켜주시겠지요.”

“하하, 정말 아우에겐 못 당하겠군. 어쨌든 위험할 거야. 그러니 조심해야 해.”

“알겠어요.”

그때 문득 호천단의 무사 조창이 와서 석요송을 찾았다.

“태상장로께서 보자십니다.”

언제부터인가 조창은 석요송에게 공대를 하기 시작했는데, 조창이 석요송의 어떤 면을 보고 그리 행동하는지는 석요송도 다른 호천단원들도 알지 못했다. 아무튼 금령이 찾는다는 소리에 석요송이 조창을 따라 선실이 있는 곳으로 걸음을 옮겼다. 그러자 그 모습을 보고 있던 금불현이 나직하게 중얼거렸다.

“일군을 따라 북정에 나서는 이유가 꼭 그 두 가지만은 아니지요. 말하지 못한 다른 이유가 있는데… 언제 말할 수 있을지

저도 모르겠군요. 휴우.”

금불현의 입에서 길게 한숨이 흘러나왔다.

　배는 숙주에 들지 않았다. 대신 요하의 하구로 들어가서 북방
으로 오르기 시작했다. 금산행을 할 때와 같은 길이었다. 덕분
에 일행은 익숙하게 요하의 상류까지 이르렀다. 그리고 용선이
더 이상 물길을 거슬러 오를 수 없는 지점에서 은밀히 배에서
내렸다.

　용선에서 내린 일행이 이번에는 말을 몰아 초원을 달렸다. 요
동의 북방은 서서히 가을로 접어들고 있었다. 아마도 북방은 이
미 혹독한 추위가 닥쳐들고 있을 것이다. 그 혹한 속에서 무사
히 이 행보가 끝나기를 일행 모두가 마음속으로 기원하고 있었
다.

*　　　*　　　*

　땅이 검어졌다. 습한 땅이 시작되자 한결 공기가 차가워졌다.
그 즈음에서 일월문의 문주 해무공이 문도들을 이끌고 나와 금
령을 마중했다.

　“어서 오십시오.”

　해무공이 정중하게 금령에게 인사를 했다. 그러자 금령이 말
에서 내려 마주 포권을 했다.

　“문주께서 직접 마중을 나오실 필요는 없는 일입니다
만⋯⋯.”

　보통의 문도들을 대하는 것과는 사뭇 다른 금령의 모습이다. 금령이 패도의 길을 걷고 있기는 하지만 힘만으로 무림을 얻을 수 없다는 것을 잘 알고 있기 때문일 터다.

　"아니지요. 강호무림의 주인이 되실 분이 오셨는데 어찌 이 늙은이가 엉덩이를 붙이고 앉아 있을 수 있겠습니까?"

　"일월문은 금문과 형제의 가문입니다. 그리 예를 차리지 않으셔도 됩니다."

　"그럴 수는 없는 일입니다. 대저 큰일을 할 때에는 그 집단의 기강이 바로서야 대업을 달성할 수가 있는 법이지요. 태상장로님의 권위에 도전하는 자는 이 늙은이가 앞서서 목을 벨 것입니다."

　"그리 말씀해 주시니 감사합니다. 그런데 천오문의 일은 어찌 되었습니까?"

　금령이 묻자 일월문주 해무공의 낯빛이 어두워졌다.

　"천오문의 사람들이 어떤 사람들인지는 잘 알고 계실 것입니다."

　"강호에서 가장 자존감이 강한 사람들이지요."

　"맞습니다. 그들은 여전히 이 요동의 주인이 자신들이어야 한다고 생각하는 사람들이지요. 해서 말로는 쉽게 설득이 되지 않습니다."

　"그 문주는 만나보셨습니까?"

　"며칠 전 만나기는 했습니다. 그러나 역시 쉽사리 금문에 복속할 생각은 없는 듯하더군요. 오히려… 이번 기회에 금문을 꺾어 북천십이문의 수장이 누구인지 강호에 알리겠다며 기세가

등등했습니다."

"우릴 기다리고 있다는 말이군요."

"그렇습니다."

그러자 금령이 잠시 생각에 잠겼다가 물었다.

"본래 천오문의 문도들이 자존감이 강한 이유는 그들이 스스로 옛 고구려의 후손임을 자처하기 때문이라고 알고 있습니다. 하지만 그동안 그들은 자신들의 자부심에 비해 강호에 보여준 것이 거의 없지요. 그런 그들이 이렇게 강경하게 나오는 데는 필경 그 이유가 있을 것 같습니다만……."

금령의 물음에 해무공이 고개를 끄덕였다.

"바로 보셨습니다. 그들이 금문의 제안을 받아들이지 않는 것은 최근 들어 천오문에 다섯 명의 고수가 동시에 출현했기 때문입니다."

"기이한 일이군요. 하나도 아니고 다섯 명의 고수가 동시에 나타나다니……."

"천오문에서는 그들을 오문오룡이라고 부르더군요. 최근 그들이 북쪽에 십여 년 전 똬리를 튼 흑룡채란 마적 떼를 토벌함으로써 인근에 그 이름이 알려졌습니다."

"흑룡채라……. 어떤 자들입니까?"

"보통의 마적 떼는 아니었습니다. 듣기로는 멀리 장강 이남에서 수적질을 하다가 남련의 추격에 쫓겨 배를 타고 바다를 건너 흑수까지 이른 자들이라고 했는데 그 숫자가 처음에는 삼십여 명이었습니다. 그런데 인근의 마적 떼를 일통해 근자에는 근 이백여 명에 이르는 무리를 거느리고 있었지요. 그중에서도 특히 남련에 쫓겨 온 자들은 무공이 비상하여 몇몇 강호의 젊은 협사들이 명성을 얻고자 도전했다가 패배를 면치 못했지요. 그런 흑룡채를 천오문의 오룡이 일거에 토벌을 한 것입니다. 그러니… 그들의 실력이 결코 범상치 않음은 확실합니다."

해무공의 말이 끝나자 그의 말을 곁에서 듣고 있던 지낭 단중자가 입을 열었다.

"비록 마적 떼라도 무공을 익힌 자들이 세운 수채를 오직 다섯이 토벌을 했다면 가볍게 볼 수 없는 자들입니다."

단중자의 말에 금령이 고개를 끄덕이며 다시 해무공에게 물었다.

"그들은 천오문에서 기른 자들입니까, 아니면 외부에서 들어온 자들입니까?"

"그들의 내력이 자세히 알려지지는 않았습니다. 그러나 짐작컨대 그들은 외부에서 들어온 자들은 아닐 것입니다. 외부의 인물이라면 오문오룡이란 별호를 쓰지 않았을 겁니다. 해서 짐작컨대 그들은 필시 천오문에서 각고의 노력으로 길러낸 자들임이 분명한 듯합니다."

"천오문에 그런 고수들을 기를 저력이 있었던가요?"

"그 또한 확실치는 않으나 짐작 가는 바가 있습니다. 과거 천오문이 한창 성세를 이루다가 금문의 태상장로께 그 기세가 꺾인 적이 있습니다. 그때 금문의 태상장로께서는 천오문 제일의 고수로 불리던 한 명의 기재를 제압함으로써 천오문의 기세를 꺾었지요. 당시 그자는 요동 제일의 고수로 알려졌는데 선 태상장로께 패배한 이후 강호에서 자취를 감추었습니다. 만약 천오문에서 절대의 고수들을 배출했다면 반드시 그 뒤에 당시의 그 자가 있을 것입니다.”

“그가 누굽니까?”

“혹시 은얼위라는 이름을 들어보셨는지요?”

해무공이 묻자 금령 대신 단중자가 놀란 표정으로 입을 열었다.

“설마 천마수 은얼위를 말하는 것입니까?”

“역시 지낭께선 그를 알고 있군요.”

해무공이 고개를 끄덕였다.

“하지만 그는 이미 수십 년 전의 사람인데…….”

그러자 해무공이 고개를 저었다.

“도주께 패퇴할 때 그의 나이가 겨우 오십을 갓 넘었을 때입니다. 도주께서도 아직 생존해 계시는데 하물며 그가 살아 있는 것은 이상한 일이 아니지요.”

“음, 그렇기는 하군요.”

단중자가 신중하게 대답했다. 그러자 금령이 단중자에게 물었다.

“지낭이 놀라는 것을 보니 대단한 인물인가 보구려.”

“대단한 인물이지요. 만약 도주께서 존재하지 않으셨다면 지금 강호는 그의 수중에 들어갔을 수도 있습니다. 그는 도검창궁 모든 병기에 능통한데 그중에서도 특히 적수공권의 수공이 놀라웠다고 전해집니다. 아마… 전 태상장로님과도 당시 오백여 초를 겨루었다고 하지요.”

“그런가요? 그런데 왜 지금껏 조용히 있었던 것이오?”

"그야 당연히 전 태상장로께서 무림에 현존해 계시니까 그랬을 겁니다. 대신 후대를 대비했겠지요. 당대에 전 태상장로님을 이겨낼 자신은 없었을 테니까요. 음, 그래서 오문오룡을 키운 모양이군요."

단중자가 고개를 끄덕였다. 그러자 금령이 담담한 목소리로 말했다.

"운이 없는 사람이군."

"그렇지요. 도주님과 동시대에 태어났으니……."

단중자가 대답했다. 그러자 금령이 고개를 저었다.

"그가 운이 없다고 한 것은 조부님 때문이 아니오."

"하면……?"

"후대를 보고 오룡을 키웠는데 마침 또 내가 찾아왔으니 말이오. 대를 이어 금문에 무릎을 꿇어야 하는 운명이니 어찌 동정하지 않을 수 있겠소."

"그건… 그렇군요."

단중자가 어색하게 고개를 끄덕였다. 그러자 금령이 조금 멀리 떨어져 있는 석요송을 보며 말했다.

"인검, 검을 갈아두서야 할 것 같소."

"그러지요."

"좋은 상대가 되겠어."

금령이 나직하게 중얼거렸다.

석요송의 눈에 세 개의 발톱을 지닌 검은 까마귀의 깃발이 들어왔다. 북쪽에서 불어오는 바람을 타고 남쪽으로 길게 꼬리를 늘인 깃발들이 힘차게 나부끼고 있었다.

수십 개의 깃발 아래 흑수를 뒤에 두고 험한 절벽 사이에 세워진 검은 전각들이 보였다. 수백 년을 이어온 무림문파 흑오문이다.

"이곳에 진채를 세우겠습니다."

일월문주 해무공이 금령에게 말했다.

"그렇게 하세요."

금령의 허락이 있자 해무공이 뒤를 돌아보며 일월문의 문도들에게 명을 내렸다.

"이곳에 진채를 세운다! 서둘러라!"

해무공의 명이 떨어지자 일월문의 문도들이 분주히 움직이기 시작했다. 초원에 진채를 세우는 일에 익숙한지 일월문의 문도들은 채 반 시진이 지나기 전에 이십여 개의 천막을 갖춘 진채를 완성했다. 그러자 해무공이 금령을 진채의 중심에 자리한 화려한 황금 천막으로 인도했다.

금령이 천막 안으로 들어가자 석요송도 하나의 천막에 여장을 풀었다. 그런데 잠시 후 어느새 들어왔는지 일영이 석요송 앞에 모습을 드러냈다.

"언제 오셨소?"

석요송이 뜻밖이라는 듯 물었다.

"방금 전에 도착했습니다."

"음… 그래, 알아보셨소?"

"흔적을 찾기가 어렵습니다. 단지… 그가 낙성곡을 떠난 이후 장성을 넘어 연경으로 들어간 것은 확실합니다. 해서 추측컨대 요 황실과 인연이 있는 사람이 아닐지……."

"추측으로는 안 되오. 그의 확실한 정체를 알아야 하오."

"밀영 다섯이 붙었습니다. 은올기 그자가 아무리 귀신같은 자라 해도 결국은 꼬리를 밟힐 것입니다."

석요송은 낙성곡의 변고 이후에 밀영을 움직여 은올기를 쫓고 있었다. 이는 죽은 금온이 은올기를 조심하라 당부했기 때문이기도 하려니와 그 자신도 은올기가 지금까지 자신이 경험한 강호인 중 금온과 대적할 수 있는 유일한 사람이라고 생각되었기 때문이다.

"금천명과 금자명이 그와 동행하지 않은 것이 이상하구려."

"하지만 장성 인근까지는 함께 갔으니 아마도 장성 근처에 머물고 있을 겁니다."

일영의 말에 석요송이 천천히 고개를 끄덕였다. 북천십이로의 끝은 결국 은올기와 낙성곡에서 도주한 두 장로와의 싸움이 될 것이다. 그러니 석요송으로서는 그들의 행보를 한시라도 놓칠 수 없었다.

"밀영들에게 조심하라고 이르시오. 그는… 도주께서도 경계하신 자요."

"충분히 주의를 주었습니다."

"알겠소. 그럼 이제 천록야로 가야겠구려."

"그래야지요. 대막무림의 천제가 겨우 한 달 보름여가 남았으니 그 주변을 살피는 일이 급하지요. 안가를 준비하는 일도 그렇고."

"천록야의 일은 무척 중요하오. 우리 입장에서는 그물 속으

로 뛰어드는 경우라 만약의 경우 저들이 우리의 행보를 읽고 함
정을 판다면 살아 돌아오기 힘들 것이오. 그러니 천록야 주변을
면밀히 살펴주시오."

"걱정 마십시오. 밀영 거의 대부분을 동원하고 있으니 충분
히 준비를 할 것입니다."

"좋소, 그럼 수고하시오."

석요송의 말에 일영이 고개를 숙여 보인 후 그 자리에서 허깨
비처럼 사라졌다. 그러자 석요송이 일영이 사라진 텅 빈 공간을
보며 중얼거렸다.

"시작인 건가? 나도 이제 이 야망의 폭풍 속에 들어온 건가?"

*　　　*　　　*

백발의 노인이 네 개의 병기를 무릎 앞에 놓고 정성껏 닦아내
고 있었다. 손에 들고 있는 것은 무거운 도였는데, 청룡도의 모
습과 비슷했지만 그 도신의 휘어짐이 보통의 청룡도보다는 밋
밋해서 또 어찌 보면 전혀 청룡도 같지 않았다.

삭삭!

노인의 손끝에 들린 천에서 도신의 날이 서는 소리가 들렸다.
숫돌이 아니라 천으로 도의 날을 세우는 일은 절대의 공력이 필
요한 일이다. 그 일을 노인은 아무 힘을 들이지 않고 하고 있었
다. 노인의 공력을 능히 짐작할 수 있는 행동이었다.

한동안 청룡도를 손질하던 노인이 청룡도를 내려놓고 이번에
는 창을 들어 올려 창신을 닦기 시작했다. 창신은 무쇠로 되어

있었는데 능히 육칠십 근은 나가 보였다. 보통 사람은 두 손으로 들기도 힘든 무게, 그러나 노인의 손에서 창은 마른 나뭇가지처럼 가벼워 보였다.

그런데 그때였다. 문득 노인 앞에 사람 그림자가 어른거리더니 한순간 한 명의 사내가 모습을 드러냈다.

"대사부!"

새로 모습을 드러낸 자가 입을 열자 노인이 고개를 들어 상대를 바라봤다.

"이런, 문주께서 오셨구려."

노인이 자리에서 일어나 가볍게 포권을 했다. 그러자 문주라 불린 노인이 마주 포권을 하며 입을 열었다.

"청정을 방해해서 죄송합니다."

"후후후, 무슨 말씀을. 내가 어디 청정을 즐길 사람이오? 한평생 열패감에 싸여 제 한 몸 제대로 수양치 못한 사람이거늘."

"그런 말씀 마십시오. 천하의 그 누구도 대사부의 고매하신 수양을 따라올 자가 없을 겁니다."

"하하, 문주께서 이 은얼위를 놀리시는구려."

"제가 어찌 감히……."

"후후, 농이요. 문주가 아니면 누구에게 이 늙은이가 농을 하겠소. 그래, 그 아이는 도착했소?"

은얼위란 노인이 물었다.

"그렇습니다. 오 리 밖에 숙영지를 세웠더군요."

"전갈은 없었소?"

"일월문주를 통해 온 제안은 거절했습니다."

"그렇구려. 음… 금문과 손을 잡는 것도 나쁜 것은 아닌
데……."

은얼위란 노인이 중얼거렸다.

"그렇기는 하지만 금문 소도주의 사람됨이 워낙 패도적이라
그의 제안을 받아들이면 천오문의 존립이 위험하다는 문 내의
반발이 심한 터라……."

"그럴 수도 있겠지. 그러나 금온의 손녀라면 그리 무도하지
는 않을 거요."

"손을 잡는다 해도 우리의 힘을 보여줄 필요는 있겠지요. 해
서 오룡을 내세울 생각입니다만."

문주라 불린 노인의 말에 은얼위가 고개를 끄덕였다.

"때가 좋지는 않지만 또한 이런 기회도 쉽지는 않을 거요. 문
주의 뜻대로 하시구려. 만약 오룡이 금문의 도발을 막아낸다면
우리 천오문은 한순간에 북천십이문의 우두머리로 나설 수 있
을 것이오. 반면 청도주의 출도를 불러오겠지."

팡!

은얼위가 들고 있던 창으로 허공을 찔렀다. 그러자 창끝에 동
그란 진기의 막이 만들어지더니 한순간 창끝에서 일 장 거리에
눈부신 빛이 번쩍였다 사라졌다.

그러자 문주라 불린 노인의 눈에 은은한 경탄의 빛이 서렸다.

"대사부님의 창술은 이제 극고의 경지에 이르셨습니다. 금문
의 태상장로가 다시 출도한다 해도 전 두려울 것이 없습니다."

노인의 말에 은얼위가 고개를 저었다.

"그렇지가 않소. 나의 무공이 지난 세월 진보를 한 것은 맞

소. 과거 내가 금온과 오백 초를 겨룰 때와는 비교할 수 없겠지. 그러나 그럼에도 불구하고 금온을 이길 수 있다고 말할 수 없소.”

“어찌 그런……?”

“비록 내가 금온과 오백 초를 겨뤘지만 당시 그는 전력을 다하지 않았소. 만약 그가 전력을 다했다면 난 일백 초도 넘기지 못하고 패했을 거요. 그런데 그가 날 두고 오백 초를 겨룬 이유가 날 더 비참하게 만들었소.”

“그 이유가 무엇입니까?”

“그가 날 꺾은 뒤 말하더군. 강호에서 도검창궁 네 개의 병기와 적수공권의 박투에 모두 통달한 사람은 처음 본다고. 결국 그는 내가 지닌 무공에 흥미를 느꼈기에 승부를 길게 가져갔던 것이오. 난 그에게 한낱 흥밋거리에 지나지 않았던 거지. 그러니 오늘날 내가 당시보다 무공이 진보했다고 해서 그를 꺾을 거란 확신을 할 수가 없소. 더군다나 시간은 만인에게 공평한 것 아니오?”

그러자 문주라는 노인이 고개를 저으며 말했다.

“아무리 시간이 모두에게 공평하고 그의 무공이 절대적이라 해도 또한 하늘이 준 사람의 수명은 어쩔 수 없는 법입니다. 그의 나이 이미 일백이십을 넘었습니다. 그 몸으로 어찌 절정의 무공을 발휘할 수 있겠습니까?”

“낙성곡의 소식을 듣지 않았소?”

은얼위의 말에 노인의 표정이 살짝 변했다.

“그렇기는 하지만… 그 이후 그가 은거를 했다는 소식을 들었습니다. 결국 몸에 이상이 생긴 것 아니겠습니까? 해서 청도의 소도주가 금문의 태상장로가 되어 천하지행에 나선 것이고 말입니다.”

노인의 말에 은얼위가 고개를 저었다.

“알 수 없는 일이오. 금온 그의 심계는 바다처럼 깊소. 비단 무공만 강했다면 천하가 그를 두려워하지 않았을 거요. 그러니 그의 은거에 어떤 속셈이 있는지는 누구도 알 수 없소. 어쨌든 금문이 도발을 해왔으니 아니 상대할 수 없는 일. 어디 한 번 금문의 소도주가 어떤 사람인지 시험해 봅시다.”

“알겠습니다. 그럼 자리를 마련해 보지요.”

노인이 정중하게 고개를 숙여 보이고는 자리를 벗어났다. 그러자 은얼위가 중얼거렸다.

“사람이 한평생 마음에 상처를 간직하고 사는 일은 힘든 일이다. 그럴 경우 이생이 곧 지옥이지. 이제 하늘이 내게 이 지옥에서 벗어날 기회를 주시련가?”

파팡!

다시 은얼위의 창이 허공을 찔렀다. 그러자 이번에는 오 장여에 이르는 빛줄기가 화려하게 허공을 수놓았다.

“천오문으로 초대를 하는 것이 아니라 밖에서 만나자고 했단 말입니까?”

아침나절 천오문에 들러 금문의 고수들이 왔음을 알리고 돌아온 일월문의 해무공이 전한 말을 듣고 금령이 예상 밖이라는 듯 물었다. 그러자 해무공이 대답했다.

"그렇습니다. 명일 흑수변 탁검대에서 태상장로님을 뵙겠다고 했습니다."

"탁검대라……. 어떤 곳이오?"

"천오문의 오랜 전설이 깃든 곳이지요. 과거 고구려가 멸한 후 후손들이 모여 칼을 갈아 왕국의 재건을 맹세한 곳이라고 전해지는 곳입니다. 천오문에게는 성지와도 같은 곳이지요."

해무공의 대답에 금령이 고개를 끄덕이며 말했다.

"본 문의 금산과 같은 곳이군. 어쨌든 그곳을 만남의 장소로 정했다는 것은 일검을 나누겠다는 말인 것 같군요."

"그렇지요. 아마도… 오룡이 나올 것입니다."

해무공이 대답했다. 그러자 금령이 흥미로운 표정으로 말했다.

"무척 궁금하군요, 어떤 자들일지."

다음날 일찍 금문의 고수들과 일월문의 고수들은 진채를 벗어나 흑수 강변으로 향했다. 깊은 가을바람이 물을 더 깊고 맑게 만들고 있었다. 그 물결이 한순간 거대한 바위에 부딪치는 곳이 있다.

마치 천신이 검을 들어 일 검에 베어낸 것처럼 평평한 면을 자랑하는 바위의 넓이는 근 이십여 장에 달했다. 족히 일백 인의 무사가 함께 오르고도 남음이 있는 바위 위에 단 두 개의 의자가 놓여 있다. 그리고 그중 한 의자를 차지한 노인이 수십 명의 수하를 거느린 채 금령을 기다리고 있었다.

석요송이 일행 중 가장 먼저 몸을 날려 바위 위로 올랐다. 만약의 경우를 대비한 행동이었다. 석요송이 바위 위에 올라 주변을 살피고는 고개를 돌려 금령에게 고개를 끄덕였다.

"오르지."

언제나처럼 은 가면으로 얼굴의 반을 가린 금령이 말하자 호천단의 고수들이 좌우에서 금령을 호위하며 바위 위로 올라섰다. 금령은 호천단 고수들에게 둘러싸여 천천히 바위 중앙으로 다가갔다. 그러자 두 개의 의자 중 하나를 차지하고 있던 노인이 자리에서 일어났다.

"어서 오십시오."

노인이 먼저 입을 열었다. 그러자 금령이 가볍게 포권을 취하며 대답했다.

"문주께서 직접 환대를 해주시니 고맙군요."

노인은 어제 은얼위와 금령을 상대할 일을 상의했던 사람으로 이름은 고적원, 당대 천오문의 문주였다.

"금문의 주인께서 오셨는데 어찌 이 늙은이가 마중하지 않을 수 있겠습니까. 도주께서는 평안하신지요?"

고적원이 은근한 어조로 물었다.

"속세의 일을 버리고 은거를 하셨으니 건강은 오히려 좋아지시는 것 같더군요."

"하하하, 이것 참, 기사입니다. 도주께선 올해 벌써 백스무 살이 넘으셨는데 더욱 정정해지시다니……."

"그러게 말이지요. 강호의 모든 사람이 할아버님이 돌아가시기를 기다리고 있는데 말입니다."

금령의 말에 고적원이 흠칫한 표정을 지었다.

“어찌 그런 말씀을! 금문의 청도주께서 강호의 유일한 기둥임을 누가 모르겠습니까?”

“헌 기둥이 무너져야 새 기둥이 서는 법이지요.”

금령의 말이 거침이 없었다. 그러자 고적원이 고개를 저으며 말했다.

“아마 향후 강호에 청도주님과 같은 대인(大人)이 다시 나오기는 어려울 것입니다. 그러니 오래 사시면 사실수록 강호에 좋은 일이지요.”

어떻게 들으면 금령은 청도주 금온과 같은 사람이 될 수 없다는 것을 지적한 말처럼도 들렸다. 그러자 금령이 빙그레 웃으며 말했다.

“그러게 말입니다. 하지만 인생은 유한하지요. 할아버님도 어찌 하늘의 명을 거부하시겠습니까? 그러니 남은 사람들이 힘을 합쳐 할아버님의 빈자리를 채워야겠지요.”

천오문이 자신의 제안을 받아들여 금문과 동맹을 맺자는 의미였다. 그러자 천오문주가 잠시 금령을 바라보다 딴청을 피웠다.

“이거 귀한 분을 너무 오래 서 있게 했군요. 일단 자리에 앉으시지요.”

천오문주의 권유에 금령이 피나무에 옻칠을 해 검붉은색이 감도는 의자에 자리를 잡고 앉았다. 그러자 천오문주도 금령의 맞은편 의자에 앉더니 고개를 돌리며 명을 내렸다.

“차를!”

“옛, 문주!”

천오문의 문도들이 서 있는 뒤쪽에서 여인의 대답이 들리더니 사십대 중반으로 보이는 여인 한 명이 무복 차림을 하고는 찻상을 들고 금령과 천오문주 사이로 걸어왔다.

'고수다.'

찻상을 들고 온 여인을 보는 순간 석요송의 마음속에 불쑥 경계심이 생겨났다. 차를 들고 온 여인이 보통 인물이 아닌 것이 분명했다. 바위 위라지만 찻상을 들었음에도 걸음이 깃털처럼 가벼웠고, 차병에서 떨어지는 찻물 줄기를 진기로 조절해서인지 찻잔에 흘러드는 찻소리가 들리지 않았다. 이는 절정의 공력을 지닌 사람만이 보여줄 수 있는 수법이다.

그런데 중년 여인의 무공에 놀라는 듯하던 석요송이 문득 허리춤에 매달린 검을 잡았다. 여인은 그때 금령의 찻잔에 차를 다 따르고는 두어 걸음 옆으로 옮겨 이번에는 천오문주 고적원의 잔에 차를 따르고 있었다.

그런데 여인의 차 따르는 수법이 이번에는 조금 달랐다. 차병에서 떨어지는 차 줄기가 맑은 소리를 내며 찻잔으로 모여들었던 것이다. 앞서는 소리를 내지 않고 차를 따랐고, 이번에는 소리를 내며 차를 따른 데에는 그만한 이유가 있을 터였다.

여인의 의도는 금세 드러났다. 여인이 차를 따르다 실수를 한 듯 그 양을 조절하지 못했고 천오문주 고적원의 찻잔 위로 찻물이 넘었다. 순간 여인이 당황한 듯 급히 차병을 들어 올렸다.

순간 갑자기 흐름이 끊긴 찻물이 고적원을 향해 튀었다. 그러자 여인이 황급히 소맷자락을 휘둘러 고적원을 향해 튀어나가는 찻물을 낚아챘다.

타탁!

여인의 소맷자락에 부딪친 차 방울이 맑은 소리를 냈다. 보통
의 경우라면 소맷자락에 스며들었어야 할 찻물이 마치 쟁반에
라도 부딪친 것처럼 소리를 낸 것이다.

그런데 다음 순간 찻물이 소리를 낸 이유가 밝혀졌다. 여인의
소맷자락에 부딪치며 맑은 소리를 냈던 찻물이 한순간 방향을
바꿔 반대편에 앉아 있는 금령을 향해 날아갔다.

한순간에 금령이 찻물을 뒤집어쓸 위험에 처했다. 그러자 금
령이 어깨가 움찔했다. 손을 들어 날아오는 찻물을 튕겨내려는
의도였다. 그런데 다음 순간 금령의 어깨가 다시 차분하게 가라
앉았다. 대신 한 자루 검이 무서운 속도로 금령과 고적원 사이
에 드리워졌다.

똑, 또르르!

맑은 물방울 흐르는 소리가 일어났다.

"아!"

누군가의 탄성 소리가 들렸다. 금령의 바로 앞, 한 자루 검이
눈부신 태양을 받으며 멈춰 서 있었다. 검은 투박하고 보잘것없
었다. 그런데 검신 위에 십여 방울의 차 방울이 그 형태를 부서
뜨리지 않고 마치 새가 날아 앉듯 다소곳이 올라 있었다. 금령
을 향해 날아들던 찻물을 한 자루 검이 받아낸 것이다. 검의 주
인은 석요송이었다.

"죄송합니다. 제가 그만 실수로 무례를 범했습니다."

차를 따르던 여인이 급히 금령을 향해 고개를 숙였다. 순간
석요송이 번개처럼 검을 비틀었다. 그러자 검신에 올라와 있던

차 방울들이 화살처럼 여인을 향해 날아갔다.

순간 고개를 숙이며 사죄를 하던 여인이 눈을 크게 뜨며 재빨리 그 자리에서 한 바퀴 회전했다. 신형을 트는 그녀의 옷자락이 허공에 날렸다.

파파팟!

그녀를 향해 날아간 차 방울들이 무서운 속도로 여인의 옷자락을 뚫고 지나갔다.

"무슨 짓이오?"

가까스로 석요송이 날려 보낸 차 방울을 피해낸 여인이 서너 걸음 뒤로 물러나며 노성을 발했다. 그러자 석요송이 나직한 음성으로 말했다.

"금문의 주인을 시험하려면 목숨을 걸어야 한다. 그 각오가 되어 있었던 것 아닌가?"

석요송의 차고 매서운 말투에 여인은 물론 장내의 사람들이 흠칫한 표정을 지었다. 천오문의 문도들만이 아니었다. 금문의 사람들도 놀라기는 마찬가지였다.

그들에게도 지금 석요송의 행동과 말투는 생경하기 이를 데 없었다. 비록 인검의 자리가 피를 뿌릴 수밖에 없는 자리라지만 지금까지 석요송은 살수라기보다 의협에 가까운 사람으로 인식되고 있었다.

그런 석요송이 드러낸 차가운 살기는 사람들을 놀라게 할 수밖에 없었다.

"그만, 그 정도면 되었소."

금령의 말이 들리자 석요송이 아무 일도 없었다는 듯 금령으

로부터 오 장여 떨어진 곳으로 물러났다. 그러나 사람들의 시선
은 계속해서 석요송을 살피고 있었다. 한 줄기 바람이 불어와
석요송의 옷자락을 날렸다.

　그 순간 사람들은 깨달았다. 그들이 또 다른 강호의 절대고수
를 보고 있다는 것을.

第六章　은얼위

"차 맛이 좋군요."

차를 두고 벌어진 석요송과 중년 여인의 대결이 만든 팽팽한 긴장을 금령이 깼다. 그러자 천오문주 고적원도 얼굴빛을 고치며 입을 열었다.

"중원에서 가져온 차요."

"그 먼 길을……."

"날이 좋으면 흑수를 타고 내려가 창해를 지나 고려 남쪽을 돌아 중원에 닿는 해로가 열리오. 일 년에 서너 번 그렇게 중원과 교통을 하고 있소이다."

"그렇군요. 천오문이 중원에 직접 상선을 보내는 줄은 몰랐군요."

"천오문의 뜻이 천하에 있으니 어찌 중원과의 교역을 소홀히

하겠소.”

천오문주 고적원이 도도한 음성으로 말했다. 과거 천하를 지배한 고구려의 후손이라는 자부심이 가득한 얼굴이다. 이런 자를 굴복시키는 것은 결코 쉽지 않다. 말로써 설득되어질 인물이 아니기 때문이다. 그렇다면 결국 필요로 하는 것은 힘이다.

“천오문이 고귀한 혈통을 이어오고 있음을 모르지 않습니다. 그러나 세월은 흘렀고, 삼족오의 깃발이 나부꼈던 땅에는 이미 여러 차례 서로 다른 왕조가 세워졌지요. 천오문 또한 이젠 강호의 한 무림문파로 변했습니다. 그러니 지금에 와서야 어찌 천오문 홀로 옛 제국의 영화를 다시 재현하겠습니까?”

“그러니 금문에 투항하라?”

“투항이 아니지요. 함께 힘을 합쳐 무림에서라도 과거의 영광을 재현하자는 말이지요.”

“하하하, 말이야 참으로 듣기 좋구려. 그러나 결국 그 말은 우리 천오문을 금문에 복속시키겠다는 말과 다름없다는 것을 왜 내가 모르겠소. 내 분명히 대답하리다. 본 문은 절대 금문의 수족이 될 생각이 없소. 그러니 그만 돌아가시구려.”

순간 금령의 표정이 변했다. 그가 다시 한 모금 차를 마시고는 나직하면서도 서늘한 목소리로 말했다.

“난 얼마 전 청도, 아니, 금문의 주인이 되었습니다.”

“그건 나도 잘 알고 있소.”

고적원이 갑자기 변한 금령의 기세에 경계심을 보이며 대답했다.

“난 할아버님과는 다릅니다. 그래서 금문을 이끄는 방법과 천하를 얻는 방법 역시 할아버님과 다르지요.”

“무슨 말씀을 하시려는 것이오?”

“지난날 할아버님께서 여러 번 천오문에 손을 내밀었다는 것을 알고 있습니다. 그때마다 천오문은 할아버님의 호의를 거절했다고 들었습니다. 그뿐 아니라 수시로 고려의 조정과 손을 잡고 금문의 배후를 위협했지요. 그러나 할아버님은 그때마다 천오문은 결국 금문의 친구가 되어야 할 문파라면서 천오문의 행보를 묵인했지요.”

“음… 본 문이 어찌 행동하든 그건 오직 우리 천오문이 결정할 뿐이오!”

“맞습니다. 천오문의 운명을 결정하는 것은 오로지 천오문 자신이지요. 그러나 그 천오문의 행보가 금문에 위협이 된다면 그에 대한 대비를 하는 것 역시 우리 금문의 일일 겁니다. 전 할아버님과 달리 품이 넓지 않습니다. 그리고 겁이 많은 편이라 등 뒤에 강적을 두지도 않지요. 이번에 제가 청도를 나선 것은 무림을 일주해 북천십이문을 하나의 세력으로 묶으려는 의도입니다. 그런데 이렇게 천하를 향한 행보에 나서면서 어찌 등 뒤로 적을 둘 수 있겠습니까?”

금령의 단호한 말에 고적원의 눈에 노기가 돌았다. 이건 명백한 협박이다. 절대 천오문을 그대로 두고 돌아가지 않겠다는 의미의 말이 아닌가?

“본 문을 감당할 수 있겠소?”

고적원이 차가운 어조로 물었다.

"자신이 있으니 온 것이지요."

금령의 패도적인 기운이 물씬 일어났다. 그러자 고적원의 눈가에 적의와 함께 두려움이 일었다. 그러자 다시 금령이 말했다.

"싸우게 된다면 오늘 천오문의 뿌리가 뽑힐 것입니다. 제 제안을 받아들인다면 금문과 함께 무림천하를 굽어보며 다시 옛 왕업의 영화를 누리겠지요. 선택은 오직 문주님의 마음에 달렸습니다."

금령의 기운이 좀 더 강하게 일어났다. 패경의 진기가 일으키는 기운은 수십 년 무공을 수련한 천오문주조차 견디기 어려운 것이었다. 그러나 천오문주 고적원은 수백 년 왕업의 후예라는 자존심의 힘으로 금령의 패기를 견뎌냈다.

"본 문은 누군가의 협박에 의해 무릎을 꿇지 않소. 오직 강자만이 본 문을 무릎 꿇릴 수 있소."

"내겐 그럴 능력이 없어 보이나 보군요."

금령이 고적원을 보며 물었다. 눈부신 햇살이 금령의 은 가면에 부서져 내렸다. 그런 금령의 모습은 어찌 보면 신비하기 일을 데 없어서 고적원이 이 어린 여인을 상대하는 것이 무척 혼란스러울 정도였다.

"증명할 수 있겠소, 소도주께 우리 천오문을 감당할 수 있는 능력이 있음을?"

"어찌 증명할까요?"

금령이 물었다. 그러자 고적원이 자신감이 드러나는 표정으로 말했다.

"당년에 들어 본 문은 큰 경사를 보았소. 무림문파의 경사란 고수를 배출하는 것인데 운이 좋게도 본 문은 올해 다섯 명의 절대고수를 배출하게 되었소. 시험 삼아 마적 떼를 베고 막 강호로 출도를 시킬 요량이었는데 마침 소도주께서 오셨구려. 그러니… 그들을 상대해 보시겠소이까?"

고적원의 제안에 금령이 담담하게 대답했다.

"천오문에 그런 경사가 있었다니 축하드립니다. 또한 강호의 무인이 되어서 고수와 무공을 겨루는 것은 큰 기쁨이라 아니할 수 없지요. 당연히 천오문이 배출한 다섯 고수를 만나고 싶군요. 그들이… 오문오룡이라 불리는 사람들이겠지요?"

"역시 오룡에 대해 알고 있구려. 맞소이다. 그들이 바로 본 문이 수십 년 만에 강호에 내놓는 사람들이오. 소도주께서 보기를 원하시니 오룡은 앞으로 나서라."

고적원의 명이 떨어지자 천오문의 문도들 사이에서 다섯 명의 남녀가 신형을 날려 고적원 뒤에 내려섰다. 모두들 사오십대의 중년인으로 보였는데 그중 한 명은 이미 금령의 눈에도 익은 사람이었다.

"차는 잘 마셨소."

오룡의 한 사람으로 나선 여인을 보며 금령이 말했다. 여인은 앞서 차를 따르기 위해 나섰던 사십대 여인으로 석요송과 찻물을 두고 무공을 겨뤘던 사람이었다.

"적아상이라고 합니다."

여인이 정중하게 인사를 했다. 찻물을 통해 금령을 시험하려 했던 것에 대한 미안함 같은 것은 전혀 느낄 수 없는 태도였다.

"좋은 재주였소."

금령이 대꾸했다. 그러자 적아상의 표정이 차갑게 변했다. 자신의 무공을 작은 재주로 치부하는 금령에게 적의를 느낀 것이다. 적아상이 나직하면서도 서늘한 표정으로 말했다.

"소도주께 비천한 재주를 좀 더 보여드리고 싶습니다만……."

"오룡이 날 시험하기 위해 나섰으니 당연한 일이고, 그런데 난 다른 구경을 하고 싶소이다만."

"무엇을 보고 싶으신가요?"

적아상이 차갑게 물었다.

"그대와 나의 인검은 겨우 일 합을 겨루었을 뿐이오. 그런데 난 그 대결의 결과가 궁금하구려. 하니… 나의 인검과 겨뤄보시겠소?"

"설마 오룡과의 비무를 회피하시는 건가요?"

적아상이 비웃듯 물었다. 그러자 금령이 고개를 저었다.

"그럴 리가 있소? 나 역시 내 손으로 천오문의 힘을 가늠해보고 싶소. 일단 그대가 인검과 겨루고 나면 그대들 중 원하는 사람은 나와 겨룰 수 있을 것이오. 하나도 좋고 둘도 좋고… 혹은 나머지 모두도 좋고!"

금령의 말에 적아상이 노기가 폭발했다.

"우리 오룡을 경시하는 것입니까?"

그러자 금령이 변한 말투로 차갑게 대답했다.

"그대들을 경시했다면 내가 친히 검을 들지도 않아. 그러니 일단 나의 인검을 감당해 보라. 인검을 감당하고 나서 그대들의 자존심을 세워도 늦지 않다. 인검을 견뎌낸다면 내 그대들의 오만함을 인정하지. 인검!"

"옛, 태상장로!"

바위 한쪽에서 자신의 일이 아니라는 듯 강물을 내려다보고 있던 석요송이 한 발을 움직이며 대답했다. 그러자 그의 신형이 한순간에 금령의 옆에 도달했다. 그 신법의 신묘함에 오룡을 비롯한 천오문의 고수들이 놀란 빛을 보였다.

"비무를 해야겠소."

석요송이 다가서자 금령이 말했다.

"알겠습니다."

석요송이 다른 말 없이 고개를 숙여 보였다. 그러자 금령이 적아상을 보며 말했다.

"조심해야 할 거요."

"제 걱정은 마시지요."

적아상이 싸늘하게 대답했다.

"인검은 날 대신할 수 있는 유일한 사람이오. 그 신분도 신분이려니와 무공 역시… 이미 그의 검이 대막 흑사풍의 대천성을 물러나게 했고, 낙성곡에서 강호의 노련한 고수들로부터 할아버님을 구했다는 소문을 들었을 거요. 그러니… 정말 조심하시구려. 특히나 인검으로서 그의 검은 독할 수밖에 없소. 사람은 그렇지 않지만."

"조심해야 할 것은 저만이 아니지요."

적아상이 지지 않고 대꾸했다.

"하하! 좋아. 그럼 어디 한 번 오룡의 무공을 구경해 봅시다. 인검!"

"예, 소도주!"

"한식구가 될 수도 있는 사람이니 목숨을 거두지는 마시오."

"그러지요."

"그럼 부탁하리다."

금령이 석요송을 보며 고개를 끄덕였다. 그러자 석요송이 적아상을 한 번 바라보고는 천천히 걸음을 옮겨 너른 바위 위에서 강변 쪽으로 치우친 곳으로 이동했다. 그러자 적아상 역시 훌쩍 신형을 날려 석요송의 맞은편에 내려섰다.

"난 수공을 수련했소."

석요송과 마주 선 적아상이 먼저 입을 열었다. 그러자 석요송이 고개를 끄덕였다.

"그러리라 생각했소. 찻물 다루는 솜씨가 보통이 아니니 역시 수공을 수련했을 거라 생각했소."

"그대는 검을 쓰는 것 같구려."

"뭐… 이것저것……. 수공을 쓴다니 나도 검을 거두고 상대하겠소."

석요송이 들고 있던 검을 검집에 꽂았다. 그러자 적아상이 고개를 저으며 말했다.

"그대가 수련한 무공이 검공이라면 굳이 검을 거둘 필요가 없소. 내 손은 곧 검과 같으니 검을 써도 상관없소."

　이미 찻물을 두고 한 차례 격돌이 있었지만 적아상은 이제 약관을 갓 넘은 석요송의 무공을 아직은 그리 대단치 않게 보는 모양이었다.

　"보법과 지법도 조금은 알고 있느니 괘념치 마시오."

　석요송이 담담하게 대답했다. 그러자 적아상이 고개를 끄덕이며 말했다.

　"알겠소. 그러나 언제든 검을 뽑아도 상관없소."

　"부족하지만 사양치 않겠소."

　석요송이 고개를 주억였다. 그러자 적아상이 더 이상 입을 열지 않고 석요송을 마주 보며 왼발을 비스듬히 내밀었다. 그러고는 두 손을 가슴 어림에 모은 후 가볍게 진기를 끌어올렸다.

　한순간 적아상의 두 손 사이에 아지랑이 같은 기운이 어리기 시작했다. 그러자 적아상이 갑자기 두 손을 양옆으로 벌렸다. 그의 두 손에 어느새 두 덩어리로 갈린 투명한 진기가 서리처럼 아른거렸다.

　팟!

　적아상이 석요송을 향해 신형을 날렸다. 동시에 그녀의 두 손이 사람들의 눈에 보이지 않을 정도로 빠르게 휘둘러졌다.

　우웅!

　묵직한 파공음이 일어나며 적아상의 손에서 흘러나온 수영이 석요송을 덮쳤다. 그러자 석요송이 가볍게 한 손을 흔들면서 신형을 왼쪽으로 날렸다.

　쩌릿한 파공음이 일어났다. 동시에 석요송을 덮쳐 가던 적아상의 수영들이 허공에서 산산이 흩어졌다. 석요송의 손에서 뻗어 나간 두 줄기의 지력이 적아상의 수영을 흩어버린 것이었다.

"음!"

석요송을 스쳐 가는 적아상의 입에서 나직한 침음성이 흘러나왔다. 자신의 공세를 파훼한 석요송의 무공이 그녀의 예상을 훨씬 뛰어넘고 있었기 때문이다.

그러나 놀라는 것도 잠시, 그녀가 자세를 조금 낮추는가 싶더니 이내 반 장 정도 도약하며 손을 꼿꼿이 세운 후 팔을 마치 도처럼 휘둘렀다. 그러자 그녀의 손이 도기를 내뿜는 것처럼 희미하게 변하더니 벼락처럼 석요송을 향해 떨어져 내렸다.

석요송이 자신을 향해 떨어져 내리는 적아상의 수영에 천근의 힘이 실렸음을 느끼고는 빙글 몸을 회전했다. 그러자 귀령보가 펼쳐지며 석요송의 몸이 얼음 위를 미끄러지듯 옆으로 이동했다.

쩡!

석요송을 비껴나간 적아상의 수영이 바위에 부딪치며 얼음 깨지는 소리를 일으켰다. 적아상의 수영에 격중된 바위가 깨져 나오면서 그 파편이 사방으로 날아갔다.

파편 중 일부는 천오문과 금문의 문도들에게도 날아들어 두 사람의 비무를 보고 있던 자들이 황급히 놀라 날아드는 돌덩이들을 피했다. 바위를 부서뜨리는 적아상의 공력은 그녀의 나이를 생각하면 놀라운 것이었다.

또한 그것은 이들 오룡을 길러내기 위해 천오문이 얼마나 많은 노력을 퍼부었는지를 말해주고 있었다. 아마도 천하의 영약이 모두 동원되었을 터였다.

그러나 그런 공력과 무공으로도 적아상은 석요송을 잡을 수 없었다. 석요송은 마치 그물에 걸리지 않는 바람처럼 적아상의 공세를 벗어나더니 한순간 허공에서 몸을 틀어 적아상을 향해 두 손을 펼쳤다.

촤악!

석요송의 손에서 열 가닥의 지력이 일어났다. 지력은 처음에는 바람에 날리는 버드나무 가지처럼 부드럽게 적아상을 향해 다가들었다. 그러다가 적아상의 일 장 안쪽에 접어들자 갑자기 무서운 속도를 내며 적아상의 전신 사혈을 파고들었다.

"핫!"

이미 석요송의 무공이 범상치 않음을 짐작하고 있던 적아상이 기다리고 있었다는 듯 기합성을 흘려내며 허공으로 몸을 솟구쳤다. 그런데 적아상이 몸을 피함으로써 바위에 격중되어야 할 석요송의 지력들이 한순간 방향을 틀어 허공으로 솟구치는 적아상을 따라붙었다.

"엇!"

적아상의 입에서 다급성이 흘러나왔다. 지공의 고수들이 간혹 이미 시전한 지력의 방향을 틀기는 하지만 석요송처럼 마치 살아 있는 생물인 듯 지력을 조절하는 것은 그녀로선 처음 대하는 무공이었다.

적아상이 허공에서 힘차게 두 팔을 휘둘렀다. 그러자 그녀의 양팔이 풍차처럼 회전하며 강력한 진기의 막을 형성했다.

그런 그녀를 향해 석요송이 떨쳐 낸 열 개의 지기가 파고들었다.

퍼퍼퍽!

둔탁한 소음이 일어나며 석요송의 지력과 적아상의 진기가 격돌했다. 순간 석요송의 지력 중 몇 가닥이 적아상의 방어를 뚫고 들어가 그녀의 옷자락을 꿰뚫었다.

"큭!"

적아상의 입에서 나직한 신음성이 흘러나왔다. 동시에 그녀의 신형이 급하게 바위로 떨어져 내렸다.

와직!

적아상이 바위에 내려서며 그녀의 수공에 의해 부서져 나온 바위 조각들을 밟았다. 무인이 발끝의 힘을 조절하지 못한다는 것은 큰 내상을 입었다는 의미다.

바위에 내려선 적아상이 한차례 흔들거리더니 이내 몸을 꼿꼿하게 세웠다. 그러고는 석요송을 노려보며 말했다.

"과연 금문의 인검답구려. 그러나 아직 승부는 끝나지 않았소."

"승패는 결정되었소. 더 이상은 그대의 고집이오."

석요송이 차갑게 말했다. 그러자 적아상 또한 차갑게 소리쳤다.

"아직 내겐 그대를 상대할 절기가 남아 있다!"

적아상의 말에 석요송도 싸늘히 대꾸했다.

"내게도 당신의 목을 벨 무공이 남아 있소. 다시 손을 섞으면 그땐 아마도 그대의 목숨을 내놓아야 할 거요. 난 의미없는 싸움을 하는 성정이 아니오."

"그대 또한 목숨을 걸어야 할 거야."

적아상이 서릿발 같은 기운을 흘려내며 말했다. 그런데 그때였다. 문득 천오문의 문도들 뒤쪽에서 한마디 음성이 들려왔다.

"됐다. 그만하거라."

순간 적아상의 표정이 일그러졌다.

"대사부님!"

천오문의 문도들이 일제히 허리를 굽혀 한 노인을 맞이했다. 천오문주 고적원조차도 자리에서 일어났다. 금령은 자리에 앉아서 바위 위로 오르는 노인을 응시하고 있었고, 석요송은 적아상을 놓아두고 노인에게 시선을 주었다.

'고수다!'

석요송은 단번에 장내에 등장한 노인이 강호에서 흔히 볼 수 없는 고수라는 것을 깨달았다. 허름한 옷차림의 노인이었지만 그 걸음걸이, 형형한 눈빛, 무엇보다 다섯 개의 병기를 지닌 탄탄한 몸이 나이를 거스른 절대고수의 풍모를 풍기고 있었다.

노인은 천오문 문도들의 영접을 받으며 고적원 옆에 섰다. 그러고는 자신을 바라보고 있는 금령을 지그시 응시했다. 그러기를 얼마, 문득 시선을 돌린 노인이 적아상을 보며 말했다.

"물러나라."

"대사부님!"

"이미 승패가 난 비무다. 고집을 피우는 것은 너는 물론 본 문을 우습게 만드는 일이야."

"하지만 전……."

"됐어. 천변만화수를 쓴다고 그를 이기지는 못한다. 그리 되면 아마도 네 목숨을 잃게 될 게다. 아니 그런가?"

노인이 석요송을 보며 물었다. 그러자 석요송이 무심하게 대꾸했다.

"그 천변만화수라는 무공, 한번 보고 싶구려. 얼마나 대단한 무공이기에 내가 살검을 쓸 정도인지."

그야말로 안하무인에 오만하기 이를 데 없는 대답이다. 당연하게도 천오문 문도들의 얼굴에 노기가 일렁였다. 당장에라도 석요송에게 달려들어 생사를 결할 기세들이다. 그러나 노인은 달랐다.

"대단하군. 역시 청도주야. 그대와 같은 젊은 고수를 길러 내다니. 소도주는 복이 많소이다. 저런 수하를 두다니!"

노인이 고개를 돌려 금령을 보며 말했다. 그러자 금령이 고개를 끄덕였다.

"나도 그렇게 생각하지요. 나에게 인검이 있음은 곧 하늘이 내게 천하를 준다는 의미와도 같으니까요."

이 또한 예상치 못한 대답이다. 그러나 노인은 다른 사람과 달리 고개를 끄덕였다.

"맞소이다. 그가… 아마도 소도주께 천하를 줄 수 있을지도 모르겠소. 그런데 내가 누군지 아시오?"

노인이 묻자 금령이 고개를 끄덕였다.

"오면서 들으니 천오문에 할아버님을 대적할 만한 노옹이 한 분 있다고 하더군요."

금령의 대답에 노인이 만족한지 빙그레 웃었다.

"소도주의 말이 맞소. 내가 바로 과거 청도주와 겨뤘던 은얼위요. 이렇게 소도주를 뵈오니 반갑구려."

"저 또한 천오문의 노영웅을 뵈니 기쁘군요."

"하하하, 노영웅은 무슨… 음, 그런데 문주!"

은얼위가 금령과 이야기를 하다 말고 갑자기 고적원을 불렀다.

"말씀하시지요, 대사부!"

"비무를 좀 바꿔야겠소."

"무슨 말씀이신지……?"

"금문의 인검이 손을 쓰는 것을 보니 오룡과의 비무는 의미가 없을 것 같소이다."

"그게 무슨……?"

"오룡은 절대 금문의 인검을 넘을 수 없소. 그리고 또한 오늘 금문의 소도주를 뵈니 소도주의 공력이 결코 인검보다 낮지 않소. 그러니 오룡과의 비무는 이미 그 승패가 정해진 것이나 다름없소."

"대사부님!"

은얼위의 말이 끝나자마자 몇 걸음 뒤에 있던 오문오룡이 억울한 표정을 지으며 노인을 불렀다. 그러자 노인이 오룡을 보며 타이르듯 말했다.

"진정하거라. 힘들기는 내 마음이 너희보다 배는 더하다. 너희를 키운 내 심정을 헤아린다면 내가 이런 말을 하는 것이 얼마나 힘든 일인지 잘 알 것이다. 그러나 강자라면 진실을 받아들일 줄도 알아야 한다. 이 아픔을 가슴에 품고 더욱 절차탁마

하여 언젠가는 여기 소도주님과 인검을 넘어서길 바랄 뿐이다. 소도주!"

"말씀하세요."

금령이 대답했다.

"이 늙은이가 한 가지 부탁을 하고 싶소."

"그러세요."

"이 비무… 내가 받겠소."

순간 금령의 눈이 꿈틀거렸다. 설마하니 은얼위가 스스로 비무에 나서겠다고 할 줄을 몰랐던 것이다. 강호란 곳이 비록 적아를 구분 지어 승패를 가늠하기도 하지만 비무에 있어서는 그 배분이 철저히 지켜지기도 하는 곳이다. 배분으로 보자면 은얼위와 금령은 어울리는 상대가 아니었다.

"진심인가요?"

금령이 물었다.

"그렇소."

"그렇게까지 금문과 손을 잡기 싫은 건가요?"

그러자 은얼위가 고개를 저었다.

"그런 것은 아니오. 단지… 두 문파의 관계를 비무를 통해 바꿔볼 수 있지 않을까 그런 생각을 했기 때문이오."

"무슨 말씀이신지……?"

금령이 의혹 어린 표정으로 물었다. 그러자 은얼위가 서늘한 미소를 지으며 말했다.

"내 소도주의 방문을 받았다는 말을 전해 듣고 곰곰이 생각을 해보니 아무래도 청도주에게 무슨 일이 생겼다는 판단이 들었소."

"할아버님이 은거하신 일은 천하가 다 아는 일이지요."

금령이 냉랭하게 대답했다.

"아니, 그런 것이 아니오. 그 정도가 아니라 필시 청도주는 죽었거나 혹은 검을 들 수 없을 만큼 쇠약해진 것이 분명하오."

"무례하군요. 제가 은 노사의 체면을 보아주고 있다는 것을 모르십니까?"

금령이 노기를 드러냈다. 그러자 그의 몸에서 거부할 수 없는 패기가 흘러나왔다. 그 모습에 은얼위도 얼굴에 있던 웃음을 지웠다.

"물론 소도주가 내 체면을 제법 봐주고 있다는 것은 알고 있소. 그러나 그 일과 청도주의 일은 별개지."

"왜 할아버님께 변고가 생겼다고 생각하는 겁니까?"

"아주 간단한 문제요."

"간단하다?"

"그렇소. 만약 청도주가 온전하다면 소도주를 결코 내가 있는 이 천오문에 먼저 보내지는 않았을 것이오. 청도주라면 다른 문파들을 제압한 후에야 가장 늦게 이 천오문으로 왔을 거요."

"그리 생각하는 이유가 뭡니까?"

"이 은얼위가 이곳에 있기 때문이오. 날 상대하는 것이 얼마나 위험한 일이지 청도주가 모르지 않으니까."

은얼위에게서 도도한 자신감이 넘쳐난다. 그런데 그런 은얼위를 보고 있던 금령이 희미한 미소를 지었다.

"은 노사께서는 하나만 알고 둘은 생각지 않으시는군요."

"흠, 소도주의 가르침을 들어봅시다."

은얼위가 흥미가 동하는 표정으로 말했다.

"물론 은 노사께서 북천십이문의 고수들 중 손에 꼽히는 분이라는 것을 모르지 않아요. 할아버님도 인정하셨으니까 말입니다. 그러나 그래서 할아버님은 제게 가장 먼저 천오문을 방문하게 하신 겁니다."

"나에게 꺾이면 모든 것을 잃을 텐데 말이오? 천하를 향해 걸음 한번 내딛지 못하고."

"대신 은 노사를 넘어선다면 얻는 것도 많겠지요."

"그 말은… 날 넘어설 자신이 있다는 것이군."

"그렇지 않다면 제가 어찌 이곳에 있겠습니까? 은 노사의 말대로 할아버님이 허락지 않았겠지요."

"후후, 소도주의 말이 사실이라면 청도주조차도 소도주가 날 꺾을 수 있다고 생각했단 말이구려. 이건… 너무 궁금하군. 문주, 이 비무, 내가 받겠소."

은얼위가 다시 한 번 고적원에게 말했다. 그러자 고적원이 걱정스런 표정으로 말했다.

"굳이 대사부께서 나서실 것이야……."

"오룡이 안 되면 누가 있어 금문의 고수들을 상대하겠소. 설마 이대로 금문에 복속하려는 것은 아니지요?"

"그럴 리가 있겠습니까?"

고적원이 급히 고개를 저었다.

"그렇다면 이 비무는 내게 맡겨주시오. 솔직히 난 아직도 의문이 있소, 과연 청도주가 여전히 건재한지. 운이 좋아 이 비무를 이긴다면, 그리고 청도주가 건재하다면 그도 청도를 아니 나올 수 없을 것이오. 만약 내가 이 비무에서 이겼는데도 그가 출도를 하지 않는다면… 그건 그가 힘을 잃었다는 뜻이겠지. 아니면 숨을 거뒀든지."

철렁!

은얼위가 걸음을 옮겼다. 그러자 그의 몸에 매달려 있던 병기들이 부딪치며 요란한 소리를 냈다. 은얼위가 들고 있던 창을 가슴 앞으로 끌어올리며 금령에게 말했다.

"이 늙은이와 손을 섞어보시겠소?"

은얼위의 말에 금령이 고개를 끄덕이고는 자리에서 일어났다.

"나로서야 영광이지요."

자신만만한 금령이다. 그런 금령을 보며 은얼위가 살짝 아미를 모은 후 천천히 걸음을 옮겨 앞서 석요송과 적아상이 비무를 펼쳤던 곳으로 이동했다. 그러자 금령 역시 은얼위를 따라 걸음을 옮겼다.

"오십 초를 쓰겠소."

금령이 다가오자 은얼위가 말했다. 금령은 묵묵히 은얼위의 말을 듣고 있었다.

"창검도궁수(槍劍刀弓手)! 이 다섯 가지의 무공을 각기 십 초씩 펼치겠소. 그 안에 승부가 나지 않으면 이 비무는 소도주의 승이요."

금령에게 유리한 제안이다. 금령으로서는 오십 초를 버티기만 해도 되는 싸움, 금령이 마다할 이유가 없었다.

"시작하지요."

금령이 도를 빼 들었다. 그러자 은얼위가 불쑥 금령을 향해 창을 내밀었다.

팡!

날카로운 창끝에 공기가 갈라지며 파공음을 일으켰다.

"조심하시오."

금령을 향해 창을 겨눈 은얼위가 경고를 내뱉고는 슬쩍 창끝으로 허공을 베었다.

삭!

순간 그의 창에서 흘러나온 희미한 기운이 번개처럼 금령의 목을 횡으로 베었다. 창은 장병이라 진기를 모아 발출하는 것이 극히 어려운 법인데 은얼위는 그 수법을 힘들이지 않고 선보였다.

금령이 서너 걸음 뒤로 물러났다. 그러자 손 한 뼘의 공간을 두고 은얼위의 창이 금령의 목 앞을 지나갔다. 순간 금령의 신형이 벼락처럼 창대를 타고 은얼위를 향해 짓쳐 들었다.

"좋아!"

은얼위의 입에서 탄성이 흘러나왔다. 동시에 창을 허리에 대고 감아 돌려 그 중간을 잡아내며 길이를 좁힌 후 번개처럼 다가드는 금령을 내려쳤다. 순간 금령 역시 벼락처럼 도를 쳐올렸다.

창!

창과 도가 부딪치며 강력한 파열음이 일어났다. 은얼위의 창은 무쇠로 만든 것이라 금령의 도에 격중되었음에도 부러지거나 꺾이지 않았다. 그러나 그렇다고 은얼위에게 아무런 충격이 없는 것은 아니었다.

파팟!

은얼위가 황급히 삼 장여를 물러났다. 그의 눈에 은은한 놀라움이 떠올랐다. 그가 물러난 것은 스스로의 판단에 의한 것이 아니었다. 자신의 창을 밀어내는 금령의 도에 실린 힘 때문이었다.

많아야 금령의 나이 이십대 초반. 정상적인 수련이라면 그 나이에 지닐 수 없는 공력이다.

"과연 청도주가 잠룡을 키웠구나!"

은얼위가 탄성을 자아내며 창을 휘둘렀다. 그러자 그의 창이 풍차처럼 돌아가더니 수십 개의 그림자를 만들어 내며 금령을 덮쳤다. 그런 창의 폭풍 속으로 금령이 뛰어들었다. 그녀의 도가 기광을 흘려내며 번쩍였다.

쩌저정!

창의 폭풍 속에서 강력한 격돌음이 일어났다. 그러자 순식간에 십여 초를 교환한 두 사람이 거짓말처럼 서로에게서 멀어졌다.

"이런, 아주 못쓰게 되어버렸군."

금령에게서 떨어져 나온 은얼위가 자신의 창을 들어 보이며 중얼거렸다. 쇠로 만든 그의 창은 기이하게 굽어져 있었다. 창대 곳곳이 꿈틀거리는 뱀처럼 휘어져 있었는데 다시 담금질을 하기 전에는 창 구실을 할 수 없어 보였다.

혀를 차며 창을 바라보던 은얼위가 휙 하고 창을 던져 버렸다. 그러자 창이 허공을 날아가더니 강물 속으로 풍덩 빠져들었다. 그렇게 창을 버린 은얼위가 허리춤에서 작은 철궁을 꺼내 들었다. 금령은 은얼위가 철궁을 꺼내 드는 것을 가만히 지켜보고만 있었다.

"너무 오만한 것 아니오?"

은얼위가 금령을 보며 물었다.

"무엇이 말인가요?"

"내게 철궁을 꺼낼 기회를 순순히 내주고 있으니 말이오. 이 철궁의 시위에 화살이 걸리는 순간 소도주는 무척 위험한 지경에 처하게 될 것이오. 도주를 할 수도 없는 입장이고."

은얼위의 말이 맞았다. 일단 은얼위의 철궁에 화살이 걸리면 금령으로서는 무척 불리한 싸움을 해야 했다. 화살을 피하기에는 은얼위와 지나치게 가까웠다. 그렇다고 바위를 떠나 멀리 도주할 수도 없었다.

"화살을 쏠 수 있겠습니까?"

금령이 물었다. 그러자 은얼위의 표정이 변했다.

"화살을 시위에 걸 시간을 주지 않겠다는 거요?"

"그럴 생각입니다."

"내가 다섯 개의 병기에 모두 통달한 것을 모르지 않을 텐데?"

은얼위가 왼손으로 철궁을 옮겨 들었다. 그리고 오른손을 가슴 앞에 가져왔다. 허리춤에 있는 세 대의 화살을 꺼내 금령을 향해 쏘아 보내려면 보통의 궁술로는 어려울 터였다.

시간의 싸움이고 찰나의 시간에 승부는 결정될 것이다. 만약 은얼위가 화살을 쏘아 보내지 못한다면 그 빈틈을 타고 금령의 반격을 받게 될 테니 기실 이 싸움은 두 사람 모두에게 위험한 싸움이었다.

두 사람 사이에 팽팽한 긴장감이 서렸다. 두 사람을 바라보고 있는 양 파의 고수들이 마른침을 삼켰다. 언제 터져 나올지 모르는 두 고수의 일수에 사람들의 피가 말라갔다. 그런데 그런 사람들의 긴장감은 한순간 허무하게 흩어졌다.

쩔렁!

갑자기 은얼위가 손에 들고 있던 철궁을 놓아버렸다. 그의 손을 떠난 철궁이 단단한 바위 위에 날카로운 소리를 내며 떨어졌다.

"아무래도 안 되겠군. 너무 가까워."

은얼위가 중얼거렸다. 은얼위는 자신이 화살을 꺼내 시위에 걸고 금령을 향해 발사하는 시간이 금령이 자신의 목을 치는 시간보다 빠를 거라는 자신이 없었던 모양이다. 그렇게 창과 철궁을 버린 은얼위가 이번에는 검을 꺼내 들었다.

스르릉!

맑은 검음이 햇살을 타고 번져갔다. 한눈에 보아도 명검임이 분명하다. 그러자 금령의 자세도 변했다. 금령이 머리 위로 올렸던 도를 가슴 어림에 내리고 두어 걸음 뒤로 물러났다.

"선공을 양보한다면 고마운 일이지."

철궁을 버린 것이 못내 자존심이 상했는지 은얼위가 배분을 생각지 않고 선공에 나섰다.

석요송은 눈부시게 펼쳐지는 도검의 격돌을 응시하고 있었다. 그는 지금까지 이런 싸움을 본 적이 없다. 세상의 모든 무인이 꿈꾸는 경지, 금령과 은얼위는 그것을 보여주고 있었다.

도기는 벼락처럼 움직였고, 검기는 햇살처럼 퍼져 나갔다. 도기의 힘이 검기를 밀어 치면 검기는 푸근하게 퍼져 나가 사나운 도기를 감싸 안았다. 그러니 싸움은 언제나 제자리다.

'음!'

석요송이 문득 신음성을 흘렸다. 그러고는 허리춤에 매달린 검을 잡아가던 손에 힘을 뺐다.

두 사람의 싸움에서 석요송은 무인으로서의 호승심을 느꼈다. 그래서 자신도 모르게 검을 들고 두 사람 사이로 뛰어들 뻔했던 것이다. 그러나 이 싸움은 자신의 싸움이 아니다. 이 싸움은 금령의 싸움이고 은얼위의 싸움이었다.

"헛!"

은얼위의 입에서 한마디 기합성이 흘러나왔다. 그의 검이 빛을 흩뿌리며 금령의 머리 위로 검기를 떨쳐냈다. 순간 금령이 살짝 무릎을 굽히며 도를 아래에서 위로 치켜 올렸다.

깡!

벼락처럼 쇠 부러지는 소리가 나며 검이 두 조각으로 변해 허공을 날았다.

"앗!"

사람들의 입에서 탄성이 흘러나왔다. 은얼위의 검을 두 조각

낸 금령의 도가 거침없이 은얼위의 목을 베어갔기 때문이다. 누가 보아도 은얼위의 목이 단칼에 날아갈 상황이었다. 천오문주 고적원이 자신도 모르게 검을 잡고 한 걸음 앞으로 나섰다. 그러나 그가 이 싸움에 끼어들어 은얼위의 목숨을 구하기에는 너무 늦은 상태였다.

슉!

금령의 도가 거침없이 은얼위의 목을 파고들었다. 그런데 그 순간, 갑자기 은얼위가 맨손을 들어 금령의 도를 낚아채는 듯한 자세를 취했다. 사람들이 이번에는 은얼위의 목 대신 그의 손이 잘려 나가는 모습을 떠올렸다.

그런데 또다시 기이한 일이 벌어졌다. 금령의 도를 맨손으로 잡아가던 은얼위의 손에 갑자기 푸른 기운 같은 것이 어른거리더니 갑자기 금령의 도가 그 방향을 잃고 얼음에 미끄러지듯 은얼위의 왼쪽으로 비껴나갔던 것이다.

그 순간 은얼위가 번개처럼 신형을 회전시키며 금령에게서 멀어졌다. 그러고는 재빨리 도를 빼 들었다.

"놀라운 무공이군요. 무엇입니까?"

금령이 놀란 표정으로 은얼위를 보며 물었다. 그러자 은얼위가 거칠어진 호흡을 진정시키며 대답했다.

"천변만화수라 하오."

"천오문의 절기인가요?"

"아니, 젊은 시절 강호에 나갔다가 우연히 얻은 것이라오. 처음에는 천마수라 불렸는데 이름이 거칠어서 내가 천변만화수로 바꿨지."

"그렇군요. 과연 천마의 손 같았습니다. 제 도를 맨손으로 막아내는 무공이 있을 거라고는 생각지 못했군요."

그러자 은얼위가 씁쓸하게 웃으며 대답했다.

"나라고 손해가 없었겠소?"

말을 하며 은얼위가 왼손을 들어 보였다. 붉은 피가 그의 손을 뒤덮고 있다. 금령의 도를 막아내며 생긴 부상이 틀림없다. 그러나 그래도 손이 잘리지는 않은 은얼위다.

"계속하시겠습니까?"

금령이 물었다. 부상을 입은 손으로 비무를 계속하는 것은 무모한 일이다. 그러나 은얼위는 물러나지 않았다.

"아직은 일 초의 도법을 전개할 힘이 남아 있소. 마지막 남은 병기이기도 하니 일 초에 승부를 보려하오."

"알겠습니다."

금령이 사양치 않고 도를 들어 은얼위를 겨누었다. 은얼위 역시 도를 들어 머리 위에 세웠다. 일도양단, 단 일 초에 승부를 건다는 말은 허언이 아니었다.

그런데 그때 기이한 현상이 일어났다. 금령의 도가 서서히 검은빛을 띠더니 마치 주변의 빛을 흡수하는 것처럼 도 주위가 어두워지기 시작했다. 아니, 어쩌면 검게 변한 도신에 의해 그렇게 보이는 것일 수도 있었다.

그러나 어쨌든 금령의 도가 만들어 내는 모습은 기이하기 이를 데 없었다. 그 모습을 보고 있던 은얼위의 표정이 딱딱하게 굳어갔다. 그러던 한순간 은얼위가 금령을 향해 날아들었다. 그의 도가 태산 같은 힘으로 금령을 찍어 눌렀다. 순간 금령의 도가 다시 한 번 변했다.

　머금었던 빛을 단번에 토해내듯 금령의 도가 한순간 눈부시게 번쩍였다. 그러고는 한 줄기 도기가 뻗어 나와 자신을 향해 다가드는 은얼위의 도기를 관통했다.

第七章　북방의 산을 넘다

　삼 일간 변방의 한 문파에서 화려한 잔치가 벌어졌다. 잔치의 이유는 그 문파의 전통을 생각하자면 비참한 것일 수도 있었다. 누군가에게 예속되는 것을 기뻐하여 잔치를 벌일 사람은 세상에 없으니까. 그러나 처음 그렇게 우울하고 비통한 분위기에서 시작된 잔치가 이틀이 지나고 삼 일째가 되자 진심에서 우러나오는 흥거움으로 변했다.

　그들의 주인이 되겠다고 찾아온 자는 주인이 아니라 친구가 되어주겠다고 했고, 그 약속을 말이 아닌 행동으로 보여주었다. 또한 그들과 함께 세상으로, 수백 년 억누르며 살았던 야망의 길로 그들을 인도해 줄 것이라는 확신을 주었기 때문이다.

　그리하여 이 변방의 문파 천오문은 홀로이어서 꿈꾸지 못했던 꿈을 그들의 새로운 친구와 함께 실현할 수도 있겠다는 희망에 부풀어 올랐다.

"알 수 없어."

은얼위가 중얼거렸다. 그의 어깨 한쪽은 흰 천으로 싸여 있었는데 아마도 어깨에 큰 부상을 입은 듯 보였다.

"무엇이 말인지요?"

오문오룡 중 맏이인 고인황이 물었다.

"사람의 인심 말이다. 삼 일 전 문도들은 금문의 소문주를 죽일 듯 미워했다. 그러나 오늘 보아라. 모두들 그를 칭송하고 있다. 마치 오랫동안 잃어버렸던 자신들의 왕을 되찾은 것처럼."

"걱정하시는 겁니까?"

"조금은. 천오문의 전통이 소도주의 그 패기와 야망에 휩쓸려 용광로처럼 녹아버릴까 그것이 걱정이구나."

"외람되지만 걱정하지 마십시오."

고인황의 말에 은얼위가 빙그레 미소를 지었다.

"너희 다섯이 있으니 든든하구나."

아마도 은얼위에게 오문오룡은 천오문을 지탱할 수 있는 마지막 보루로 믿어지는 듯싶었다.

"비무를… 허락하시는 것이 좋았을 것이라는 생각은 여전합니다."

고인황이 말했다. 그러자 은얼위가 고개를 끄덕였다.

"물론 그런 생각을 할 수도 있다. 꼭 승리하기 위해서가 아니라 당당하게 패배하기 위해서 비무를 할 수도 있지. 그러나… 난 걱정이 되더구나. 그 패배가 말이다. 다시는 의기를 낼 수 없을 만큼 비참한 것이라면, 그리하여 몸과 마음이 온전히 상대에게 지배되게 된다면 그건 우리 천오문에 너무 비참한 일이 아니 겠느냐?"

"그렇게까지 강한 자였던가요?"

"내가 소도주에게 패하는 것을 보지 않았느냐? 인정하기 싫 겠지만 너희들은 소도주의 오십 초를 받아내기도 힘들다. 물론 그렇다고 실망할 필요는 없다. 너희들이 약한 것이 아니라 소도 주가 터무니없이 강한 것이니까."

"소도주는 그렇다 해도 그 인검이란 자는……."

"그자는 상대할 수 있을 것 같더냐?"

은얼위가 고개를 돌려 고인황을 보며 물었다.

"사매와 그의 비무를 보았을 때는 검을 섞을 만하다고 보았 습니다만……."

"아서라, 금번에 소문주를 따라 강호에 나가거든 항상 그를 조심하거라. 그리고 그를 주시해라. 그를 살피다 보면 내가 왜 그와의 비무조차 막았는지 그 이유를 알게 될 것이다."

"그렇게 강한 자입니까?"

"소도주는 강하다. 패도를 따른다. 천하의 모든 것이 소도주 앞에서는 무너뜨릴 대상이다. 그런데 인검은 다르더구나. 그는 진중하며 무겁다. 함부로 살검을 드러내지 않는다. 그러나… 늦 여름의 폭풍은 지난여름의 열기를 사람들이 모르는 사이에 축 적해 단번에 세상을 휩쓸어 버리지. 그 진중함은 소도주의 패기 에 못지않다. 어쩌면 그 진중함이 오히려 더 무서울 수 있다. 그 가 만약 아상에게 살기를 두고 비무를 했다면 아상은 결코 살아 남지 못했을 게다. 소도주는 비무를 생사결로 하지만 그는 비무

는 비무일 뿐이라 생각했던 거지. 무서운 것은 때를 아는 자이고, 때가 아니면 함부로 검을 뽑지 않는 자다.”

은얼위의 대답에 고인황이 잠시 생각에 잠겼다가 다시 입을 열었다.

“언젠가는 그가 소도주에게 반기를 들 거라 생각하시는 겁니까?”

그러자 은얼위가 고개를 저었다.

“그건 나도 모르겠다. 그러나 그의 성정을 보건대 자신의 욕심 때문에 소도주를 배신하는 일은 없을 거다. 그러나… 거목은 바람에게서 자유로울 수 없지. 사람의 인생도 자신의 원하는 대로 살아질 수는 없는 일이고.”

은얼위의 말에 고인황이 조심스럽게 물었다.

“만약 두 사람의 관계가 멀어진다면 저희는 어찌해야 할까요?”

“글쎄다. 두 사람의 상생은 난형난제다. 승부를 짐작할 수 없는 일이지. 그런 경우에는 한발 물러섬이 좋다.”

“그렇군요. 명심하겠습니다.”

“믿음으로 본다면 인검이 나을 것이다. 소도주와 그의 관계가 유지된다면 가급적 그와 대화를 하거라. 소도주의 곁에 있는 자, 그 지낭 단중자라는 자는 언제라도 우리 천오문을 전장의 화살받이로 쓸 수 있는 사람이니.”

“조심하겠습니다.”

“누가 함께 간다고 했지?”

“저와 삼매, 그리고 오제가 가기로 했습니다.”

"음… 아상과 용악이라……. 나쁘지는 않군. 아상을 데려감
은 역시 소도주가 여인이기 때문이겠지?"

"그렇습니다."

"용악을 잘 지켜라."

"알겠습니다. 용악이 언젠가는 그 두 사람을 넘어설 것을 저
도 기대하니까요."

"음. 서둘지 말고 침착하게."

"예, 대사부!"

잔치가 끝나자 석요송 일행이 분주히 길 떠날 준비를 했다.
일월문과 천오문의 도움을 받았기에 여행 준비를 하는 것이 그
리 어렵지는 않았다.

양 파의 고수들도 일부 일행에 포함되었다. 그중에는 천오문
이 자랑하는 오문오룡 중 첫째 고인황과 셋째 검아상, 그리고
다섯째인 남용악이 있었고, 일월문에서도 문주 해무공의 아들
해검산과 일월문이 자랑하는 태아가와 음서령이라는 두 중년
남녀 고수도 포함되어 있었다.

준비가 끝난 일행은 서둘러 말을 몰아 천오문을 떠났다. 천오
문을 벗어난 일행은 늦가을의 초원을 뚫고 서쪽으로 말을 달렸
다. 그렇게 십여 일을 이동하자 일행의 앞에 흥안령의 북쪽 끝
자락이 보였다. 산머리에는 벌써 흰 눈이 서리처럼 내려 있었
다. 그 북쪽은 아마도 이미 겨울일 것이다.

*　　　*　　　*

석요송이 눈과 낙엽의 경계를 걷고 있었다. 그의 곁에는 언제나처럼 금불현이 따르고 있었는데 두 사람의 발걸음이 무척 분주했다.

금령 일행은 보이지 않았다. 홍안령에 들어선 이후 석요송과 금불현은 금령 일행에 앞서서 홍안령을 넘고 있었다.

"남쪽의 일은 잘 되어가는지 모르겠어요."

문득 금불현이 입을 열었다.

"조부님의 일 말이냐?"

석요송이 물었다.

"예, 그쪽 일이 잘되어야 요 황실이 움직일 텐데요. 천제도 얼마 남지 않았고."

"현 장로님이시라면 잘해내시겠지."

"걱정이에요. 곁에 남았어야 했나 하는 생각도 들고, 일이 틀어지면……."

"위험하지는 않을 거다. 내고 보기에 장로님은 뒤를 튼튼히 하고 일을 진행하시는 분이니까. 더군다나 도주님을 모시던 은검들이 나섰다면 그리 위험하지 않을 게야."

"그렇긴 하지요."

금불현이 고개를 끄덕였다. 금불현의 조부인 금무해는 삼군을 이끌고 임황부 근처에 머무르며 대막의 사람들로 위장해 요의 황족이나 고관대작 몇을 제거하는 일을 추진하고 있었다. 그리하여 요 황실의 주의를 대막으로 끌어들임으로써 천록야의 천제에서 사단이 벌어져도 대막의 문파들이 정예들을 함부로 움직일 수 없게 하는 것이 지낭 단중자가 만들어 낸 계책 중 하나였다.

휘잉!

눈의 끝자락을 밟으며 봉우리를 넘자 북쪽에서 차가운 바람이 불어와 두 사람의 얼굴을 때렸다.

"아유, 여긴 벌써 한겨울이네요."

금불현이 준비해 온 양가죽을 머리 위로 뒤집어쓰며 말했다. 과연 금불현의 말처럼 산봉우리에 가려져 있던 북방의 찬 기운이 봉우리를 넘자 한겨울 추위처럼 닥쳐들었다.

"시원하군."

석요송은 오히려 가슴을 폈다.

"시원하긴요. 추워 죽겠는데. 그런데 천록야는 얼마나 가야 하죠?"

"칠팔 일 정도는 더 가야 할 것 같은데?"

"머네요."

"천록야 근처에 가면 밀영들이 준비한 안가가 있을 테니 서둘자고."

"으, 오늘도 노숙을 해야 하는 건가?"

금불현이 몸을 떨었다.

"오늘이야말로 동굴이라도 하나 찾아야지. 안 그러면 정말 얼어 죽을지도 모르겠군."

"맞아요. 산중이니 해가 금세 질 거예요."

금불현이 고개를 끄덕였다.

"가자고."

석요송이 눈 위로 걸음을 옮겼다.

한 시진 정도를 더 이동하자 두 사람은 눈 덮인 산봉우리를 벗어나 북방의 깊고 무성한 침엽수림으로 내려왔다. 그래도 여전히 공기는 차가워서 몸을 떨게 만들었다.

"저기요."

문득 금불현이 손을 들어 숲의 한쪽을 가리켰다.

"괜찮겠군."

"어서 가요."

금불현이 걸음을 재촉했다.

동굴은 제법 쓸 만했다. 안으로 삼사 장 정도 들어가 있었는데 땅에서 절벽으로 십여 장 올라간 곳에 있었기에 짐승들의 자취도 없었다.

"이건 웬만한 객잔보다 나은 걸요?"

금불현이 만족한 표정을 지으며 짐을 내려놓았다. 그러고는 급히 짐 속에서 양모를 꺼내 바닥에 깔고 그 위에 올라앉았다.

"이제 좀 살 것 같네요."

"기다려, 땔나무를 좀 구해올 테니."

"그건 제가 할게요."

금불현이 얼른 자리에서 일어났다.

"됐어. 먹을 것도 좀 구해올 테니 조금 걸릴 거야. 오래 걸릴 지도 모르니 주변에서 나뭇가지를 가져다 먼저 작은 불이라도 피우든지."

"그냥 건량으로 하죠?"

“오다 보니 계곡에 물고기들이 좀 있더군. 힘들지 않을 거야.”

“알았어요. 그럼 전 청소나 좀 해둘게요.”

금불현이 고개를 끄덕였다. 그러자 석요송이 미소를 한번 지어 보이고는 훌쩍 절벽을 뛰어내렸다. 그 모습을 보고 있던 금불현이 가볍게 한숨을 쉬었다.

“금문이고 북천십이로고 다 떠나서 이렇게 살고 싶은데… 과연 형님은 그럴 수 있을까?”

금불현이 순식간에 숲 속으로 사라지는 석요송을 보며 중얼거렸다.

사내 한 명이 천천히 계곡을 따라 올랐다. 자색 무복을 차려입은 사내의 생김새가 훤칠하다. 젊은 듯 보이기는 했으나 자세히 보면 얼굴에 주름이 있는 것이 나이가 적은 자는 아닌 듯 보였다. 그러나 그 얼굴의 생김새는 확실히 뛰어나서 저자의 여인들이 보면 한눈에 연심을 품을 만했다.

“제길, 벌써 며칠째야. 사부님의 명을 어길 수 없어 길을 떠나기는 했지만 이건 너무 고생이 심하군. 명이 없었더라면 지금쯤 초원의 계집을 품에 안고 술이나 마시고 있었을 것을!”

사내의 입에서 외모와 달리 거친 음성이 흘러나왔다. 그러고 보면 잘생긴 얼굴에 비해 눈이 가늘고 음탕한 기운이 도는 자였다.

“하긴, 그 빙궁의 소궁주라는 계집이 천하절색이라니 뭐 이 정도 고생은 감수해야지. 그나저나 오늘은 어디 적당한 곳에서 노숙을 해야 할 것 같은데…….”

사내가 고개를 들어 주변을 살폈다. 그러던 중 사내의 눈이 반짝였다.

"오라, 저기가 좋겠군. 밤 짐승도 오지 않을 것 같고."

사내가 고개를 끄덕이고는 훌쩍 신형을 날렸다. 사내의 걸음이 새털처럼 가볍다. 사내가 계곡을 따라 올라 동굴이 있는 절벽 아래 도달했다. 그런데 그 순간 사내가 재빨리 걸음을 멈추고 동굴이 마주 보이는 나무 위로 날아 올라갔다.

"주인이 있었네."

사내가 흥미로운 듯 중얼거렸다. 동굴 안쪽에 어스름한 저녁 빛 속으로 사람의 움직임이 보였다. 그런데 한순간 동굴 속의 사람이 단단히 틀어 묶고 있던 머리를 풀었다.

"허! 여자였던가?"

사내의 입에서 탄성이 흘러나왔다. 그때 동굴 속의 인물이 살짝 고개를 돌려 동굴 밖을 살폈다. 아마도 누가 동굴로 다가오는지를 살피는 모양이었다. 그러면서 풀어졌던 머리를 잠시 매만지더니 다시 한곳으로 모은 머리를 상투처럼 틀어 올렸다.

"하! 감쪽같군. 금세 청년이 되어버렸네. 그런데… 제법 미모가 뛰어나 보이는데. 자세히 봐야 알겠지만."

사내가 눈이 음산하게 변했다. 그러고는 다시 나무 아래로 내려가더니 조심스럽게 절벽 아래로 다가가 훌쩍 동굴 위로 뛰어올랐다.

"형님, 벌써 오셨어요?"

금불현이 동굴 입구에서 느껴지는 인기척에 놀라며 뒤를 돌아봤다. 생각보다 너무 빠른 석요송의 귀환이다. 그런데 그 순간 석요송이라고 생각했던 자가 벼락처럼 금불현을 덮쳐왔다.

"헉!"

갑작스런 공세에 놀란 금불현 헛바람을 흘려내며 다급하게 뒤로 물러났다.

찌익!

순간 불청객의 손이 금불현의 옷자락을 찢어냈다.

"웬 놈이냐?"

자신을 공격한 자가 석요송이 아님을 깨달은 금불현이 차갑게 소리쳤다. 그러자 불청객이 재빨리 신형을 날려 금불현이 동굴 한쪽에 세워두었던 검을 발로 차 동굴 밖으로 날려 보내며 말했다.

"후후후, 이제 보니 무공을 익힌 계집이었군."

"뭣?"

순간 금불현이 당황한 표정을 지었다. 지난 수십 년간 간직했던 비밀을 한순간에 들켜 버린 것에 대한 당혹감이 금불현의 머리를 어지럽혔다.

"흐흐흐, 아무리 네가 남장을 하고 있어도 내 눈을 속일 수는 없다. 나로 말할 것 같으면 세상에서 여인에 대해 가장 잘 아는 사람이지. 그래서 눈빛만 보아도 남녀의 구분을 할 수 있는 사람이란 말이야. 그런데… 이거 가까이서 보니 생각보다 더욱 아름답구나. 하하, 먼 산행에 지쳐 있었는데 이런 횡재라니……."

"이놈! 감히 내가 누군 줄 알고!"

금불현이 차가운 노기를 흘려내며 소리쳤다.

“물론 난 네가 누군지 모른다. 그러나 그것은 차차 알게 되겠지. 본래 운우의 정을 나누게 되면 남녀 간에는 비밀이 없어지는 법이거든.”

“이놈!”

순간 금불현의 눈에서 노기가 번뜩이더니 번개처럼 사내를 향해 일장을 쳐냈다.

팡!

금불현이 쳐낸 장력이 매섭게 사내의 가슴을 때렸다. 그러자 사내가 황급히 오른쪽으로 움직여 장력을 피한 후 그대로 동굴이 벽을 타고 올라 금불현의 머리 위로 떨어져 내리며 어느새 뽑아 든 검을 번개처럼 그어댔다.

“흡!”

사내의 반격에 놀란 금불현이 재빨리 신형을 틀어 사내의 검을 피하며 다시 장력을 쳐냈다. 그러자 사내가 자세를 낮추며 금불현의 장력을 피해낸 후 번개처럼 횡으로 검을 그었다.

삭!

“음!”

금불현의 입에서 나직한 신음성이 흘러나왔다. 어느새 그의 허벅지가 피로 물들고 있었다.

“사냥을 할 때는 일단 다리를 못 쓰게 만드는 게 중요해. 왜냐하면 두 다리가 성하면 도망을 갈 수 있거든. 특히나 그대와 같은 암사슴을 사냥할 때는 말이야.”

“이… 놈!”

금불현 두 손을 앞으로 모으며 이를 갈았다. 그러자 사내가

천천히 금불현에게로 다가오며 말했다

"이것 봐, 이것도 인연이라고 생각하자고. 생각해 봐, 우리가 보통 인연인지. 이런 깊은 산중에서 날이 어두워 노숙할 곳을 찾아왔는데 남장을 하고 살아가는 여인을 만났어. 이게 어디 보통 인연인가? 그래, 혼인은 했나?"

사내가 물었다. 그러자 금불현이 대답을 하는 대신 큰 소리로 물었다.

"정체가 뭐냐!"

갑작스런 금불현의 질문에 사내가 인상을 찡그렸다.

"왜 갑자기 소리를 지르고 난리야? 여자가 목소리가 크면 사랑받지 못하는 법. 이제 그만 반항을 포기하는 게 어때? 과히 나쁘지는 않을 거야. 내가 본래 여인들에게는 무척 친절한 사람이거든."

"이름이 뭐냐!"

금불현이 다시 물었다.

"말해준다고 알 수 있는 이름이 아냐. 음… 만약 오늘 하루 인연을 맺어보고 내 마음에 흡족하면 그땐 이름을 말해주지. 우리의 인연을 계속 이어간다는 의미로 말이야. 후후후!"

사내가 득의한 표정으로 말했다. 그러자 금불현이 주춤거리며 뒤로 물러났다. 어느새 위치가 바뀌어 금불현이 동굴의 입구 쪽에 있었다. 금불현의 자세는 여차하면 동굴 밖으로 뛰어내릴 태세였다.

"이런… 그 다리로 어딜 가겠다는 것인가? 괜한 짓 하지 마라."

사내가 갑자기 검을 거두더니 매처럼 매섭게 금불현을 향해 날아들었다. 그러자 금불현이 가슴에 모으고 있던 손을 번개처럼 앞으로 쳐냈다.

파팡!

금불현의 두 손이 강력한 장력을 뿜어댔다. 비록 다리에 부상을 입기는 했지만 그녀의 공력은 아직 그대로였다. 만약 손에 검이라도 있었다면 능히 상대를 상대하고도 남을 금불현이었다.

그런데 금불현의 장력이 막 사내에게 격중되려는 찰나 사내가 슬쩍 몸을 비틀어 금불현의 장력을 피해낸 후 번개처럼 왼손을 휘둘렀다.

팟!

순간 사내의 손에서 흰 가루가 터져 나와 금불현의 얼굴을 덮쳤다.

"헛!"

금불현이 재빨리 고개를 돌려 피했으나 가루의 일부가 그녀의 입과 코로 들어가는 것은 어쩔 수 없었다. 그러자 갑자기 금불현이 비틀거렸다.

"이… 놈! 독을?"

"위험한 독은 아니야. 산공독이지. 난 음약 같은 것은 쓰지 않아. 정신을 잃은 여인은 매력이 없어서 말이야. 그러나 산공독은 조금 다르지. 여인을 부드럽게 만드니까. 저런, 많이 힘드나?"

다시 비틀거리는 금불현을 보며 사내가 손을 내밀었다. 마치

지친 사람을 잡아주기라도 하려는 것처럼. 그런데 그 순간 금불현이 온 힘을 다해 몸을 날렸다.

"엇, 요런 망할 계집이!"

사내가 설마 금불현이 그 몸으로 동굴 밖으로 뛰어내릴 줄은 몰랐는지 당황한 기색을 보이며 급히 몸을 날렸다.

─이름이 뭐냐!

계곡물이 한곳에 모여 작은 소를 이루는 곳에서 나무로 만든 창을 들고 물속을 들여다보고 있던 석요송에게 아련하게 금불현의 목소리가 들려왔다. 처음에는 잘못 들었나 싶었는데 연이어 다시 누군가의 이름을 묻는 소리가 들렸다.

순간 석요송이 손에 든 나무창을 던져 버리고는 급히 신형을 날렸다. 금불현의 목소리로 보건대 강적이 나타났음이 분명했다. 더군다나 금불현이 이렇게 큰 소리를 쳐 자신에게 위급함을 알릴 정도라면 그의 사정이 썩 좋지 못하다는 의미다.

석요송의 신형이 바람처럼 계곡을 갈랐다. 바위와 나무를 날아 넘고, 계곡을 건넌 석요송이 막 동굴이 있는 절벽 아래에 도착했을 때 자색 무복의 사내가 절벽 아래에 내려와 있는 금불현을 향해 일장을 때려대고 있었다.

펑!

"욱!"

금불현이 사내의 장력을 옆구리에 맞고 뒤로 날아가서 절벽에 부딪쳤다.

"후후, 이 계집은 정말 영악하구나. 산공독에 중독되고도 이렇게 버티다니. 그러나… 계집이 앙탈을 하지 않는다면 그 또한 재미가 없지. 이런, 밖에서 보니 더욱 아름답구나.”

금불현의 머리는 어느새 풀어헤쳐져 있었다. 긴 머리를 내려뜨리자 금불현은 어느새 청년에서 여인으로 변해 있었는데 어스름한 저녁 빛에 비친 금불현의 모습이 아름답기 이를 데 없었다.

“자, 앙탈도 적당히 해야 하는 법. 이제 그만 조용히 있거라.”

사내가 바람처럼 다가들어 금불현의 혈도를 짚었다. 금불현은 산공독에 중독되어 온몸의 진기를 잃은 상태였기에 사내의 일수를 피할 수 없었다.

“후후후, 마침 좋은 신방이 준비되어 있으니 오늘은 정말 이 우질의 운이 좋을 날이라고 할 수 있군. 그만, 가… 헉!”

한순간 금불현의 몸에 손을 대려던 사내가 재빨리 옆으로 몸을 굴렀다.

팡!

그러자 사내를 지나쳐 금불현의 옆으로 강력한 장력이 떨어져 내렸다.

“웬 놈이냐?”

황급히 몸을 피한 사내가 장력의 주인을 보며 소리쳤다. 그러자 석요송이 재빨리 무릎을 꿇고 금불현의 상태를 살피며 자색 무복의 사내를 노려봤다.

자색 무복의 사내가 석요송의 눈빛을 대하고는 흠칫한 표정을 지었다. 음적 노릇을 하고는 있지만 사내 역시 금불현을 제압할 만한 무공을 지닌 고수다. 그런 사내가 석요송의 기운을 알아채지 못할 리 없었다.

"죽여주마!"

석요송이 낮게 중얼거렸다. 순간 사내의 눈빛이 영활하게 돌아가더니 이내 신형을 날려 숲 속으로 도주하기 시작했다.

"다음에 만나면 네놈도 같이 육시를 내주마!"

도주를 하면서도 사내의 입에서 거친 욕설이 흘러나왔다. 순간 석요송의 검이 허리춤에서 뽑아져 나왔다.

번쩍!

눈부신 검광이 허공을 갈랐다. 빛은 벼락처럼 뻗어 나가 도주하는 사내의 몸을 갈랐다.

"악!"

석요송의 검기에 격중된 사내의 입에서 한마디 비명 소리가 터져 나왔다. 그러나 사내는 쓰러질 듯하면서도 쓰러지지 않고 숲 속으로 자취를 감췄다. 사내가 사라진 숲 속 입구에는 그의 팔 한쪽이 떨어져 있었다.

석요송이 이를 갈며 사내를 추격하려고 몸을 일으키려는 순간 문득 금불현의 목소리가 들려왔다.

"형… 님!"

금불현의 목소리를 들은 석요송이 추격을 멈추고 급히 금불현 곁에 주저앉았다.

"괜찮은가?"

석요송의 금불현을 안아 들며 물었다. 이미 금불현은 다리 쪽은 피에 잠겨 있었고, 옆구리 어림도 도주한 자의 장력에 격중된 부분이 까맣게 변해가고 있었다. 상세가 심상찮은 상태였다.

“저… 전 괜찮아요.”

금불현이 나직하게 대답했다. 그러나 그의 눈은 이미 희미하게 변해가고 있었다. 그러자 석요송이 급히 금불현을 안아 들고는 훌쩍 몸을 날렸다. 그의 신형이 비호처럼 허공을 날아 금불현과 함께 동굴 속으로 사라졌다.

따닥따닥!

주위를 밝히는 모닥불이 동굴의 중앙에서 타고 있었다. 모닥불은 동굴을 밝혀줄 뿐만 아니라 온기도 전해주어 동굴 안은 제법 훈훈했다.

그 모닥불 옆에 한 명의 여인이 양모를 깔고 누워 있었다. 여인의 눈은 감겨 있었는데 가슴의 움직임이 규칙적인 것으로 보아 잠이 든 것이 분명해 보였다. 금불현이었다.

석요송은 잠든 금불현을 가만히 내려다보고 있었다. 그러다가 나직하게 중얼거렸다.

“그래서… 항상 잠자리를 가려 했던 거였군.”

생각해 보면 이상한 일이었다. 물론 어려서부터 혼자 자는 버릇이 되어서 그랬다고는 하지만 두 사람의 친분을 생각하면 금불현은 언제나 지나치게 잠자리를 가렸다.

“나도 참 둔한 놈이군. 지금껏 눈치를 채지 못했다니.”

석요송이 쓸쓸하게 미소를 지었다. 자세히 보면 금불현이 여자임은 모를 수가 없었다. 그녀의 얼굴은 비록 남장을 하여도 매우 아름다웠고, 그녀의 몸 또한 남자치고는 지나치게 호리호리했다. 그런 것들을 그저 금불현의 타고난 모습으로 치부했던 자신의 어리석음에 쓴웃음이 나오는 석요송이었다.

석요송이 시선을 동굴 밖으로 돌렸다. 어느새 환하게 날이 밝아오고 있었다. 모닥불도 사그라지고 이젠 떠날 준비를 해야 할 시간이었다. 금불현이 여자이든 아니든 그들의 행로는 정해진 길이었다.

그런데 또 한편으로는 마음이 쓰이는 것 또한 사실이었다. 금불현이 여자임을 아는 순간 이 길이 그녀에게 너무 위험하다는 생각이 들었던 것이다. 그러니 사람의 마음이란 참으로 간사한 것이다. 어쩌면 그런 차별 아닌 차별을 받게 될까 봐 금불현은 지금껏 자신의 정체를 숨기고 있었는지도 몰랐다.

"형님!"

문득 석요송의 등 뒤에서 금불현의 목소리가 들렸다. 여전히 일부러 굵게 내는 듯한 목소리다.

"깼어?"

"예."

금불현이 무덤하게 대답했다.

"몸은 어때?"

"괜찮아요. 그 망할 놈이 산공독을 하독해 어제는 조금 지쳐 있었어요."

"다리 상처는? 약을 바르기는 했는데……."

"깊지 않아요. 움직이는 데 지장없어요."

금불현이 훌쩍 일어나 다리로 땅을 툭툭 굴려 보였다. 그러자 석요송이 고개를 끄덕이고는 건량을 건네며 말했다.

"일단 요기를 좀 하지."

“예.”

금불현이 순순히 건량을 받아 들고는 다시 모닥불 앞에 가부좌를 틀고 앉아 요기를 하기 시작했다. 석요송은 선 채로 동굴 밖으로 펼쳐진 북방의 산을 보며 건량을 입에 털어 넣었다. 그렇게 두 사람이 한동안 말없이 요기를 하다 문득 금불현이 입을 열었다.

“저……”

“말해.”

“계속 형님과 함께 다녀도 되는 거죠?”

그러자 석요송이 고개를 돌려 금불현을 보며 물었다.

“안 될 이유라도 있나?”

순간 금불현의 얼굴에 화색이 돌았다.

“정말이죠?”

“아우만 불편하지 않다면 나야 상관없어. 다만 앞으론 자신의 몸을 좀 더 잘 챙겨야 해. 어제 같은 경우가 다시는 있으면 안 되니까.”

“아, 알았어요. 어젠 제가 방심했어요. 이 동굴에 그런 놈이 나타날 줄 누가 알았겠어요.”

금불현이 금세 활기를 찾고는 다른 때처럼 수다를 떨었다.

“그런데 그자, 누구인지 알아?”

“모르는 자였어요.”

“얼핏 우질이라는 이름을 쓰는 것 같던데……”

“우질? 역시 모르는 자예요. 강호에서 들어본 적이 없는 이름이에요.”

금불현이 고개를 갸웃하며 대답했다.

"무공이 괴이하더군."

"무공보다는 술수에 능한 놈이에요."

"그런 자가 더 위험한 법이지. 아무튼… 팔 하나를 잘랐으니 앞으로는 그런 음탕한 짓거리를 하지 못하겠지."

석요송의 말에 문득 금불현이 얼굴을 붉혔다. 이럴 때는 또 금불현이 여인인 것이 불편한 두 사람이었다.

"가지."

어색해진 공기를 깨뜨리며 석요송이 검을 들었다. 그러자 금불현이 재빨리 움직여 짐들을 챙기기 시작했다.

"내가 메지."

금불현이 짐을 모두 챙기자 석요송이 얼른 자신의 어깨에 봇짐을 들쳐 멨다. 짐이라야 모포 두어 장에 건량 정도였지만 석요송은 금불현에게 짐을 맡기지 않았다.

"주세요. 지금까지 계속 제가 메고 왔잖아요. 설마 제가 여자라고……."

"그런 거 아니야. 단지 지금은 부상을 입었으니까. 다 나으면 다시 아우가 짐을 져야 할 거야."

"알았어요. 그럼 가요."

금불현이 밝게 미소를 짓고는 다리에 부상을 입은 사람답지 않게 훌쩍 동굴을 뛰어내렸다. 이럴 때 보면 천생 여자다.

"휴, 정말 여자는 여자였군."

석요송이 머리를 흔들며 중얼거렸다.

　길은 굽이져 이어졌다. 산과 산이 겹치면서 잠시 눈에서 사라지기도 했지만 또 어느 순간 어김없이 석요송과 금불현 앞에 그 길이 거짓말처럼 나타났다.

　두 사람은 끊어질 듯 이어진 길을 따라 이틀을 더 걸었다. 그러자 이제 북방의 장쾌한 침엽수림이 나타났다. 산이 끝난 땅은 왠지 모르게 가슴이 시리다.

　두 사람은 북방의 숲이 내려다보이는 곳에 자리를 잡고 불을 피웠다. 요기를 하고 곧 떠날 것이지만 불이 없으면 왠지 마음까지 시릴 것 같다며 금불현은 애써 모닥불을 피웠다.

　"그런데 본래 이름은 뭐야?"

　육포를 잘게 씹다가 석요송이 물었다. 금불현이 여인인 것을 알았지만 석요송의 말투는 크게 변하지 않았다. 여전히 금불현은 남장을 하고 있었고 석요송을 형님이라고 부르고 있었기 때문인지도 몰랐다.

　"본래 이름이요?"

　"그래, 금불현이 본래 이름은 아닐 텐데?"

　"그러면 안 되나요?"

　"글쎄… 안 될 것은 없지만 여자 이름치고는……."

　"아쉽지만 금불현이 제 본래 이름이 맞아요."

　"그래? 왜 그런 이름을 지었을까?"

　석요송이 고개를 갸웃했다. 그러자 금불현이 대답했다.

　"사실 현종 내에서도 제가 여자라는 사실을 아는 사람은 그리 많지 않아요. 전 어려서부터 남자아이로 컸거든요, 사람들이 보는 곳에서는."

“왜지?”

석요송이 고개를 갸웃하며 물었다. 그러자 금불현이 씁쓸한 미소를 지으며 대답했다.

“두 가지 이유가 있어요. 하나는 소도주님과 마찬가지로 할아버님이 제가 현종을 이끌기를 바라셨기 때문이에요. 제가 유일한 핏줄이니까요.”

“그럴 수도 있지. 하지만 금 장로께서는 그런 삶을 강요하실 분 같지는 않던데?”

석요송의 말에 금불현이 고개를 끄덕였다.

“맞아요. 그걸 원하셨지만 강요하신 것은 아니에요. 그래서 두 번째 이유가 필요한 거죠. 두 번째 이유는 제 자신이 남자로 살기를 원했어요.”

“그건 또 왜?”

“제게도 야망이 있다면 믿으시겠어요?”

금불현의 말에 석요송이 놀란 듯 바라봤다.

“그런 게 있었어?”

“저도 금문의 사람이니까요. 하지만 사실 야망보다는 아버지의 죽음 때문이에요. 아버님이 돌아가시고 나니 금문의 다른 종파는 물론 현종 내에서도 할아버님의 후계에 대한 말들이 많았대요. 그래서 할아버님은 당시 어머니 태중에 있던 저를 남자아이로 키우시기로 하셨어요.”

금령이 잠시 말을 쉬었다가 다시 입을 열었다.

“그리고 일곱 살 때인가 제게 물으셨지요. 남자와 여자 중 어떤 삶을 살고 싶으냐고. 전 선택했어요, 남자로 살고 싶다고. 제가 여인의 삶을 살게 된다면 조부님이 돌아가시고 난 후 저와 어머니는 현종의 주류에서 밀려날 것이라는 걸 그때에도 벌써 알고 있었던 거죠. 전 그렇게 살기는 싫었어요. 물론 어머니는 반대하셨지만."

"그랬군."

석요송이 고개를 끄덕였다.

"그래서 이번 여정은 제게도 중요해요. 제가 소도주와 함께 이번 행로를 성공시킨다면 전 아마도 할아버님의 뒤를 이을 현종의 후계자로 인정받을 수 있을 거예요. 일단 그렇게 되면… 그때야 제가 여자든 남자든 아무런 상관이 없겠지요. 물론 뒤에서 말들은 많을 테지만."

"꼭 그러고 싶어?"

"예?"

"꼭 현종의 종성이 되고 싶은가 하고 말이야."

갑작스런 석요송의 질문에 금불현이 당황한 듯한 표정을 짓다가 천천히 고개를 저었다.

"사실은… 솔직히 말하면 잘 모르겠어요, 이젠. 어머니는 제가 금문의 권력 다툼에서 자유롭길 원하셨어요. 아버님이 그렇게 돌아가시고 나서는 아예 금문에서 떠날 생각까지 하셨대요. 하지만 어릴 때의 전 그런 어머니를 이해할 수 없었죠. 외려 금문을 떠나려는 어머니의 마음이 아버님에 대한 배신처럼 느껴지기도 했어요. 그런데 요즘 들어서는 어머니를 이해할 수 있을 것도 같아요."

"어떻게?"

"어머니는 그저 평범하게 아버지와 함께 세상사에 얽매이지 않고 살길 원하셨던 것 같아요. 그래서 현림장에도 거의 머물지 않으시고 항상 강호를 여행하고 계시죠. 아버지를 따라 금문에 들어오셨지만 금문 내의 권력 다툼과 금문도들이 가지고 있는 계림 부활의 그 절대적인 목표가 썩 마음에 들지 않으시는 거죠. 그런 곳에서 날 살게 하고 싶지도 않으셨던 거고."

"금 장로님과 어머니의 사이가 안 좋은가?"

"그런 건 아니에요. 단지… 저에 대한 생각이 다를 뿐인 거죠. 에이, 이젠 정말 모르겠어요. 뭐가 좋은 건지!"

금불현이 고개를 저었다. 석요송이 그런 금불현을 유심히 바라보다가 입을 열었다.

"그래도 다행이야."

"뭐가요?"

"아우는 스스로 자신이 원하는 쪽을 선택할 수 있으니까."

"그, 그렇죠. 제가 형님 앞에서 너무 엄살을 피웠네요."

인검의 굴레에 갇혀 살아야 하는 석요송의 처지를 생각하지 새삼스레 미안한 마음이 드는 모양이었다.

"나도 언젠가는 이 굴레에서 벗어나겠지. 그러기 위해서는 북천십이로의 계책이 꼭 성공해야 하는 것이고. 소도주의 꿈이 이뤄지면 날 놓아주실 테니까."

"그러네요. 그러고 보면 우리 두 사람에겐 반드시 이번 행로를 성공시켜야할 이유가 있었네요."

"그렇지."

석요송이 고개를 끄덕였다. 그러자 금불현이 무엇인가를 말하려다 말고 입을 닫았다. 석요송은 그런 금불현의 표정을 살피지 못했는데 이유는 그들이 쉬고 있는 곳으로 한 사람이 다가왔기 때문이다.

석요송이 훌쩍 자리를 박차고 일어났다. 그러자 산비탈을 타고 한 사내가 부지런히 달려오더니 석요송 앞에서 걸음을 멈췄다.

"어서 오시오. 생각보다 빨리 오셨구려. 저녁때나 보게 될 줄 알았는데."

"조금 기이한 일이 있어서 급히 왔습니다."

사내는 천록야 주변을 살피러 먼저 홍안령을 넘어와 있던 일영이다.

"무슨 일이라도 있소?"

"정체를 알 수 없는 자들이 나타났습니다."

"어디에 말이오?"

"빙궁의 고수들이 움직이는 곳으로 향하고 있었습니다. 처음에는 홀로 움직이는 것 같더니 어느 순간 한곳에 모이더군요. 그런데 모인 자들의 기도가 하나같이 범상치 않았습니다. 이곳에서 반나절 거리에 있는 묘산이란 곳에서 모였는데 모이자마자 북쪽으로 몰려갔습니다. 그 길로 가면 천록야로 향하는 빙궁의 소궁주 일행과 조우하게 됩니다."

일영의 말에 잠시 생각에 잠겼던 석요송이 물었다.

"혹 그들도 빙궁의 문도들이 아니오?"

"그렇지 않습니다. 빙궁의 사람들은 그들 나름의 표식을 소맷자락에 하지요. 눈꽃 모양의 표식이 있어야 하는데 그런 옷을 입는 자는 한 명도 없었습니다. 그런데…….”

“달리 이상한 점이라도 있었소?”

“그중 우두머리인 듯한 자가 조금 이상했습니다.”

“어떻게 말이오?”

“어디서 누군가와 싸웠는지 한쪽 팔이 잘려 나간 모습이었습니다. 옷차림을 보니 얼마 전에 잘린 것 같던데…….”

순간 석요송과 금불현의 눈빛이 번쩍였다. 이틀 전 절벽의 석굴에서 팔이 잘린 채 도주한 우질이란 자가 두 사람의 머릿속에 동시에 떠올랐기 때문이다.

第八章　설궁(雪宮)

눈부신 백색의 옷을 입은 사람들이 하얀색 천막을 치고 옹기종기 모여 앉아 있었다. 이미 어둠이 찾아든 지 오래. 요기를 마친 사람들은 모닥불에 올린 찻주전자에 물을 데워 차를 우려내어 마시고 있었다.

어둠 속에서도 환하게 빛나는 그들은 그런데 기이하게도 거의 대부분 여인이었다. 대략 십여 명 정도의 일행 중 남자는 겨우 셋, 그리고 나머지는 모두 여인인 그들은 무엇이 재미있는지 가끔 까르르 웃음을 터뜨려 어둠을 놀라게 했다. 그런데 갑자기 그런 고요를 깨는 불청객이 등장했다.

"누구냐?"

일행 중 가장 연장자이며 세 명의 남자 중 한 명인 노인이 갑자기 모닥불을 벗어나 십여 장 앞으로 날아가며 소리쳤다.

"으으, 도, 도와주시오."

노인의 앞에 한 명의 중년 사내가 비틀거리며 다가섰다. 그는 한 손으로 자신의 오른쪽 어깨를 움켜쥐고 있었는데 팔이 잘려 나간 어깨의 상처를 감싸고 있는 그의 손에 제법 많은 피가 묻어났다.

"누구요?"

"나, 난… 내 이름은 우질이라 하오. 좀… 도와주시오."

"어쩌다 이리 된 거요?"

노인이 묻자 중년 사내가 비통한 표정으로 대답했다.

"친우들과 여행 중이었는데 괴한들의 습격을 받았소이다."

"도대체 어떤 자들이……?"

"그, 그들은… 욱!"

사내가 한쪽 무릎을 꿇으며 주저앉았다. 그러자 노인이 재빨리 사내를 부축했다.

"일단 상처부터 봅시다. 마침 내가 의술을 좀 알고 있으니……."

노인의 부축을 받으며 몸을 일으킨 사내가 한순간 묘한 미소를 지었다. 사내는 며칠 전 금불현을 암습했던 바로 그자, 우질이었다.

"이리로!"

백색 옷차림의 일행은 벌써 일어나서 사내가 앉을 곳을 마련해 놓고 있었다. 흰색 모피를 소담스레 깔아놓은 일행이 걱정스런 눈으로 노인의 부축을 받고 다가오는 사내를 바라봤다.

노인은 사내를 모피 위에 앉히고는 서둘러 사내의 어깨를 감고 있던 천을 떼어냈다. 그러자 검게 변한 상처가 사람들의 눈에 들어왔다.

"음… 그나마 급한 대로 치료를 한 모양이구려."

"다행히 가지고 다니던 창약이 있어서……. 그러나 그도 어제 다 떨어졌지요. 여러분을 만나지 못했다면 이 추위에 꼼짝없이 죽고 말았을 겁니다."

"아무튼 다행이오. 어디 자세히 좀 봅시다."

노인이 사내 우질의 상처를 자세히 들여다보기 시작했다. 그러다가 한순간 감탄인지 탄성인지 모를 음성을 흘려냈다.

"아, 이건……!"

"왜 그러세요?"

문득 일행 중 삼십대 초반으로 보이는 여인이 물었다. 여인은 다른 일행에 비해 좀 더 화려한 옷을 입고 있었는데 그 신태에서 은연중에 고귀한 기품이 흘렀다.

다른 사람들에 비해 특별하게 아름다운 것은 아니었지만 수수한 외모임에도 불구하고 범인이 범접하기 힘든 기품이 느껴지는 여인이었다. 여인의 물음에 노인이 여인을 보며 말했다.

"우 대협의 팔을 자른 자의 무공이 놀랍습니다."

그러자 우질이 얼른 말을 보탰다.

"그렇습니다. 정말 무서운 자였습니다. 그런 무공을 지닌 자를 전 지금껏 본 적이 없습니다."

우질의 마치 다시 두려움을 느끼는 듯한 표정으로 말했다.

"도대체 그가 누구죠?"

여인이 물었다. 그러자 우질이 대답했다.

“정체를 알 수는 없었지요. 워낙 창졸간에 벌어진 일이라. 하지만 그 두 남녀의 무공과 사악한 심성으로 보건대 강호에 일대 마인들이 출현한 것이 분명합니다. 나도 무공이라면 그리 부족하지 않다고 생각했는데 그 둘, 그중에서도 사내의 무공은 정말 경악할 지경이었지요.”

우질의 말이 길어지자 노인이 얼른 우질의 말을 끊었다.

“자자, 그 이야기는 나중에 하고 일단 치료부터 합시다. 동희야.”

“예, 일호법님!”

노인의 부름에 한쪽에 서 있던 여인이 대답을 하며 노인 곁으로 다가왔다.

“은침으로 사기를 빼고 금창약을 발라 상처를 치료할 것이다. 그리고 환약을 복용케 해 기력을 회복시키도록 한다. 그리 준비를 하고 내가 치료하는 것을 자세히 보아두도록 하여라.”

“예, 알겠습니다.”

여인이 공손하게 대답을 하고는 급히 천막 안으로 들어갔다. 그러자 우질이 조심스럽게 물었다.

“그런데 은인들께서는 어느 문파의 사람들이신지요?”

우질의 질문에 노인이 망설임 없이 대답했다.

“우린 빙궁의 사람들이오.”

“아! 빙궁의 고수 분들이시군요. 제가 강호 경험이 일천하지만 빙궁 고수 분들에 대한 이야기는 적지 않게 들었습니다. 북해일문이라더니 과연 모두 범상치가 않으시군요.”

“하하하, 모두 말하기 좋아하는 사람들이 붙인 허언이오. 그런데 우 대협은 어느 문파의 사람이오?"

"제 가문이야말로 볼품이 없어 노사께 말씀드려도 아시지 못할 겁니다. 전 개봉의 은가장이란 곳에서 왔습니다."

"음… 개봉 은가장이라……. 이거 죄송하구려. 내 장성 이남의 소식은 잘 몰라 개봉의 은가장에 대해서는 들어보지 못했구려."

"하하, 모르시는 것이 당연하지요. 문도라야 겨우 오십도 안 되는 작은 문파인데……."

"어찌 강호의 문파가 그 사람 숫자로 평가받겠소. 일일전승이라도 천하를 위진하는 문파가 많지 않소이까?"

"그렇기는 합니다만 저희 문파엔 그런 고수도 없지요."

우질이 조금 창피한 듯한 표정으로 말했다. 그러나 노인이 사람 좋은 얼굴을 하며 말했다.

"한 문파의 성쇠란 결국 오랜 시간에 걸쳐 이어온 전통이 얼마나 축적되느냐에 따라 결정되게 마련이오. 은가장의 역사가 얼마나 되었는지는 모르겠으나 우 대협과 같은 분이 계속 배출되다 보면 언젠가는 강호에서 큰 명성을 얻게 될 것이오."

"그리 말씀해 주시는 고맙습니다."

우질이 한 손을 가슴에 모으고 정중하게 고개를 숙였다. 그런 우질을 노인이 흐뭇하게 바라봤다. 우질은 얼굴이 헌앙하게 생겼을 뿐 아니라 말하는 것이 정기가 넘치고 예의가 있어 보는 사람으로 하여금 금세 호감을 느끼게 하는 것이었다.

그때 동희라 불렀던 여인이 천막에서 하나의 목함을 들고 나왔다. 그러고는 노인 옆에 앉아 목함을 열었다. 그러자 알싸한

약향이 사람들의 코를 찔렀다. 목함이 열리자 노인이 목함에서 은침을 꽂힌 가죽 주머니를 꺼내 들었다.

"조금 아플 게요. 난 조금 아프게 침을 놓는 편이라오. 그게 효과가 좋아서……."

"걱정 마십시오. 저 또한 고통을 제법 견디지요."

우질이 대담하게 말했다. 한 팔이 잘린 자치고는 호탕하기 이를 데 없는 모습이었다. 그 모습에 장내에 있던 빙궁의 몇몇 여인들은 호감을 담은 눈으로 우질을 곁눈질했다.

파파팟!

한순간 노인이 번개처럼 다섯 개의 은침을 팔이 잘려 나간 우질의 어깨에 꽂아 넣었다. 마치 고수가 암기를 던지는 듯한 노인의 시침 솜씨는 하루 이틀 침을 놓아본 솜씨가 아니었다.

"음!"

우질이 입을 굳게 다물고는 나직한 신음을 흘렸다. 그러자 노인이 말했다.

"사기를 빼내는 데는 침만 한 것이 없소. 이대로 이각만 있으면 검상으로 인한 사기는 모두 없어질 거요. 이후 다른 치료를 합시다."

"알겠습니다, 어르신. 그런데… 어르신의 존함은 어찌 되시는지……?"

"나 말이오? 난 혁강원이라 하오."

그러자 사내가 잠시 생각에 잠기는 듯하다 짐짓 놀란 표정을 지으며 말했다.

"설마 빙궁 사대호법 중 한 분이신 그……."

"맞소, 내가 바로 그 혁강원이오."

노인이 빙그레 미소를 지으며 고개를 끄덕였다.

"아, 혁 노사셨군요. 이 후배가……."

우질이 몸을 써 예를 갖추려 하자 혁강원이 재빨리 우질의 어깨를 잡았다.

"움직이지 마시오. 침을 꽂고 움직이다가는 기혈이 뒤틀릴 수가 있소. 인사는 나중에 해도 늦지 않소."

혁강원의 말에 우질이 살짝 고개를 조아렸다.

"제가 요 며칠 큰 횡액을 당해 운이 없다고 생각했는데 오늘 이렇게 빙궁의 귀인을 뵈오니 새옹지마라는 말이 괜히 있는 것이 아닌 듯합니다."

"자자, 우리의 이야길랑은 나중에 합시다. 이제는 호흡을 가라앉히고 운기를 하시오. 그래야 침도 효과를 보는 법이오."

혁강원의 말에 우질이 말 잘 듣는 어린애처럼 고개를 끄덕이고는 가만히 눈을 감고 호흡을 고르기 시작했다. 비록 눈가에 주름이 있기는 하지만 운기를 하는 우질의 모습이 전설의 송옥이나 반안에 못지않게 아름답다.

빙궁의 여인들은 모두 그런 우질을 힐끔힐끔 살피는데 유독 삼십대 초반의 여인만은 아무런 표정 없이 뚫어지게 우질을 응시하고 있었다. 그런 여인의 곁으로 혁강원이 다가왔다.

"어떤가요?"

여인이 물었다.

"잘린 팔이야 어쩔 수 없는 일이고, 상처는 잘 치료하면 큰 문제 없이 회복될 겁니다."

“은가장이라고 했나요?”

“그렇습니다.”

여인의 나이가 겨우 서른 살 남짓에 불과한데 노인 혁강원의 공손함이 남다르게 정중했다. 그 모습으로 보건대 여인이 보통 귀한 신분이 아닌 듯 보였다.

“일호법께서도 모르시는 문파라고요?”

“예, 개봉에 근거가 있다 하니 장성 이남의 문파에 대해선 제가……”

혁강원이 대답했다. 그러자 여인이 조금 의심스런 표정으로 우질을 보며 나직하게 말했다.

“동료들과 여행 중이었다고 하는데… 이곳까지 여행을 올 중원의 사람이 있을까요?”

여인의 질문에 혁강원이 정색을 하며 물었다.

“의심이 되십니까?”

“천제가 얼마 남지 않았어요. 역대로 천제에선 수많은 술수와 음모가 난무했지요.”

“그러나 자신의 한 팔을 잘라내면서까지 음모를 꾸밀 사람이 있겠습니까?”

혁강원의 말에 여인이 고개를 끄덕였다.

“그렇기는 해요. 간혹 고육계를 쓰는 자들이 있기는 하지만 그들조차도 상처는 몰라도 팔을 자르지는 않지요.”

“믿어도 될 것 같습니다만… 신태도 헌앙한 것이……”

“사람을 외모로만 판단할 수는 없지요.”

“그건 그렇지요.”

혁강원이 고개를 끄덕였다. 그러자 여인이 다시 입을 열었다.

"아무튼 조심해야 해요. 아버님의 전갈로는 이번 천제의 분위기가 심상치 않다고 하더군요. 특히 흑사풍의 움직임이 심상치 않다고 해요. 많은 문파들을 접촉하고 있다고 하더군요."

"그렇군요. 그러나 흑사풍이 힘을 모은다고 감히 우리 빙궁을 억압할 수는 없을 겁니다."

혁강원이 눈빛을 번쩍이며 말했다. 그의 표정에선 빙궁에 대한 도도한 자심감이 묻어났다.

"강호의 사정이 혼란하니 천제가 끝나면 아버님을 따라 빙궁으로 돌아가야겠어요."

"그러는 것이 좋겠지요. 그래도 조금 아쉽기는 하군요. 이번 기회에 청도에 들러 금문의 성세를 눈으로 확인하고 싶었는데……."

"저도 그렇기는 해요. 그러나 천제에 빠질 수는 없으니 어쩔 수 없는 일이지요. 아이들이 오랜 여행으로 지친 것 같기도 하고."

여인이 시선을 돌려 여전히 운기를 하고 있는 우길을 훔쳐보는 빙궁의 여고수들을 바라봤다.

"빙궁을 떠난 지 반년이 되었으니 지칠 만도 하지요."

혁강원이 대답했다. 그러자 여인이 조심스럽게 말했다.

"어쨌든 이번 천제도 무사하게 지나가야 할 텐데요."

"그러게 말입니다. 이럴 때일수록 우리 대막무림도 힘을 합쳐야 하는데 언제나 천제가 열리면 주도권을 잡기 위해 분열을 하니……."

혁강원이 혀를 챘다. 그러는 사이 어느덧 이각이 지났다. 그러자 신기하게도 우질의 어깨에 꽂혀 있던 은침들이 저절로 몸에서 밀려나와 땅에 떨어졌다. 그러자 혁강원이 훌쩍 몸을 날려 우질의 곁으로 다가섰다.

"음, 괜찮군."

혁강원의 우질의 어깨를 살피며 말했다. 그러자 우질이 혁강원에게 머리를 조아리며 말했다.

"정말 어깨가 다 나은 듯 가볍습니다. 오늘 제가 신의를 뵈온 듯합니다."

"하하, 신의라니 당치 않소. 그러나 이 침술이 신묘하긴 하오. 이 침술을 대대로 빙궁에 내려오는 것인데 은침에 음기를 주입해 사독을 빨아들이는 효험이 있다오. 상처는 물론 독에 중독되었을 때도 제법 쓸 만한 침술이오."

"과연 빙궁은 천외천의 명문이군요. 침술조차도 그리 신비하니……."

사내가 빙궁에 대한 존경심을 드러내자 혁강원의 표정이 좀 더 밝아졌다. 누구라도 자신의 문파를 칭찬하며 기분이 좋아질 수밖에 없는 법이다.

"자, 이제 창약을 바릅시다."

혁강원이 우질의 곁에 바싹 다가들더니 목함에서 약을 꺼내 우질의 상처에 바르기 시작했다.

"음!"

순간 우질이 신음 소리를 내며 살짝 아미를 모았다.

"좀 시릴 것이오. 마찬가지로 빙궁만의 창약이라……."

"걱정 마십시오. 참을 만합니다. 오히려 시원한 것이 좋군요."

"허허허, 역시 호탕하시구려. 보통 사람이라면 이 한기를 참기 어려울 텐데."

혁강원은 자못 우질이 마음에 드는 모양이었다. 그래서 더욱 꼼꼼하게 우질의 상처에 약을 발랐다. 그렇게 한동안 상처에 약을 바른 혁강원이 이번에는 품속에서 환약 하나를 꺼내 우질에게 건넸다.

"이걸 복용하고 다시 이각 정도 운기를 하시오."

"이것이 무엇인지요?"

"그리 대단한 것은 아니오. 기운을 북돋아주는 것인데 역시 빙궁에서 제조한 것이라오."

"귀한 것이 아닌지요?"

"허허, 귀하다 한들 강호 영웅의 목숨만 하겠소? 사양치 마시고 복용하시오."

"이렇게까지 폐를 끼쳐서야……."

"글쎄, 괜찮다니까 그러시오. 본래 이런 큰 검상은 상처도 상처지만 몸이 쇠약하면 회복이 쉽지 않은 법이오. 그러니 어서 드시구려."

혁강원의 강권에 우질이 어쩔 수 없다는 듯 조심스레 환약을 들어 입에 넣고 삼켰다. 그러고는 재빨리 자세를 바로하고 운기에 들어가기 시작했다. 혁강원은 그런 우질을 바라보다가 고개를 돌려 빙궁의 문도들에게 명을 내렸다.

"내일 일찍 출발해야 하니 모두 쉬도록 하거라. 번을 서는 사람은 주변에 위험한 인물이 있다니 경계를 소홀치 말고!"

혁강원의 명이 떨어지자 빙궁의 문도들이 하나둘 흰 천막 속으로 들어갔다.

"소궁주께서도 그만 쉬시지요."

혁강원이 자신과 이야기를 하던 여인에게 말하자 여인이 되물었다.

"호법께서는?"

"전 이 사람이 운기를 마치는 것을 보고 쉬도록 하지요."

"피곤하실 터인데……."

"하하, 늙으면 잠이 없습니다."

"알겠어요. 그럼 들어갈게요."

여인이 대답을 하고는 그녀만을 위해 세워진 천막 안으로 들어갔다.

우질은 자연스럽게 빙궁 문도들과 일행이 되었다. 하루가 지났을 때에는 빙궁의 문도들과 소소한 농담조차도 할 수 있는 사이가 되어 있었다. 그래서 몸이 회복될 때까지 동행할 수 있는 허락까지 구한 우질이었다.

빙궁 일행은 서두름이 없었다. 그들은 순백의 차림새와 마찬가지로 그 행동도 급함이나 서두름이 없었다. 언제나 일정한 거리를 이동하면 쉬었고, 또 해가 지기 전에 잠자리를 구했다. 덕분에 일행이 움직이는 속도는 그리 빠르지 않았다.

우질의 상처는 빠르게 아물어갔다. 과연 혁강원의 의술은 뛰어나서 우질의 상처는 채 이틀이 지나기 전에 뒤탈을 걱정하지 않을 정도로 회복되었다.

그런데 빙궁 일행의 모든 사람이 우질과 친해졌음에도 불구하고 단 한 명만은 우질과 거리를 두고 있었다. 바로 일행의 우두머리이며 빙궁의 소궁주인 설궁이었다. 그녀는 다른 사람들과 달리 무척 진중한 편이어서 일행의 모든 사람이 우질의 매력에 반해 그와 친해졌음에도 불구하고 우질을 항상 손님으로 대할 뿐 친근감을 드러내지 않았다.

우질 역시 그런 그녀를 무척 어렵고 정중하게 대했는데, 빙궁의 다른 문도들에게는 설궁을 대하는 우질의 공손함조차도 그에 대한 호감으로 작용했다.

"이제 삼 일만 더 가면 천록야네."

혁강원은 어느새 우질에게 말을 편하게 하고 있었다. 끝없는 침엽수림이 이어져 있었고, 어느 순간부터는 그 땅이 눈으로 덮여 있었다.

"천제에는 어떤 사람들이 옵니까?"

우질이 천제에 대해 처음 듣는 사람처럼 물었다. 그러자 혁강원이 정색을 하며 대답했다.

"천제는 대막무림, 흠, 우린 북방무림이라고 부르네만 초원에 근거를 둔 문파가 많아서 강호에선 대막무림이란 말을 많이 쓰지. 아무튼 천제는 북방무림과 우리 북해빙궁에게 있어서는 무척 중요한 행사네. 천제는 삼 년에 한 번씩 열리는데 사실 하늘에 제사를 지낸다는 것은 핑계에 지나지 않고 대막무림의 판세를 논의하고 또한 서로 간의 분쟁을 조정하는 행사라네. 더불어 강호의 정세를 서로 교환해 함께 대응할 방도를 찾기도 하지.

그러나 사실 중요한 것은 따로 있네.”

“무엇입니까?”

우질이 물었다.

“본래 북방은 넓은 땅이네. 동쪽으로는 흥안령에서부터 서쪽
으로는 천산까지. 북으로는 북해를 넘어 만년설의 광야에서 시
작해 남쪽으론 장성에 이르네. 이 땅은 사실 하나의 세력이 지
배를 하기에는 너무 큰 땅이지. 그러나 사람의 욕심이란 끝이
없어서 대막의 강자들은 서로가 이 북방무림의 주인이 되기를
원하고 있지. 천제는 바로 그런 각 문파의 욕심이 만들어 낸 회
합이라네. 오래전부터 북방무림의 패자는 반드시 천제에서 탄
생했네. 천제를 이용해 다른 문파들을 제압하고 북방무림의 패
자로 등극하는 것이 야심가들의 공통된 방법이었지. 뭐 수만 리
나 되는 북방을 일일이 돌아다니며 일통하는 것은 거의 불가능
에 가까운 것이니까.”

“그렇군요. 그럼 지금이 패자는 누구인가요?”

“음, 근 일백 년래 북방무림의 패자는 없었네. 오래전 천산마
교가 대막에서 물러나 천산에 칩거한 이후에는 무주공산이었다
고 할 수 있지. 그러나 그 때문에 오히려 천록야의 회합은 점점
더 위험해지고 있다네. 특별한 강자가 없는 싸움은 결국 더 큰
피를 부르는 법이거든. 그래서 그 위험을 감지한 각 파의 주인
들이 천제에 참석하는 각 파 문도들의 숫자를 제한하기로 한 걸
세.”

“그래서 한 문파에서 천록야에 들 수 있는 사람이 서른을 넘
지 못하는 거군요.”

“그렇다네. 물론 그 서른이 모두 각 파의 정예들이니 싸움이 붙으면 역시 큰 피해가 있기는 하겠지만 그래도 멸문의 화는 면할 수 있으니까. 한 문파에서 다른 모두를 제압하기도 힘들고.”

“듣고 보니 좋은 방책인 것 같군요.”

혁강원의 말에 우질이 고개를 끄덕였다.

그런데 그때 갑자기 하늘이 어두워지기 시작했다. 아직 해가 지려면 반 시진의 시간이 있었는데 날이 갑자기 저녁처럼 변하고 있었던 것이다.

“눈 폭풍이 오려나 봐요.”

빙궁의 소궁주 설궁을 호위하는 네 명의 여고수는 각기 춘하추동에 희 자 돌림을 썼다. 겉으로 보기에 같은 부모를 타고 태어나진 않아 보였으므로 아마도 빙궁에 입궁하면서 본래의 이름을 버리고 지금의 이름을 얻은 듯 보였다.

“그렇구나. 얼른 쉴 곳을 찾아야겠다.”

혁강원이 주변을 살피며 말했다. 북방의 눈 폭풍은 빙궁 사람들일지라도 조심할 수밖에 없었다. 눈보라가 몰아치면 길을 잃는 것은 물론 지형도 바뀌었으므로 한곳에 머물며 폭풍이 지나가길 기다리는 것이 상책이었다.

“저곳이 괜찮을 것 같군요.”

혁강원이 우거진 침엽수림 사이로 보이는 작은 바위 둔덕을 가리키며 설궁에게 말했다. 나무그늘과 바위를 방패로 삼아 눈보라를 피하기에는 제격인 장소였다.

“그래요. 오늘은 저곳에서 쉬어가도록 해요.”

설궁이 동의하자 빙궁 일행이 서둘러 혁강원이 찾아낸 곳을 향해 걸음을 옮기기 시작했다.

　“이러다 길을 잃겠어요.”
　한두 송이 떨어지기 시작하던 눈이 어느새 십여 장 앞을 내다
볼 수 없을 만큼 강하게 쏟아지기 시작했다. 더군다나 차가운
북풍이 불기 시작하니 더욱더 길을 나아가기가 힘들었다.
　“쉬었다 가야겠어.”
　석요송이 손으로 눈을 가리며 말했다.
　“그러게 말이에요. 흥안령 남쪽은 아직 가을인데 이곳은 벌
써 한겨울 같아요.”
　“위험한 곳이야.”
　석요송이 눈보라를 뚫고 길을 걸으며 말했다. 어느새 해도 져
서 사위가 어두운 상태였다. 길을 찾기는 더더욱 어려웠고, 두
사람은 금세 곤경에 처했다. 그렇다고 아무 곳에서나 쉬어갈 수
는 없었다.
　“어쩌죠?”
　“조금 더 가보자.”
　석요송이 금불현 앞에서 걸음을 옮기기 시작했다. 금불현은
그런 석요송의 등 뒤에서 눈보라를 피하며 뒤를 따랐다.
　두 사람이 다시 이각여를 이동했을 때는 이제 그나마 남아 있
던 빛도 사라지고 사방이 완전한 어둠에 싸였다. 이제는 휘몰아
치는 눈이 흘려내는 흰색 빛이 유일하게 의지할 수 있은 빛이었
다.
　“이렇게는 힘들겠어요.”

석요송의 뒤를 따르던 금불현이 걸음을 멈추며 말했다. 그러
자 석요송이 고개를 끄덕였다.

"아우 말이 맞아. 어디서든 쉬어가야겠어."

석요송이 눈을 들어 사방을 살피며 말했다. 그러다가 문득 석
요송의 눈빛이 반짝였다.

"이상하군."

"뭐가요?"

금불현이 되물었다.

"이곳에 사람이 사는 집이 있는 것 같은데?"

"집이요? 이 황량한 곳에요?"

금불현이 믿을 수 없다는 듯 물었다. 그러자 석요송이 손을
들어 북쪽을 가리켰다. 순간 금불현의 눈이 커졌다.

"불빛이에요."

"그렇지?"

"정말 사람 사는 곳이 있나 봐요. 아, 죽으라는 법은 없네!"

금불현이 탄성을 터뜨렸다.

"어서 가보자."

석요송이 서둘러 걸음을 옮기며 말했다.

"이, 이게 무슨 짓이냐?"

혁강원의 입에서 차가운 노성이 흘러나왔다. 그러자 빙궁의
소궁주 설궁의 목을 하나 있는 팔로 휘어 감고 있던 우질이 비
릿한 웃음을 흘리며 입을 열었다.

"어르신, 경거망동하지 마십시오. 한 걸음이라도 움직였다가

는 소중한 소궁주의 목을 꺾어놓을 수밖에 없습니다.”

“네, 네놈이 어찌……!”

혁강원이 믿을 수 없다는 듯 우질을 노려보며 노성을 흘렸다

“아, 이는 나 또한 어쩔 수 없이 하는 일입니다. 내 평생 혁 어르신과 빙궁의 형제들만큼 나를 따뜻하게 대해준 사람이 없었지요. 그러나 비록 은혜를 입었다고는 하나 어찌 내게 맡겨진 책임을 등한시할 수 있겠습니까?”

“누구의 사주를 받은 것이냐?”

혁강원이 분노에 떨며 물었다.

“사주라니요. 전 그저 지존의 명을 받아 행할 뿐입니다.”

“너의 주인은 누구냐?”

“그건 지금 말할 수가 없습니다. 그러나 곧 아시게 되겠지요. 천록야의 천제에 지존께서도 납실 것입니다.”

“그렇다면 대막문파의 일인이라는 말이구나. 어느 문파에서 이리 무도한 계책을 꾸몄단 말인가? 비록 천제가 여러 문파의 세력 다툼이 일어나는 모임이라 해도 이런 독수를 쓴 적은 없거늘…….”

“하하하, 자세한 것은 말할 수가 없습니다. 하지만 결국은 아시게 될 터이니 너무 조급해하지 마십시오. 그리고… 지존께선 본래 대막무림의 주인이신 분이지요. 아주 오랫동안 그 자리를 잃어버리고 계셨다가 이번 기회에 본래의 찾으시려는 것뿐입니다. 다만… 대막의 형제들이 과거의 관례를 잊고 지존을 반기지 않으실까 걱정하여 약간의 준비를 하는 것뿐입니다.”

“네놈이 우리를 모두 상대할 수 있을 것 같으냐?”

혁강원의 노성이 우질이 고개를 저었다.

"제가 어찌 빙궁의 고수들을 홀로 상대할 수 있겠습니까. 그건 몸이 성할 때도 하기 어려운 일이지요. 그러나 이미 어르신을 비롯해 빙궁의 형제분들께서 나의 독에 중독되셨으니 제 말을 들으시는 것이 좋을 것입니다. 더군다나 소궁주께서도 제 손에 있지 않습니까?"

우질이 설궁의 목을 휘어 감고 있던 팔에 힘을 주었다.

"음!"

설궁이 목을 조여 오는 우질의 팔에 나직한 신음성을 흘렸다. 그러자 우질이 그런 설궁을 음산한 눈빛으로 보며 말했다.

"소궁주는 정말 아름답소이다. 내 강호의 뭇 여걸들과 수많은 정분을 쌓았지만 소궁주처럼 독특한 아름다움을 지닌 분은 처음이오. 미추의 기준은 여럿 있겠으나 소궁주는 진정 내면의 아름다움을 지닌 분이라 하겠소."

우질의 끈적끈적한 눈길을 받은 설궁이 흠칫하며 몸을 떨었다.

"하하하, 겁먹지 마시오. 소궁주는 지존의 대업을 이루는 데 중요한 사람이거늘 내 어찌 함부로 소궁주를 대하겠소. 다만… 기회가 된다면 오늘이 악연을 선연으로 바꿔보도록 합시다."

우질의 능란한 행동에 설궁이 다시 몸을 떤다. 그러자 그 모습을 보고 있던 혁강원이 노성을 흘렸다.

"이놈! 소궁주께 무례를 범하지 마라!"

"아, 제가 어찌 소궁께 무례할 수 있겠습니까? 말했지만 소궁주는 우리에게 아주 중요한 사람입니다."

"원하는 것이 무엇이냐?"

혁강원이 물었다. 그러자 우질의 주변을 돌아보며 말했다.

"그 이야기를 천천히 하도록 하고, 너희는 얼른 불을 더 세게 지펴라!"

마치 자신이 춘하추동 네 명의 주인이라도 된 것처럼 우질이 네 여인을 보며 명을 내렸다. 그러자 네 여인이 차가운 시선으로 우질을 노려봤다.

"이것들아, 이미 너희들의 주인이 내 손에 들어왔고, 또한 너희들 모두 독에 중독되었으니 결국 너희들의 생살여탈권은 내게 있느니라. 주인도 살고 너희들도 살고 싶으면 어서 내 말대로 하거라!"

우질이 차갑게 소리쳤다. 그러자 춘하추동 네 명의 여인이 어쩔 수 없다는 듯 땔감을 더 그러모아 숙영지 중앙에서 타오르고 있는 모닥불을 크게 부풀렸다.

눈보라는 여전히 몰아치고 있었으나 빙궁 일행이 머무는 곳은 바위와 나무에 둘러싸여 있어 그 영향을 크게 받지 않았다. 그래서 키워놓은 모닥불의 불꽃이 순식간에 하늘로 솟구쳤다. 그러자 우질이 중얼거렸다.

"이쯤 되면 아무리 눈 속이라도 쉽게 찾을 수 있겠지."

우질이 누굴 기다리는 사람처럼 말했다. 그리고 과연 얼마 지나지 않아 두 사람이 장내에 나타났다. 둘 모두 눈보라를 뚫고 왔음에도 옷이 젖은 흔적이 없었다. 고수란 의미였다.

"어서들 오게."

두 사람이 나타나자 우질을 반색을 하며 말했다. 둘은 일남일

녀였는데 모두 사십이 넘은 나이로 보였다. 그중 여인이 싸늘한 시선으로 우질을 보며 말했다.

“정말 사형은 놀랍군요. 그 지경에서도 빙궁의 소궁주를 제압하다니.”

“하하하, 전화위복이라고 팔 하나 잘린 것이 유용하게 쓰일 때도 있더라고. 이들은 내 팔이 잘린 것을 보고는 완전히 방심했거든.”

“흥, 그래도 팔이 있는 게 좋을 텐데요?”

“물론 그렇지. 하지만 없어진 팔을 더 어쩌겠어. 없으면 없는 대로 그 방법을 찾으면 그뿐. 그런데 사매는 내가 팔이 없다고 날 괄시하는 건가?”

우질이 은근한 목소리로 말하자 여인이 차갑게 대답했다.

“흥, 누가 괄시를 했나요? 강호를 돌아다니며 한 팔을 가지고도 여인을 후리고 있으니 그렇지요.”

“하하하, 사매는 나이가 들어서도 여전히 질투를 하는군.”

우질이 제법 호탕하게 웃음을 터뜨렸다. 아마도 그로서는 빙궁의 소궁주를 제압한 것이 못내 기쁜 모양이었다. 그러자 그때까지 침묵을 지키고 있던 또 다른 사내가 입을 열었다.

“사형, 사매는 항상 사형만 생각하는 것을 모르셨습니까?”

사내의 말에 우질이 웃으며 대답했다.

“내가 어찌 그걸 모르겠나. 그러나 내 주변에 여인이 모이는 것은 타고난 천성이라 어쩔 수 없군.”

“흥, 사형이 여인들을 찾아가는 것이 아니라요?”

여인이 쏘아붙였다. 그러자 우질이 빙그레 웃으며 말했다.

"사매, 앞으로는 그런 일이 없을 거야. 이 팔을 해가지고 어떻게 그러겠어."

"지금 내가 눈으로 보고 있잖아요?"

"아, 이번 일은 이들이 날 동정해서 생긴 일이야. 다른 때와는 다르지."

우질의 말하자 다시 여인과 함께 온 사내가 입을 열었다.

"아무튼 빙궁의 소궁주를 제압했으니 일이 한결 수월해지겠습니다. 스승께서도 무척 기뻐하실 겁니다."

"암, 그렇지. 그런데 이들을 안가로 데리고 가야 할 터인데 걱정이군. 눈이 이렇게 와서."

"오늘 하루야 여기서 지낼 수밖에 없을 것 같습니다."

사내가 대답했다.

"그렇겠지?"

"일단 이들을 완전히 제압해야 할 것 같은데요."

사내가 혁강원 등 빙궁의 고수들을 돌아보며 말했다. 그러자 혁강원이 손에 들고 있던 검을 가슴으로 올리며 소리쳤다.

"이놈들! 너희들 뜻대로 되지는 않을 게다!"

그러자 우질이 서늘한 목소리로 말했다.

"어르신, 순순히 우리 말대로 하십시오. 그러지 않았다가는……."

우질이 팔에 힘을 줬다. 그러자 우질의 팔에 목을 잡혀 있던 빙궁의 소궁주 설궁의 얼굴이 흙빛으로 변했다. 그러나 그 와중에도 설궁이 소리쳤다.

"호법께서는 어서 손을 쓰세요. 전 상관없어요. 이들이 노리는 것은 결국 빙궁이에요. 저로 인해 빙궁이 곤란을 겪을 수는 없어요."

"후후, 죽어도 좋다는 거냐?"

우질이 다시 팔에 힘을 주었다.

"이놈, 내가 죽은 들 네놈에게 굴복을 할 듯싶으냐?"

설궁이 날카롭게 소리쳤다.

"하하하, 정말 세상 물정 모르는 여인이군. 나이도 적지 않은데. 그러나 어르신께서는 다르리라 생각합니다. 순순히 혈도를 내어주십시오."

우질이 혁강원을 보며 말했다. 그러자 혁강원이 쉽게 결정을 내리지 못하고 망설였다. 순간 갑자기 우질을 찾아온 사내가 바람처럼 몸을 날려 혁강원을 향해 달려들었다.

"사형, 독에 중독된 자를 상대하는데 인질이 무슨 소용 있습니까? 소제가 손을 쓰지요."

혁강원은 강호의 이름난 고수다. 빙궁 사대호법은 강호에서 빙궁 최고의 고수로 인정받는다. 그러니 평상시라면 혁강원 같은 고수를 제압하기란 거의 불가능한 일이었다. 그러나 사내의 말처럼 지금의 혁강원은 독에 중독되어 있었다.

슈욱!

사내가 벼락처럼 혁강원을 덮쳐가며 손을 휘둘렀다. 갈고리처럼 휜 그의 손가락이 도검처럼 날카롭게 혁강원을 찍어갔다. 본래 병기를 쓰지 않는 자인지는 모르겠으나 조공의 단단함이 바위를 뚫을 만하다.

"놈!"

혁강원이 노성을 발하며 사내의 손목을 잘라갔다. 평소라면 검기가 일어났을 테지만 독에 중독되어 진기가 흐트러졌기에 진기는 일어나지 않았다. 그럼에도 검초의 날카로움은 결코 무시할 수 없었다.

"이크!"

사내가 황급히 신형을 틀며 손을 거둬들였다. 그대로 두었다가는 손목이 잘려 나갈 것이 분명했기 때문이다. 그러자 혁강원이 여유를 두지 않고 사내를 따라붙으며 다시 검을 휘둘렀다.

웅!

강맹한 파공음을 일으키며 혁강원의 검이 사내의 정수리를 쪼개갔다.

"이 늙은이가?"

순간 사내의 눈에 살기가 돌았다. 동시에 뒤로 물러나던 사내가 벼락처럼 두 손을 휘둘렀다.

쿠웅!

한순간 사내의 두 손에서 강력한 장력이 터져 나왔다. 장력은 혁강원을 향해 무서운 속도로 날아갔다. 혁강원이 대경해서 검을 횡으로 그었다.

퍼펑!

혁강원의 검에 사내의 장력이 격중했다. 그러자 혁강원이 장력의 힘을 이기지 못하고 주춤거리며 대여섯 걸음 뒤로 물러났다. 진기가 소실된 이상 강맹한 내가고수의 장력을 견뎌낼 수 없었던 것이다.

"이 늙은이가 너무 공경만 받고 살았구만. 자신의 처지를 알지 못하고 말이야.”

사내가 허공으로 도약했다. 그러면서 다시 어지럽게 두 손을 휘둘렀다. 그러자 풍차처럼 휘둘러진 그의 손에서 다시 연달아 여섯 개의 수영이 일어나 혁강원을 향해 몰려왔다.

“너 같은 애송이에게 당할 내가 아니다!”

혁강원이 노성을 터뜨리며 재차 검을 휘둘렀다. 비록 공력을 잃어 진기를 싣지는 못했지만 혁강원의 검초는 신묘하기 이를 데 없어서 바늘 코를 꿰는 실처럼 여섯 개의 수영을 단번에 뚫어버리는 것이었다.

“흥!”

혁강원의 놀라운 응수에 비위가 상했는지 사내가 콧방귀를 흘리더니 한쪽으로 비스듬히 몸을 뉘이며 재차 두 손을 뻗었다.

그러자 이번에는 그의 손에서 두 개의 지력이 흘러나와 혁강 원의 옆구리를 뚫고 들어갔다.

순간 혁강원이 번개처럼 검을 휘둘러 지력을 튕겨내려 했다. 그런데 막 그의 검이 상대의 지력에 닿으려는 순간 사내의 눈이 붉게 변하더니 그의 입에서 한마디 기합성이 터져 나왔다.

“핫!”

그러자 갑자기 그가 뻗어낸 지력이 푸른빛을 발하더니 놀랍게도 두어 배나 빠른 속도로 혁강원의 검을 때려댔다.

깡!

날카로운 충돌음이 일어나더니 혁강원의 검이 벼락 맞은 것처럼 뒤로 튕겨져 나갔다. 그러자 어느새 다가들었는지 사내가

혁강원의 등 뒤로 내려서며 번개처럼 혁강원의 혈도를 제압했
다.

"음!"

혁강원의 입에서 나직한 신음성이 흘렀다.

"정말 대단하시오. 내력이 모두 사라졌는데도 버티다니. 내
력이 있었으면 아주 힘들 뻔했소."

"이… 놈!"

혁강원이 붉어진 얼굴로 노성을 흘렸다.

"자자, 너무 흥분하지 마시오. 노인들은 화를 참을 줄 알아야
합니다. 자칫하다가는 제 분에 못 이겨 혈관이 터져 죽어요. 사
형!"

사내가 우질을 불렀다.

"하하, 사제의 무공이 과연 놀랍구나."

"어디 사형의 발끝이나 따라가나요."

"무슨 소리. 이미 사제의 무공이 날 뛰어넘은 지 오래인 것을
알고 있어. 더군다나 이제 난 한 팔이 없는걸."

"그놈들은 반드시 찾아내겠습니다."

"그래야지. 내 팔을 가져갔으니 놈들의 목을 베어도 손해나
는 장사야."

우질이 차가운 살기를 흘려냈다.

"그놈이에요."

금불현이 눈 덮인 커다란 나무 뒤에서 빙궁의 고수들을 제압
하고 있는 우질과 그의 동료들을 보며 말했다.

"그러게. 대단한 자인걸. 한 팔이 잘리고도 저런 짓을 벌이다
니."

"어쩌죠?"

"저들이 빙궁의 문도들이라고 했지?"

"예."

"음… 결국 구해주긴 해야겠지만 조금은 더 지켜보지. 놈들
의 정체와 속셈이 뭔지 알아낼 수도 있으니까."

석요송이 깊은 눈으로 장내를 살피며 말했다.

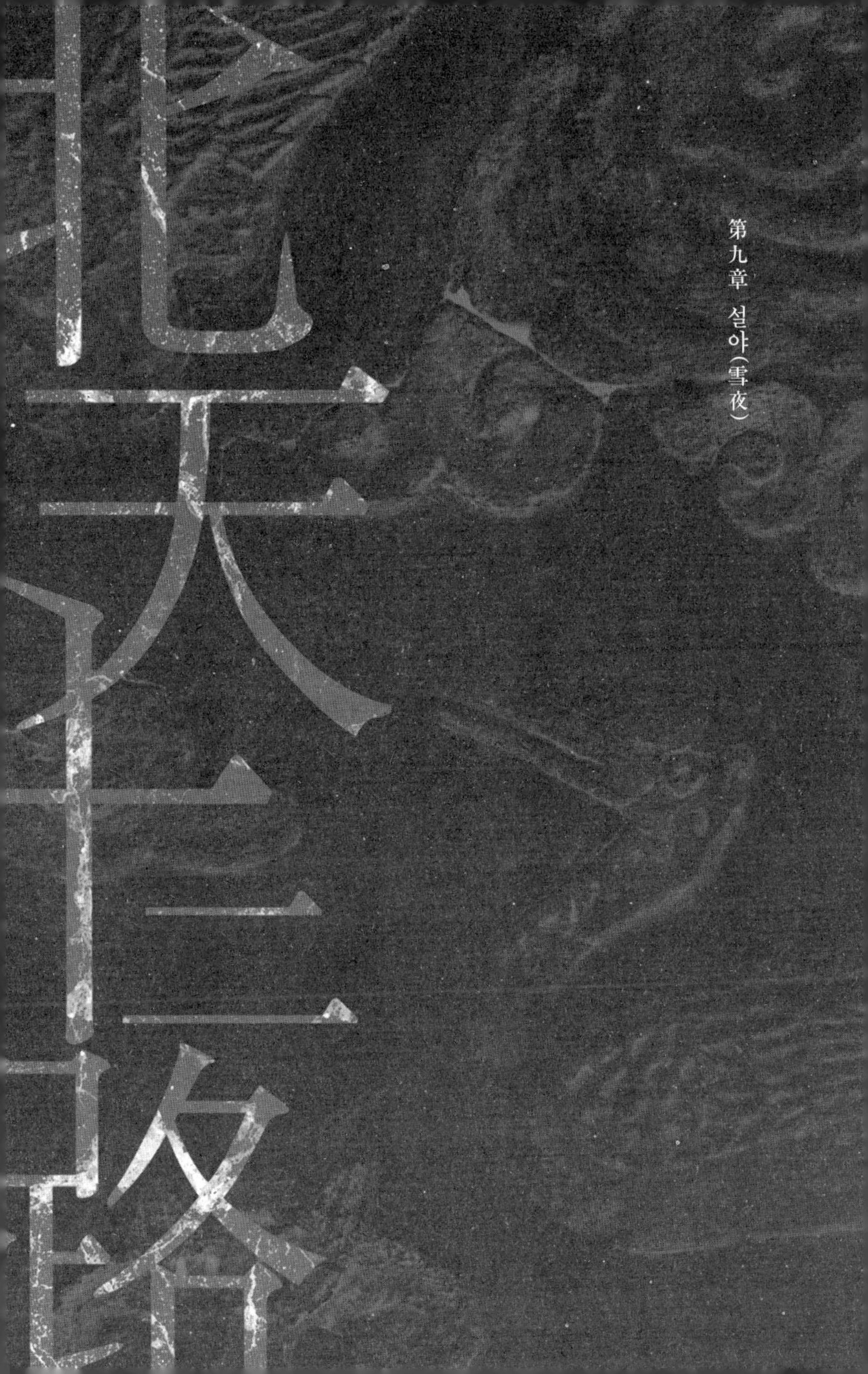
第九章 설야(雪夜)

"스승님께선 도착하셨을까요?"

여인이 물었다. 뱀처럼 날카로운 눈을 가진 여인이다. 그러자 그녀에게 잘린 팔을 드러내고 있던 우질이 대답했다.

"지금쯤 천록야의 경계에 들어섰을 거야."

"이번에는 꼭 성공하겠죠, 사형?"

"물론 반드시 성공할 것이다. 대막의 주인이 되는 일에 가장 걸림돌이 빙궁이었는데 이제 빙궁은 우리 손에 들어온 것이나 마찬가지 아니더냐? 빙궁이 손에 들어온 이상 묵철가 홀로 버틸 수는 없을 거야."

그러자 여인이 우질의 상처에 약을 바르며 고개를 끄덕였다.

"이 모든 게 사형의 공이에요. 어떻게 그 상황에서 잘린 팔을 이용해 그들에게 접근할 생각을 하셨어요?"

그러자 우질이 미소를 지으며 대답했다.

"사부께서 지난번에 그러시더군. 신체의 불편함은 오히려 정신을 강하게 해준다고. 사부께서 몸소 그 모습을 보여주지 않았느냐? 나 또한 처음에는 팔이 잘린 것에 절망했지만 사부님을 생각하니 용기가 나더구나."

"그래도 누구나 그런 기지를 발휘하는 것은 아니지요. 오직 사형만이 할 수 있는 일이에요."

"후후, 주매의 칭송을 들으니 기분이 좋군."

우질이 한 손을 뒤로 돌려 여인의 허리를 감싼다. 그러자 여인이 표독스럽게 생긴 것과는 달리 순순히 우질의 품에 안겼다. 그러면서 약간 새초롬한 표정으로 말했다.

"그런데 빙궁의 소궁주는 제법 아름답더군요."

"무슨 말을 하고 싶은 거지?"

"사형께선 결코 아름다운 여인을 그냥 놓아두지 않으니까요."

"후후, 물론 내가 여인을 좋아하는 것은 사실이야. 그러나 지금은 여인을 탐할 때가 아니야. 더군다나 빙궁의 소궁주는 아주 중요한 사람이거든, 자존심도 세고. 함부로 건드렸다는 일이 틀어지고 말 거야. 그러니 일이 끝날 때까지는 고이 모셔야지."

"일이 끝나면요?"

여인이 눈을 흘기며 묻는다.

"하하하, 그때야 뭐……. 주매, 그래도 주매는 걱정할 필요 없어. 아무리 아름다운 여인이라도 내 곁에 영원히 머물 수는 없으니까. 오직 주매만이 나와 평생을 함께할 거야."

“흥, 그럼 나보고 평생 사형이 난봉질을 하며 사는 것을 보란 말인가요?”

“싫어?”

“적당히 하세요, 제가 없는 곳에서!”

“하하하, 이래서 내가 주매를 좋아해. 천하에서 날 이해해 주는 사람은 오직 주매 한 사람뿐이지.”

우질이 여인의 허리를 감고 있던 손에 힘을 주었다. 그러자 여인이 조금 정색을 한 표정으로 말했다.

“사형이 여인을 좋아하는 이유를 아니까요.”

그러자 우질도 얼굴색이 변했다.

“음… 그래. 내가 여인을 탐하는 것은 어쩔 수 없는 일이지. 아니면 내가 죽을 판이니.”

“사부께선 아직도 방법을 찾지 못하셨다고 하던가요?”

“아무리 사부께서 믿기 힘든 능력을 지니셨다고 해도 타고난 체질을 바꾸실 능력은 없으실 거야. 하지만 어쩌면 이번에 방법을 찾을 수 있을지도 모르겠군.”

“어떻게요?”

여인이 반색을 하며 물었다. 그러자 우질이 눈빛을 번쩍이며 말했다.

“빙궁에는 빙정이 있다. 물론 현세에 빙정이 존재하는지는 모르겠지만 만약 당대에 빙정을 얻었다면… 그것이 내 병을 고칠 수 있을지도 모르겠구나.”

“아, 빙정… 빙정이라……. 그럼 지금 당장 확인하죠.”

“뭐?”

"뒤로 미룰 것이 뭐가 있어요. 빙궁의 소궁주가 옆에 있는데 물어보면 되죠. 만약 당대에 빙궁에서 빙정을 취했다면 그땐 하나의 조건이 더 붙는 거죠. 빙궁 소궁주의 목숨값으로."

여인이 우질의 품속에서 벗어나 눈보라를 피해 바위 아래에 세워진 천막으로 걸어갔다.

그날 밤 눈은 그치지 않고 내렸다. 덕분에 석요송과 금불현은 나무 아래 눈 속을 파고들어 가 하룻밤을 보냈다. 제대로 된 잠자리를 구하려면 빙궁 문도들을 제압한 우질과 그 일행을 감시할 수 없기 때문이었다.

이제 여인임이 드러난 금불현과 몸을 맞대고 눈 속에서 하룻밤을 보내는 것이 편치는 않았지만 그렇다고 달리 다른 방법을 찾을 수도 없었다. 더군다나 이런 눈 속에선 사람의 체온이 몸을 녹일 수 있는 구실을 하기도 하는 법이다.

그렇게 설야가 지나갔다. 눈발이 가늘어지기는 했지만 그래도 여전히 눈이 북풍에 휘날리고 있었다. 석요송과 금불현은 새벽이 되기 전에 눈 속에서 나와 다시 빙궁의 문도들을 살피기 시작했다.

우질은 서둘러서 빙궁 문도들에게 떠날 준비를 시켰다. 설궁과 혁강원이 제압되어 있는 이상 빙궁의 문도들은 우질의 명을 따를 수밖에 없었다. 더군다나 그들조차도 독에 중독되어 제대로 반항을 할 힘을 가진 사람이 없었다.

말 몇 필에 짐을 나눠 실은 빙궁의 문도들이 우질에 의해 양 떼 내몰리듯 설원으로 내몰렸다. 우질은 자신의 동료들과 함께 말 위에 올라 길을 떠났는데 그의 품속에는 여전히 빙궁의 소궁주 설궁이 있었다.

"어디로 가는 걸까요?"

추격이 급할 필요는 없었다. 석요송과 금불현은 여유를 두고 우질을 뒤쫓고 있었다. 추격자에게 눈이란 무척 유용한 도구다. 눈 위에 난 발자국은 적어도 다시 내린 눈에 덮이기 전에는 지울 수 없는 흔적이었다.

"글쎄, 그들이 천록야의 천제에서 무슨 일인가를 꾸미고 있다면 근처에 안가가 있겠지. 더군다나 빙궁의 사람들을 저런 식으로 끌고 가다가는 다른 사람들의 눈에 띌 수밖에 없을 테니까. 가까운 곳에 있을 거야."

"그렇겠군요. 역시 안가를 마련해 놨겠군요."

"일단 계속 따라가 보자고."

우질과 그의 동료들은 하루를 이동했다. 그들이야 말을 타고 있으니 고생일 것도 없었지만 눈보라를 뚫고 두 발로 걷는 빙궁 문도들의 고생은 이루 말 할 수 없었다. 더군다나 그들은 독으로 인해 대부분의 내공을 상실한 상태였기에 더욱더 힘든 여정이었다.

그렇게 하루를 이동한 우질은 빙궁의 문도들을 두 개의 얕은 산이 마주 보고 있는 계곡으로 데리고 갔다. 그러자 그 안에 세 채의 검은색 천막이 세워져 있는 것이 보았다.

천막은 북방의 유목민들이 집을 대신해 사용하는 것으로 강풍에도 견딜 수 있을 만큼 강고해 보였다. 우질이 천막 앞에 도착하자 몇 명의 사내가 부지런히 달려 나와 우질을 맞았다.

우질과 그 동료들을 대하는 태도가 무척 공손한 것을 보아 우질은 그가 속해 있는 집단에서 제법 높은 위치에 있는 사람인 듯 보였다.

"어떡하죠?"

우질 등이 안가로 쓰이는 듯한 모전 천막에 여장을 풀자 금불현이 물었다.

"밤에 들어가 보지."

"위험하지 않을까요?"

"사람이 많으면 오히려 위험하지 않지. 더군다나 이렇게 눈보라가 치는 날에는 대부분 천막 안에 머물 테니 저들을 살피는 것이 어렵지 않을 거야."

"알았어요."

금불현이 고개를 끄덕였다.

밤은 금세 찾아왔다. 우질을 맞이한 자들은 밤이 되자 급히 불을 피웠다. 그들은 모닥불을 피워 저녁 요기를 하더니 석요송의 말처럼 번을 서는 서너 사람을 남겨두고는 모두 천막 안으로 들어가 눈을 피했다.

그즈음 석요송과 금불현이 움직였다.

두 사람은 두 개의 야산 중 높은 쪽 산으로 들어가 봉우리를 넘은 후 우질이 머무는 천막이 있는 곳으로 다시 하산했다. 높지 않은 산이었으므로 한시진이 채 되지 않아 두 사람은 우질의 천막을 눈앞에 뒀다.

그러자 잠시 후 천막 안에서 두런두런 사람들의 목소리가 들리기 시작했다.

"천록야로 오지 말라고?"

"예, 그렇습니다."

앞서 말한 자는 우질이란 자의 목소리였고, 뒤에 말한 자는 처음 듣는 목소리였다. 그러자 이번에는 우질과 함께 있던 여인의 목소리가 들렸다.

"그럼 누가 사부님을 모시고 천제에 간단 말이냐?"

"적 대협께서 다른 세 분과 함께 보주님을 모시고 천록야로 간다 하셨습니다."

"적 사형이?"

다시 우질이다.

"그렇습니다."

"우린 이곳에서 인질을 지키고 적 사형과 다른 사제, 사매들은 사부님을 모시고 천록야로 간다? 사형, 이건 분명 적 사형의 농간입니다."

혁강원을 제압했던 사내의 노기 서린 목소리가 흘러나왔다.

"그렇겠지. 대사형이 드디어 본색을 드러내는구나."

우질의 목소리도 편치 않아 보였다. 그러자 다시 여인의 목소리가 들려왔다.

"만약 천록야에서 사부께서 대막의 주인이 되신다면 사부님을 수행한 적 사형이 공식적으로 사부님의 후계자가 될 가능성이 많아요. 그리되면 사형께서는……."

탁!

"그리 놔둘 수는 없는 일이다."

우질이 노성이 흘러나왔다.

"그러나 사부님의 명을 거역할 수도 없지 않습니까?"

다시 혁강원을 제압한 사내의 목소리다. 그러자 잠시 침묵이 이어졌다. 그러고는 문득 우질의 목소리가 다시 흘러나왔다.

"넌 그만 물러가거라. 사부께는 명을 잘 알아들었다고 전하라."

"알겠습니다, 이 공자님!"

사내 한 명이 천막을 벗어났다. 그러고는 어둠을 뚫고 계곡 아래로 달려 내려갔다. 그러자 잠시 후 다시 천막 안에서 여인의 목소리가 들렸다.

"이대로 사부님의 명을 따르실 건가요?"

"생각을 좀 해보자."

우질이 대답했다. 그러자 혁강원을 제압했던 사내가 말했다.

"이대로 있을 수는 없습니다. 공을 세운 것으로 보자면 지난 세월 강호를 종횡하며 이 사형께서 세운 공이 대사형이 세운 공보다 서너 배는 많습니다. 이번만 해도 그렇지요. 이 사형께서는 한 팔이 잘리신 상태에서도 빙궁의 소궁주를 사로잡지 않았습니까? 그런데… 그 공을 모두 대사형이 가로채려 하고 있습니다."

"그러나 어째요. 사부께서 그리 명을 내리신 걸……."

여인이 퉁명스럽게 대답했다. 그런데 그때였다. 우질이 음산한 목소리로 입을 열었다.

"한 가지 방책이 있기는 한 것 같아."

"방법이 있어요?"

여인의 반가운 목소리가 들린다.

"그래, 방법이 있어."

"어떤……?"

"만약에 말이야, 우리가 빙궁의 소궁주를 제압하지 못했다면 사부께서는 우리에게 어떤 명을 내리셨을까?"

우질이 묻자 여인이 대답했다.

"그야 당연히 천록야로 와서 사부님의 일을 도우라고 했겠지요."

"그렇겠지?"

그러자 다른 사내가 화들짝 놀란 음성으로 물었다.

"설마 저들을 놓아주시겠다는 말입니까?"

"그건… 그건 너무 위험해요."

여인도 우질의 말에 반대를 했다. 그러자 우질이 말했다.

"모두 놓아줄 필요는 없어. 오직 한 명이면 돼."

"누굴요?"

"빙궁의 소궁주!"

"하지만……!"

"놓아주고 뒤를 따른다. 그리고는 그녀가 천록야로 향하도록 만들겠다. 그렇게 되면 우린 자연스럽게 천록야로 들어갈 수 있지. 그리고 계집이 천록야에 들어서면 바로 제압을 하고 난 후 사부님을 뵙는다."

"사부님이 노하실 거예요."

"흐흠… 그렇지만 그래도 역시 소궁주를 온전히 제압한다면 공이 과보다 크겠지. 일단 천록야로 들어가 사부를 뵌다면 사부께서도 날 다시 천록야 밖으로 보내시진 못할 거야. 더군다나 소궁주는 항상 내 손아귀에 있을 거야. 그건 곧……."

그러자 우질의 말을 끊는 여인의 목소리가 들렸다.

"그리되면 칼자루는 사형이 쥐겠군요."

"그래, 그때가 되어서야 아무런 일도 하지 않은 대사형이 나보다 주목받을 수 없지. 설혹 사부님의 마음속에 후계자로 대사형이 있다고 해도 날 무시하고 대사형을 후계자로 정할 수는 없을 거야. 더군다나 그 와중에 내가 소궁주를 내 사람으로 만들 수만 있다면……."

"해볼 만한 일입니다."

다른 사내가 말했다.

"흥, 잘하면 사부의 후계자는 물론 빙궁의 후계자도 되겠군요?"

여인은 아마도 우질이 빙궁의 소궁주를 자신의 사람으로 만들 수 있다는 말에 기분이 상한 모양이었다.

"아아, 사매, 그건 어디까지나 만약의 경우고, 설혹 일이 그리 된다 해도 우리 세 사람을 위한 일이니 화내지 마라."

우질이 여인을 달랬다. 그러자 여인이 내뱉듯이 물었다.

"언제 놓아주실 거예요?"

"오늘 밤!"

"그렇게 빨리요?"

여인이 놀란 듯 물었다.

"천제가 얼마 남지 않았어. 더군다나 눈보라가 거세 모두 천막으로 기어들어 가 있을 테니 역시 오늘 놓아주는 게 좋겠지."

"알겠어요. 그 일은 제가 맡을게요."

"사매가?"

"소궁주를 지키는 녀석들의 눈을 피하려면 제가 좋아요. 여인끼리 있는 곳을 자세히 살피지는 않을 테니까요."

"이거 아랫놈들 눈치를 살펴야 되는 신세가 될 줄이야. 흐흐."

혁강원을 제압한 사내가 실소를 흘렸다.

"소궁주가 도주를 하면 지키던 녀석 두셋은 베어버려. 그리고 바로 추격에 나선다."

우질의 목소리를 마지막으로 석요송과 금불현이 자리를 떴다.

*   *   *

"헉헉헉!"

빙궁의 소궁주 설궁이 숨을 가쁘게 몰아쉬며 눈밭을 달리고 있었다. 그녀가 지나간 길을 따라 발자국들이 생겨났으나 아침나절부터 다시 거세진 눈발에 금세 파묻혀 버렸다.

"후욱후욱!"

한순간 설궁이 걸음을 멈추고 뒤를 돌아봤다. 이십여 장 밖도 내다보이지 않는 눈보라다. 이제 곧 어둠이 몰려오면 더더욱 길을 찾기기 어려워질 터였다.

"길을… 잃은 건가?"

　설궁이 낭패한 표정으로 중얼거렸다. 그녀로서는 그동안 강호를 여행하기는 했어도 항상 노련한 혁강원과 빙궁의 궁도들이 곁을 지켰기에 스스로 길을 찾을 필요가 없었다. 그러나 지금은 다르다. 지금 그녀가 믿을 것은 오직 그녀 자신밖에 없었다.

　“해라도 있으면 방향을 찾을 수 있을 텐데…….”

　설궁이 낭패한 표정을 짓다가 다시 주변을 돌아봤다. 그러나 여전히 길은 찾을 수 없다. 삼십여 년을 살아오는 동안 오늘처럼 홀로인 적이 없는 설궁이다. 순간 갑작스런 공포가 밀려들었다. 어쩌면 이대로 눈 속에서 길을 잃고 굶어 죽을 수도 있었다. 그런데 그때였다. 문득 그녀의 앞에 두 사람이 모습을 드러냈다.

　“누구냐?”

　설궁이 눈 속에서도 서늘하게 번쩍이는 소도(小刀)를 들어 올리며 말했다. 그러자 두 사람 중 조금 여려 보이는 사내가 대답했다.

　“살고 싶으면 우릴 따라오시오.”

　“흥, 내가 또다시 속을 줄 아느냐?”

　설궁은 우질에게 속아 빙궁의 식솔들이 그에게 모두 잡혀 있기 때문에 눈 속에서 나타난 이방인을 쉽게 믿을 수 없었다. 그러자 사내가 퉁명스레 말했다.

　“그럼 마음대로 하시오. 저들에게 잡히든 말든!”

　사내의 말에 설궁이 재빨리 고개를 돌렸다. 그러자 멀리 눈보라를 헤치고 걸어오고 있는 우질 등의 모습이 보였다. 설궁이

두려운 빛을 보이며 고개를 돌렸을 때 두 사람은 이미 그녀로부
터 십여 장 이상 멀어지고 있었다. 설궁이 잠시 망설이다가 이
내 두 사람의 뒤를 쫓기 시작했다.

"어디로 가는 것이오?"

설궁이 지친 몸으로 앞서가는 사람들을 보며 물었다. 그러자
역시 호리호리한 사내가 대답했다.

"싸우기 적당한 곳으로 가는 거요."

"그, 그게 무슨 소리요?"

설궁이 다시 경계심을 드러내며 물었다.

"말 그대로요. 이 눈 속에서 저놈들을 따돌리는 것은 쉬운 일
이 아니오. 그러니 적당한 곳에서 놈들을 사냥하는 것이 좋을
거요. 그렇다고 이런 노지에서 싸움을 벌이면 도주하는 자가 생
길 수도 있소. 그리되면 우리 계획은 모두 물거품이 된다오."

"계획? 무슨 계획 말이오?"

"그건 두고 보면 알게 될 거요."

호리한 사내가 대답을 하는 사이 그보다 체구가 크고 산처럼
무겁게 걸음을 옮기고 있던 사내가 말했다.

"저곳이 좋겠군."

사내의 말에 호리한 사내가 고개를 들어 사내가 가리킨 곳을
바라봤다.

"좋군요. 입구를 막으면 그물에 든 고기겠어요."

"그럼 저기로 하지."

"이보시오, 당신들은 저들이 누군지 알고 이런 일을 꾸미는

것이오? 저들은 강호에서 보기 드문 고수들이오.”

설궁이 말했다. 물론 내력만 찾는다면 설궁 역시 우질이나 그의 동료들 못지않은 무공을 지니고 있다고 할 수 있었다. 그러나 내력이 사라진 상황에서 우질 등은 위험하기 짝이 없는 적이었다. 그런데 그때 호리한 사내의 입에서 놀랄 만한 말이 흘러나왔다.

“걱정 마시오. 놈의 팔을 자른 사람이 바로 우리 형님이니까.”

석요송은 호리병 모양을 이루고 있는 작은 계곡 안에 설궁을 세워두고는 설궁의 뒤쪽에 몸을 숨겼다. 금불현은 계곡의 입구 위쪽에 올라가 고기가 그물에 걸리기만을 기다리고 있었다.

설궁은 비록 석요송 등 두 사람이 숨어 있는 것을 알고 있었지만 다시 홀로 추격자들을 마주하자니 왠지 모르게 마음이 불안하여 연신 석요송이 등이 있는 곳을 돌아봤다. 그러자 석요송이 담담하게 말했다.

“걱정 마시오. 놈들은 소궁주의 몸에 손끝 하나 댈 수 없을 테니.”

석요송의 말은 나직했지만 왠지 모르게 믿음을 주는 기운이 있어서 설궁의 마음이 금세 안정되었다. 그런데 그때 마침 계곡의 입구로 우질 등이 들어섰다.

“이런, 이런. 겨우 여기인가? 이러면 안 되는데…….”

우질이 설궁을 보며 말했다. 그러자 그의 곁에 있던 여인이 입을 열었다.

"무슨 상관이에요. 어차피 그녀가 도주한 것은 안가의 모든 사람이 보았으니 여기서 잡든 천록야에서 잡든 일단 제압한 후 천록야로 데려가면 그만인 거죠. 우리가 어디서 그녀를 잡았는지 다른 사람이 알 리가 없잖아요?"

"그렇긴 하지. 그런데 이래서야 별 재미가 없군. 내력도 상실했겠다, 지쳤겠다. 병기도 겨우 사매가 흘려준 소도 하나. 이보시오, 소궁주. 이제 당신이 어떻게 이곳까지 왔는지 아시겠소?"

우질이 물었다.

"일부러 날 놓아줬다는 거냐?"

"물론 그렇소. 그렇지 않다면 어찌 소도주의 처소에 그 칼을 놓아두고 올 수 있었겠소."

"무슨 속셈이냐? 이곳에서 날 죽이기라도 하겠다는 거냐?"

"아아, 무슨 그런 험한 말을 하시오. 소도주는 우리에게 무척 소중한 사람이오. 소도주가 있어야 우리 스승께서 수월하게 대막무림의 주인이 되실 수 있다오. 나 또한 스승님의 후계자가 되는 것이 한결 수월하겠지."

"도대체 네놈들의 정체가 뭐냐?"

"우리 말이오? 미안하지만 그건 지금 말해줄 수 없소. 그러나 우린 천하를 움직이는 사람들이오. 그러니 소도주가 순순히 우리에게 협조를 한다면 나중에라도 빙궁은 물론 소도주도 천하의 중심에 서 있게 될 것이오. 그러니… 그 칼일랑 내려놓고 이리 오시오."

우질이 설궁을 보며 손을 내밀었다. 그러자 설궁이 잠시 생각에 잠긴 듯하더니 다시 물었다.

"한 가지만 더 묻겠다."

"호? 그럼 순순히 우리 뜻에 따를 생각도 있다는 거요?"

"대답 여하에 따라서는…"

"오! 이거 정말 예상 밖인걸? 뭐, 만약 소도주가 순순히 우리에게 협조를 한다면 그것만큼 좋은 일도 없지. 우리에게나 혹은 소도주에게도 말이오. 자, 물어보시오."

"만약 빙궁이 그대들과 손을 잡겠다고 한다면 그대들은 빙궁의 안위를 보장할 수 있는가?"

그러자 우질이 희색이 만연한 표정으로 고개를 끄덕였다.

"당연히!"

그러자 설궁이 다시 물었다.

"빙궁이 가세한다면 천제에서 그대들의 뜻대로 일이 진행될 가능성은 얼마나 되오?"

설궁의 말투도 변했다.

"그렇다면 구 할 이상이 될 거요. 벌써 여러 문파가 우리의 뜻에 동조하고 있소. 더군다나 사부께서 직접 오셨으니 일이 잘못될 일은 없을 거요. 다만……."

"뭐가 문제요?"

"다만 그대와 빙궁을 좀 더 가치있게 대우하자면 내가 천제 이후 사부의 후계자가 되어야 하는데 그래서 소궁주의 도움이 필요한 거요."

그러자 설궁이 잠시 생각에 잠겼다가 문득 소도를 든 손을 내리며 뒷짐을 지었다. 그러고는 허리 뒤에서 가볍게 손을 저었다. 석요송에게 보내는 신호였다.

‘무슨 생각일까?’

석요송은 의외의 상황에 당황하고 있었다. 이곳에서 우질 등을 제압한 후 천록야로 가려던 것이 본래 계획이었는데 이리 되면 그 계획이 틀어질 수도 있다. 그렇다고 설궁의 의사를 무시하고 뛰어나가 우질을 제압하는 것은 어려운 일이다.

‘일단 두고 봐야겠군.’

석요송이 내심 결심을 굳히고 다시 설궁의 행동을 지켜보기 시작했다. 설궁은 한참 동안 생각에 잠긴 듯하다가 이내 고개를 끄덕였다.

“좋소, 그대들의 뜻에 따르기로 하겠소.”

“하하하, 정말 잘 생각하셨소. 내 빙궁의 소궁주께서 현명하심을 익히 들어 알고 있었지만 이렇게까지 현명하실 줄은 몰랐구려.”

“대신 조건이 있소.”

“조건이라……. 그래, 무엇이오?”

“해독약을 주시오.”

“해독약?”

“그렇소. 언제까지 내력을 잃은 채 살 수는 없는 것 아니오?”

설궁의 말에 우질이 난감한 표정을 짓다가 비열한 웃음을 흘리며 말했다.

“죄송하오, 소궁주. 내 소궁주의 마음을 의심하는 것은 아니나 지금으로써는 해약을 드릴 수 없소. 나로서는 만약의 경우를 생각하지 않을 수 없소이다.”

"날 못 믿겠다는 것이구려."

"꼭 그렇다기보다는… 나로서는 일을 확실히 하는 것이 좋으니까."

"좋소, 그건 내가 이해하겠소. 나라도 함부로 해약을 줄 수 없겠지."

"아이구, 이거 역시 빙궁이 소궁주답게 화통하시구려. 이해해 주니 고맙소."

"그런데 이 독이 몸을 상하게 하는 것은 아니오?"

설궁이 물었다. 그러자 우질이 고개를 저으며 대답했다.

"그렇지 않소. 그 독은 사부께서 오랜 시간 숙고하여 만드신 것으로 오직 공력만을 흩어버릴 뿐 몸을 상하게 하지는 않소."

"산공독이란 말이구려."

"산공독의 일종이기는 하지만 산공독은 그 효과가 짧을뿐더러 뛰어난 내가고수들의 경우에는 어느 정도 진기로 독을 제어할 수가 있소. 그러나 그 독은 그 효과가 삼사 일이 가고 아무리 내가의 고수라 해도 쉽게 벗어날 수 없으니 일반 산공독과는 다르다고 할 수 있소."

"해약이 있다지 않았소?"

"물론 해약도 존재하오."

우질이 고개를 끄덕였다."

"아, 그대의 사부는 정말 대단한 사람인가 보구려. 어떻게 이런 독을……. 혹 그대 사부의 존대성명을 알 수 있소?"

"우리 사부의 성함은 은올기……!"

"사형!"

한순간 우질의 곁에 있던 여인이 우질의 말을 막았다.

"이, 이런……!"

우질의 표정이 한순간 변했다. 그러자 그의 사매가 다시 소리쳤다.

"아무래도 이상해요. 순순히 우리 뜻을 따르겠다고 했는데 그 말을 믿기 힘들어요. 이것저것 캐묻는 것이 아무래도 다른 꿍꿍이가 있는 것 같아요."

그러자 우질이 고개를 끄덕이며 말했다.

"그래, 확실히 이상하군. 여기까지 도주한 후에 순순히 우리를 따르겠다는 것도 그렇고… 사부에 대해 이것저것 캐묻는 것도 그렇고. 이보시오, 소궁주!"

우질이 날카로운 눈으로 궁설을 불렀다.

"왜 그러시오?"

궁설이 우질의 표정이 변한 것을 보고는 경계심을 드러내며 물었다. 그러자 우질이 말했다.

"진정 우리의 뜻에 순순히 따르겠소?"

"다시 의심을 하는 것이오?"

"음, 상황이 상황이니만큼 의심을 하지 않을 수가 없구려."

"어찌하면 믿을 요량이오?"

그러자 우질이 갑자기 품속에 손을 넣더니 작은 목함을 꺼내 설궁에게 던졌다.

"이게 무엇이오?"

"그 안에는 한 가지 독이 들어 있소."

"또 독이요?"

“그렇소. 사부께선 당신께 충성을 맹세한 사람들에게 그 독을 복용케 하시오. 그러니 소궁주께서 우리와 뜻을 함께하겠다면 그 독을 스스로 복용하시오. 뭐, 어차피 사부께서 대막의 주인이 되시면 대막의 모든 고수들은 그 독을 복용하게 될 테니 조금 일찍 맛보게 된다고 생각하면 될 거요.”

“무슨 독이죠?”

“아, 역시 해약만 먹으면 몸에는 이상이 없소. 단지… 해약을 한 달에 한 번 복용해야 하는 번거로움은 있소. 그러나 그 정도 번거로움이야 문제될 것이 없지 않겠소?”

우질이 의심 어린 눈으로 설궁을 보며 물었다. 그러자 설궁이 망설이는 듯하다가 이내 눈 속에 떨어져 있는 목함을 집어 들었다. 그리고 목함의 뚜껑을 열었는데 뚜껑을 열자 그 안에서 진한 녹색의 환약이 모습을 드러냈다.

설궁이 그 환약을 잠시 살피다가 이내 손에 들고는 입안으로 집어넣었다. 그러고는 한 번에 환약을 삼키고선 우질에게 물었다.

“이제 되었소?”

그러자 우질이 대답했다.

“잠시만 기다려 보시오.”

“뭘 더 기다리라는 말이오?”

“두고 보면 알게 될 거요.”

우질이 날카로운 눈으로 설궁을 살피며 말했다. 그러고는 갑자기 굳게 입을 다무는 것이었다.

석요송이 검을 잡았다. 분위기가 기이했다. 설궁이 독을 삼켰음에도 불구하고 우질과 그의 동료들이 설궁을 보는 눈빛이 점점 차가워져 가고 있었다. 그렇게 일각이 흐르자 갑자기 우질이 웃음을 터뜨렸다.

"하하하!"

갑작스런 우질의 웃음에 설궁이 당황한 시선으로 우질을 바라봤다. 그러자 우질이 음소를 흘리며 입을 열었다.

"소궁주, 참으로 영악하시구려. 내 하마터면 소궁주의 연극에 깜빡 속아 넘어갈 뻔했소."

"연극이라니, 그게 무슨 소리요?"

"당신은 독을 먹지 않았어."

"그게 무슨……!"

"그 독은 말이야, 일단 복용을 하면 일각 안에 눈이 충혈되고 얼굴이 붉어지지. 아무리 추운 날이라도 말이야. 그런데 당신은… 눈도 맑고 얼굴도 하얗군. 으음… 그래서 더욱 매력적이지만 말이야. 흐흐흐."

순간 설궁의 흰 얼굴이 더욱 하얗게 질렸다. 그러자 우질의 사매라는 여인이 표독스럽게 입을 열었다.

"사형, 더 두고 볼 것도 없어요. 일단 저 계집을 제압한 후 우릴 속이려고 한 벌을 주도록 해요."

"그래, 그래야겠지. 아주 따끔하게 혼을 내주겠어. 사제."

우질이 다른 사내를 불렀다. 그러자 지난날 혁강원을 제압했던 사내가 대답했다.

"말씀하시우, 사형!"

"저 계집을 데려오게. 거칠게 다뤄도 상관없어. 감히 나 우질을 속이려 하다니……."

"알겠습니다. 맡겨주시오."

사내가 대답을 한 후 천천히 설궁을 향해 다가가기 시작했다.

"후후후, 이 발칙한 계집이 누구에게 수작을 부린단 말이냐? 이 종고가 너와 같이 발칙한 것들을 다루는 데는 일가견이 있지. 반항하려면 해도 좋다. 그러나 이후 네가 어떤 꼴을 당하더라도 날 원망치는 말거라."

스스로 종고라고 이름을 밝힌 사내가 두 손을 가슴 높이로 들어 올리며 말했다. 그러자 설궁이 주춤거리며 뒤로 물러나며 들고 있던 소도를 앞으로 들어 올렸다.

"다가오지 마라."

"흐흐, 그래, 그렇게 반항이라도 해야 재미가 있지."

한순간 종고의 신형이 눈을 박차며 허공으로 날아올랐다. 그러고는 병아리를 덮치는 매처럼 무서운 속도로 설궁을 향해 떨어져 내렸다.

"아!"

설궁이 나직하게 탄성을 흘리며 자신도 모르게 뒤를 돌아봤다. 설궁 역시 뛰어난 고수였지만 내공을 잃은 상태에서는 도저히 종고와 같은 고수를 상대할 수 없었던 것이다. 그녀가 할 수 있는 일이라고는 오직 그녀의 등 뒤에 숨어 있는 석요송을 믿는 것뿐이었다.

석요송이 검을 들어 올렸다. 그러고는 한순간 진기를 끌어올리며 은거지를 박차고 앞으로 뛰어나갔다.

"팟!

석요송의 검에서 한줄기 빛이 흘러나왔다. 그 빛은 실처럼 가늘어서 사람들의 눈에 잘 보이지 않았는데, 어느새 설궁의 어깨를 넘어 그녀를 향해 떨어지고 있는 종고를 꿰뚫고 있었다.

"컥!"

설궁을 향해 떨어져 내리던 종고가 창에 꿰뚫린 고기처럼 부르르 몸을 떨며 눈밭에 떨어지더니 가슴에서 쏟아지는 피를 얼떨결에 막았다.

"크윽… 이놈……!"

종고가 힘겹게 석요송을 노려보며 이를 갈았다.

"더 말을 하면 죽을 게다. 피는 입으로도 나오니까."

석요송의 말에 종고가 무엇인가 대꾸를 하려다 말고 목울대까지 올라온 피를 꿀꺽 삼키며 입을 닫았다. 그러자 멀리서 우질이 석요송을 보며 소리쳤다.

"웬 놈이냐?"

그러자 석요송이 한줄기 미소를 흘리며 말했다.

"설마 날 기억하지 못하는 것이냐?"

순간 우질의 눈이 가늘어지는가 싶더니 이내 다시 커졌다.

"네놈… 네놈이었구나!"

그러자 석요송이 고개를 끄덕였다.

"이제 알아보는군. 그런데 참으로 악독한 자가 아닌가? 그 지경이 되고도 여전히 아녀자를 희롱하고 다니다니……."

"이놈! 이 일은 그런 일이 아니니라! 천하의… 음……! 그런데 네놈이 어찌 여길······?"

"서로 알고 싶은 것이 많으니 일단 누가 먼저 물을 건지를 정하는 것이 순서겠지."

석요송이 천천히 우질을 향해 다가들었다. 그의 손에 들린 검이 다시 가슴 위로 올라와 우질을 겨눴다. 그러자 우질이 당황한 빛이 보이다가 갑자기 옆에 서 있는 여인의 등을 앞으로 밀며 소리쳤다.

"사매, 놈은 네게 맡기마!"

"사형!"

여인이 급히 고개를 돌려 우질을 불렀다. 그러나 우질의 신형은 이미 십여 장 밖으로 달려나가고 있었다. 자신의 사매를 던져주고 도주하는 우질의 심성이 과연 악독하다 할 만했다.

"참으로 독한 사형을 두었소. 그러나 너무 서운해 마시오. 곧 다시 만나게 될 테니."

당황하는 여인의 귀에 석요송의 목소리가 들렸다. 그 순간 여인의 머리 위로 석요송의 검이 떨어져 내렸다.

"흥!"

여인의 입에서 표독스런 소리를 흘려내며 재빨리 검을 들어 석요송의 검을 막아갔다.

우질은 뒤도 돌아보지 않고 계곡 밖으로 달렸다. 그의 사매는 몰라도 그는 석요송의 무공을 알고 있었다. 자신이 아무리 여인에 빠져 방심했다 해도 자신의 팔을 자른 자의 무공을 어찌 두려워하지 않을 수 있을까.

"미안하구나, 사매. 하지만 나도 살아야 하니 어쩔 수가 없다."

우질이 퉁명스런 말을 흘리며 막 계곡을 벗어나려는 순간 갑자기 하늘에서 내리는 눈을 타고 검은 인형이 벼락처럼 우질을 덮쳤다.

"흡!"

계곡을 빠져나왔다고 방심한 순간 당한 기습이 우질을 당황시켰다. 우질이 다급성을 발하며 뒤로 물러났다. 어느새 그의 한 손에는 검이 들려 있었다.

창!

날카로운 충돌음이 일어났다. 더불어 우질이 움찔하며 뒤로 물러났다. 순간 한줄기 빛이 우질의 다리를 향해 날아들었다.

퍽!

둔탁한 소리와 함께 우질의 다리에 비도가 꽂혔다.

"음!"

우질이 비틀거리며 신음성을 흘렸다. 그러고는 자신에게 비도를 날린 사람을 노려봤다. 그리고 다음 순간 우질의 얼굴에 낭패감이 서렸다. 그의 길을 막은 사람은 그에게도 제법 익숙한 사람이었다. 지난날 동굴 속에서 자신이 범하려 했던 남장 여인 금불현이 그의 앞에서 검을 들고 우질을 노려보고 있었다.

"어딜 가려고 하느냐?"

"네, 네년이……!"

우질이 당황하면서도 한편으로는 길을 막은 금불현을 향해 노기를 흘렸다.

"난 빚을 지고는 못사는 성미라서……. 넌 네가 했던 일을 고스란히 당할 거야. 일단 다리에 부상을 입었으니 이젠 조금 수모를 겪어야 할 거다."

"흐흐흐, 이 계집… 그렇게 당하고도 세상 무서운 줄 모르는구나."

우질이 짐짓 음흉한 미소를 지으며 말했다. 그러자 금불현이 코웃음을 흘렸다.

"흥, 산공독이 없이도 네놈이 날 그리 쉽게 상대할 수 있을지 두고 보자. 더군다나 넌 한 팔이 없을 뿐 아니라 한 다리도 제대로 쓰지 못하지 않느냐? 후후후!"

금불현이 검을 들어 우질의 이마를 겨눴다. 그런데 그때 문득 뒤쪽에서 날카로운 비명 소리가 들렸다.

"악!"

찢어지는 듯한 여인의 비명에 두 사람이 일제히 시선을 돌렸다. 그러자 그들의 눈에 석요송의 검에 쓰러지고 있는 여인의 모습이 들어왔다.

第十章 가득한 음모

　여인을 벤 석요송이 시선을 돌렸다. 그러자 우질과 대치하고 있는 금불현이 보였다.

　"죽지는 않을 테니 잠시 누워 계시오."

　석요송이 자신의 검에 베어 쓰러진 여인의 혈도를 제압하며 말했다.

　"차라리 죽여라!"

　여인이 앙칼지게 소리쳤다.

　"난 함부로 사람을 죽이는 사람이 아니오."

　"흥, 여인을 미끼로 삼아 기습을 한 주제에 성인군자인 척하기는."

　"물론 난 성인군자가 아니오. 그러니 말을 조심해야 할 거요."

"마음대로 해보거라!"

여인이 다시 표독스럽게 소리쳤다. 그런 여인을 뒤로하고 석요송이 금불현과 우질이 대치하고 있는 곳으로 걸음을 옮겼다.

"요 맹랑한 계집 같으니라구!"

우질은 몸 여러 곳에 검상을 입고 있었다. 금불현은 쉽게 우질을 제압하지 않았다. 아니, 제압하지 않은 것이 아니라 제압하지 못한 것이 맞을 터였다.

우질은 한 팔이 잘리고 비검에 한쪽 다리가 상했음에도 불구하고 여전히 고강한 무예로 금불현의 공격을 막아내고 있었다.

금불현이 몇 군데 더 상처를 입히기는 했으나 우질 역시 놀라운 무공으로 금불현을 상대하고 있었던 것이다.

"어서 항복하라. 그렇지 않으면 결국 피를 흘리다 죽고 말 것이다."

금불현이 차갑게 경고했다.

"흥, 죽으면 죽었지 너 따위 계집에게 항복할 내가 아니다."

우질이 이를 갈며 말했다. 그러자 금불현이 혀를 찼다.

"쯔쯔, 내게 항복하는 것이 그나마 나을 텐데."

금불현의 말에 우질이 노기를 흘리며 금불현을 향해 날아들려다 말고 흠칫 몸을 떨며 재빨리 우측으로 신형을 기울였다.

팟!

그런 그의 성한 쪽 어깨를 한 자루 검이 베고 지나갔다. 한줄기 선혈이 일어나 흰 눈을 붉게 물들였다.

"네… 네놈!"

우질이 비틀거리며 뒤로 물러났다. 그의 눈에서 원한 가득한 안광이 흘러나왔다. 그의 앞에는 검을 들고 있는 석요송이 서 있었는데 우질의 입장에서 보자면 석요송은 상대하기 힘든 고수일뿐더러 사실 오늘 자신을 이 지경으로 만든 원흉이라고 할 수 있었다.

아마 그에게 한 팔이 남아 있었다면 그는 결코 금불현에게 잡혀 있지는 않을 터였다. 그런데 그런 석요송이 다시 자신의 성한 팔에 깊은 상처를 남긴 것이다.

"빨리 치료치 않으면 나머지 한 팔도 못 쓰게 될 거요."

석요송의 말에 우질이 노기를 드러내면서도 두려운 빛을 보였다.

"이… 놈!"

우질이 상처 입은 늑대처럼 으르렁댔다. 그러자 석요송이 우질의 노성을 무시하며 말했다.

"한 가지 제안을 하겠소. 내가 묻는 말에 순순히 대답을 하겠다면 한 팔을 잃지 않게 해주겠소. 그러나 만약 내 제안을 거절한다면 그대는 두 팔 없이 세상을 살아야 할 거요. 물론 간혹 특별히 의지가 강한 사람은 두 팔 없이도 성한 사람보다 행복하게 잘 살아가기도 하오. 그러나 당신도 과연 그럴 수 있을까? 두 팔 없이 당신의 그 사부라는 사람에게 인정을 받을 수 있을까? 아니, 지금까지 당신의 경쟁자였던 당신의 사형제들에게 어떤 취급을 받을까? 감당할 수 있겠소?"

석요송의 냉혹한 질문에 우질이 낯빛이 검게 변했다. 석요송의 말처럼 우질은 그렇게 마음을 비울 수 있는 자가 아니다. 한때는, 아니, 지금까지도 천하의 주인을 꿈꾸는 인물이었다.

"원하는 것이 뭐냐?"

한 팔을 지키는 것이 곧 그의 야망을 지키는 것이라면 그는 어떤 일도 할 수 있을 거란 생각이 들었다. 석요송이 한줄기 미소를 지었다.

"어려운 일이 아니오. 당신들의 이야기를 들어봅시다."

석요송이 우질을 향해 바람처럼 다가들었다. 우질이 움찔하며 몸을 피하려고 하다가 아내 모든 것을 포기한 채 석요송에게 몸을 맡겼다. 그러자 석요송이 번개처럼 우질의 혈도를 짚었다.

"음!"

우질이 나직한 신음성을 흘렸다.

"어디로 가죠?"

금불현이 석요송에게 물었다. 그러자 석요송이 잠시 생각에 잠겼다가 입을 열었다.

"밀영을 불러야겠어."

"밀영을요?"

"이들을 안전하게 숨길 수 있는 곳은 오직 밀영들이 준비한 안가뿐이지."

"그렇겠군요. 그런데… 빙궁의 소궁주는 어쩌죠?"

금불현의 물음에 석요송도 곤란한 표정을 지었다. 따지고 보면 석요송 역시 천록야의 천제를 틈타 대막무림을 얻으려는 금문의 사람이 아니던가. 밀영의 거처로 설궁을 데려간다면 설궁에게는 우질이나 석요송이나 다를 바가 없는 사람이 된다.

그러나 그렇다고 해서 이대로 설궁을 빙궁으로 보낼 수도 없었다. 그랬다가는 우질의 동료들이 꾸미는 일에 대비하기 위해 대막의 제 문파들이 사람들을 불러 모을 것이고, 그건 곧 그들이 금령이 이끄는 금문의 문도들을 대비하는 꼴이 될 수도 있었다.

"곤란하군."

석요송이 표정을 굳히며 말했다. 그러자 금불현이 말했다.

"어쩔 수 없어요. 일단 그녀도 안가로 데려가요."

"하면……?"

"혹 운이 좋아 그녀가 살려준 은혜와 이자들이 계획한 음모를 막아낸 이유로 우리의 뜻에 따른다면 고마운 일이고, 그렇지 못하겠다면… 일이 끝날 때까지 안가에 붙들어 둬야겠지요."

"그 수밖에는 없겠군."

석요송이 고개를 끄덕였다.

"안가는 어디 있죠?"

"내일 아침 일영을 만날 수 있을 거야."

"그러면 이곳에서 하루를 지내야 하는 건가요?"

"그렇겠지, 마침 눈을 피할 수 있는 석굴도 있고."

석요송이 자신이 몸을 숨기고 있던 곳을 가리켰다. 과연 절벽 안쪽으로 움푹 들어간 동굴 하나가 입을 벌리고 있었다.

타탁!

마른 나무 타는 소리가 경쾌하게 일어났다. 눈보라가 치고 있었지만 마른 나무를 구하는 것은 어렵지 않았다. 눈을 헤치면 그 안에는 또 다른 세계가 있어서 파란 싹이 난 작은 풀과 마른 나무를 쉽게 구할 수 있었다.

모닥불 덕분에 동굴 안은 온기가 넘쳤다. 석요송과 금불현은 우질과 그의 사매의 혈도를 제압한 후 동굴의 한쪽에 모아두고 있었다.

종고라는 자는 결국 절명했는데 아마도 그가 상처를 치료하는 대신 도주를 하기 위해 무리하게 몸을 움직였기 때문일 터였다. 물론 그러다가 공력을 회복치도 못한 설궁에게 당한 죽음이었다.

설궁은 동굴의 한쪽에 앉아 눈보라 치는 동굴 밖을 응시하고 있었다. 아마도 어서 아침이 오고 눈이 멈춰 빙궁의 문도들에게 돌아갈 수 있기를 바라고 있을 터였다.

그러면서도 가끔 불안한 시선으로 석요송과 금불현을 바라보곤 했는데 죽음의 위험에서 벗어나고 나서야 석요송 등 두 사람의 정체에 의구심이 들기 시작한 때문이었다.

"이제 좀 묻겠다."

문득 석요송이 우질을 건네다 보며 말했다. 말투가 싸늘하기 그지없다. 없던 살기가 생겨난 것 같았다. 그러자 우질이 대답했다.

“알고 싶은 것이 뭐냐?”

“은올기는 어디에 있느냐?”

석요송의 말에 우질이 경악스런 표정을 지으며 석요송을 바라봤다. 기실 석요송은 지난번 우질이 설궁과 대화를 나누다가 무심코 흘린 은올기라는 이름을 또렷하게 들었던 것이다.

“도대체 넌… 누구냐?”

우질이 석요송의 정체가 궁금해서 도저히 견딜 수 없다는 표정으로 물었다. 그러자 석요송이 말했다.

“묻는 사람은 나고 그대는 대답을 해야 한다. 은올기 그는 어디 있느냐?”

“그건…….”

“말하기 싫다면… 죽음의 문은 언제든 열려 있다.”

그러자 그의 곁에 있던 여인이 입을 열었다.

“사형, 사부의 일을 함부로 말했다가는 우린 살아남지 못해요.”

그러자 금불현이 여인을 향해 협박을 했다.

“흥, 멀리 있는 그대의 사부는 두렵고 눈앞에 있는 우리 칼은 두렵지 않은가 보군.”

금불현이 검을 들어 여인의 목에 가져다 댔다. 그러자 여인이 소리쳤다.

“누가 죽음을 겁낼 줄 아느냐? 어서 죽여라!”

“죽음이 두렵지 않다면 그대의 사부도 두렵지 않겠지?”

금불현이 반박하자 여인이 대답을 하지 못하고 입을 닫았다. 그러자 우질이 한숨을 쉬며 입을 열었다.

“사매, 일이 이렇게 된 이상 우리가 살길을 찾아야 해.”

“하지만 사부의 분노를 어찌 감당하려고요?”

“이 일이 사부께 알려지면 큰 곤욕을 치르겠지, 물론 죽을 가능성이 많지만. 그러나… 그러나 만약 우리가 이들의 요구를 들어주고 풀려날 수만 있다면 우린 멀리 남쪽으로 가서 숨어 살자고.”

“남쪽으로요?”

여인이 관심을 드러내며 물었다.

“그래, 사부가 찾을 수 없는 곳으로. 송으로 들어가면 사부도 쉽게 우리를 찾지 못할 거야. 더군다나 사부의 후계자로 대사형이 결정된다면 대사형이 우릴 살려두겠어? 설혹 살려둔다 해도 사람 취급 받으며 살긴 어려울 거야. 그럴 바에야……..”

“사형… 정말 우리끼리 살 수 있을까요?”

“걱정 마, 사매. 우리 실력이면 어디 가서든 제대로 살 수 있을 거야.”

“그래요. 일단 눈앞의 죽음부터 피하고 봐야죠.”

여인이 고개를 끄덕였다. 그러자 우질이 석요송을 보며 말했다.

“사부는 지금 흑사풍의 고수들과 천록야로 오고 있다.”

“흑사풍… 흑사풍이라……. 참 질긴 인연이군.”

석요송이 중얼거렸다. 그러자 우질이 눈빛을 빛내며 말했다.

“그들과 인연이 있군.”

“얼굴은 몇 번 보았지.”

서요송의 대답에 우질이 눈을 가늘게 뜨고 석요송을 살폈다.

그러다가 다시 물었다.

"어디 출신이냐?"

"질문은 내가!"

석요송의 대답에 우질이 씁쓸한 미소를 지었다. 그러자 석요송이 다시 물었다.

"도대체 너희, 아니, 은올기의 정체가 뭐냐?"

그러자 이미 모든 것을 말하겠노라고 결심했던 우질의 눈빛이 흔들렸다. 정작 은올기에 대해 말을 하려니 다시 두려움이 생기는 모양이었다.

"어차피 떠날 것이라면 은올기가 패망하는 것이 그대들에게도 좋지 않을까?"

석요송의 말에 우질이 고개를 저었다.

"그게 그렇지가 않아. 사부는 절대 죽을 사람이 아니다."

"그러나 그는 한 팔이 잘렸지."

"헛! 네가 그걸 어찌……. 설마……."

"그런 소문을 들은 것 같아서."

석요송이 재빨리 말했다. 그러자 우질이 눈을 가늘게 뜨고 석요송을 응시하며 말했다.

"금문에서 왔구나."

순간 두 사람의 대화를 듣고 있던 설궁이 흠칫 놀란 표정으로 석요송과 금불현을 바라봤다.

"괜한 것을 알아버렸군."

석요송이 대답했다. 그러자 우질이 눈에 생기를 띠며 말했다.

"그래… 금문이라면 사부를 몰락시킬 수도 있지. 사부의 한 팔을 자른 곳도 금문이니. 사부께선 대막무림을 얻으려 하시는 것도 물론 과거로부터 내려온 선업 때문이기도 하지만 금문을 대적하기 위함이니까."

우질의 대답에 석요송이 재빨리 물었다.

"과거로부터 내려온 선업? 그렇다면 은올기가 대막무림과 애초부터 연관이 있었다는 것이군."

"그렇다. 사부는 바로… 전설의 혈사신보의 주인이다."

그러자 이번에는 석요송과 금불현이 놀랐다. 혈사신보의 이름을 다시 이 자리에서 듣다니 놀라운 일이 아닐 수 없었다. 고금 이래로 초원의 왕을 세웠다는 혈사신보의 주인, 당대의 그 주인이 바로 은올기라니 놀라운 일이 아닐 수 없었다.

그러고 석요송은 다른 한 가지 사실을 더 알고 있었다. 은올기가 당대 혈사신보의 주인이라면 그는 결국 반쪽짜리 주인일 수밖에 없었다. 더불어 그는 사부를 시해한 배덕한 자의 후예다.

'혈사신보의 온전한 마지막 주인인 구월황을 배신한 제자의 이름이 은무였지. 그렇다면 은올기가 바로 그 은무의 후손이겠군. 같은 은씨 성을 쓰고 있으니 거의 확실하겠어. 그렇다면 흑사풍을 움직여 혈사신보의 다른 한쪽을 찾으려 한 자도 바로 그겠군. 그래서 그 혈사신보의 한쪽이 금문에 들어온 것을 알고 금천명, 금자명 두 장로에게 은밀히 접근한 것이겠고. 그런데 재미있군. 천록야의 천제에 두 명의 혈사신보 주인이 나타나 서로가 대막의 주인이라고 주장할 테니.'

석요송이 희미한 미소를 지었다. 금령 역시 품에 혈사신보를 품고 천록야로 오고 있었다.

"혈사신보의 주인이라면 대막무림의 주인을 자처할 만하지."

"그렇다. 그래서 사부께선 이번 천제에서 혈사신보의 주인임을 밝히시고 대막무림을 얻으려는 것이다."

"그런데… 그동안 은올기는 어디에 있었나?"

석요송이 묻자 우질이 잠시 망설이는 듯하다가 어렵게 입을 열었다.

"대요(大遼)가 어떻게 섰는지 아는가?"

"혈사신보의 주인이 뒤에 있었다는 말인가?"

"대요도 초원에 뿌리를 둔 왕조다. 어찌 혈사신보의 주인으로부터 자유로울까."

"음, 그런데 왜 대요를 세운 혈사신보의 주인들은 그 모습을 드러내지 않은 거지? 아니, 왜 그 이전에 초원무림을 일통하지 않은 거지?"

석요송이 물었다. 그러자 우질이 대답을 하지 못하고 우물거렸다.

"내가 그 이유를 말해볼까?"

석요송이 묻자 우질이 의아한 표정을 지으며 되물었다.

"그 이유를 네가 알고 있단 말이냐?"

"알고 있다. 은올기의 선조가 야율씨를 후원해 대요를 세우고도 전면에 나서지 못한 이유는 그들이 온전한 혈사신보의 주인이 아니었기 때문이다. 그들은 반쪽짜리 주인이지. 그것도…흠, 어쨌든 그러니 나머지 반쪽의 혈사신보 주인이 어딘가에서 그들을 지켜보고 있을 거란 불안감에 스스로 혈사신보의 주인임을 자처하지 못한 걸 거야. 그러다가… 얼마 전 나머지 반쪽의 혈사신보가 지난 수백 년 동안 주인이 없었음을 알게 되었겠지. 그리하여 이제는 거리낌없이 스스로를 혈사신보의 정통 후예로 강호에 모습을 드러내 대막무림을 접수하려는 것이고.”

“너는 도대체… 그 모든 것을 어떻게……?”

“지난날 사막의 고성에서 흑사풍으로부터 혈사신보를 지켜낸 금문의 젊은 고수에 대해 들어보았나?”

“알고 있다. 그 일로 사부께서 무척 노하셨지.”

“내가 바로 그때 혈사신보를 가져간 사람이다.”

“네… 네가?”

“후후, 정말 재미있는 일 아닌가? 이번 천제에는 두 명의 혈사신보 주인이 나타날 테니 말이야.”

“너 또한 천제에 가겠다는 것이냐?”

“나도 가겠지만 혈사신보는 내가 아니라 다른 사람이 가지고 있다. 난 그런 것에는 관심이 없으니까. 여하튼… 재미있겠어. 그나저나 그대의 사부는 흑사풍 말고 대막의 어떤 문파들을 복속시켰지? 그가 천록야에 올 때는 결코 허술하게 오지는 않았을 터인데.”

“이미 대막무림의 삼 할이 사부의 손에 들어왔다. 거기에 혈사신보의 주인이시니 대막무림을 결국 사부의 손에 떨어질 거야.”

“빙궁을 두고 음모를 꾸민 것을 보면 빙궁은 아직이고, 묵철가는?"

"그 두 문파가 문제가 되었기에 빙궁을 얻으려 한 것이지. 빙궁마저 사부의 밑으로 들어오면 묵철가도 버틸 수 없을 테니까."

"그러면 반쪽의 혈사신보로도 대막의 주인이 될 수 있을 것이라고 생각한 것이구려."

"그렇다. 이제 내가 해줄 말은 모두 다했다. 이젠… 우릴 놓아달라."

"이 밤중에 떠나겠다는 것인가?"

석요송이 여전히 눈보라가 휘날리는 동굴 밖을 보며 물었다.

"떠나려면 한시라도 빨리 떠나야지. 사부의 눈은 천록야 주변 곳곳에 퍼져 있지. 마침 눈보라도 불어오니 이 얼마나 좋은가. 그런데… 우리 혈도를 풀어줘야 하지 않겠나? 몸은 이 지경이라도 공력이 없이는…….”

"한 시진 후면 자연히 회복될 것이다. 연후 다시 돌아오는 일이 없기를 바라겠다."

"아직도 우리 사부를 잘 모르는군. 우린… 돌아올 수 없는 강을 건넜어."

우질이 조금은 처연한 목소리로 말했다. 그러고는 고개를 돌려 여인을 보며 말했다.

"사매, 가자."

"정말 지금 떠나게요?"

"사부를 알잖아. 다행히 눈이 이렇게 많이 내리고 있으니 당장은 우리가 없어진 걸 알아도 사부가 찾지 못할 거야. 더군다나 천록야의 일이 바쁠 테니.”

“알겠어요. 가요.”

여인이 상처를 부여잡으며 일어났다. 그러자 우질 역시 금불현의 비도에 당한 한쪽 다리를 절며 자리에서 일어났다. 그러고는 석요송을 보며 말했다.

“떠나는 마당에 한 가지 충고를 하지.”

“……?”

“사부를 조심해. 그대의 무공이 대단한 줄은 알고 있지만 사부는… 무공으로 상대할 수 있는 사람이 아니지.”

“충고 고맙소.”

지금까지와 달리 석요송이 정중히 대답했다.

“아니, 솔직히 말하자면 그대가 사부를 죽여줬으면 좋겠어. 그래서 하는 말인데, 천랑원이라고 알고 있나?”

“천랑원… 어찌 모르겠소. 북천십이문 중 하나이자 요 황실의 후원을 받고 있는 곳인데.”

“역시 잘 알고 있군. 그 천랑원을 실질적으로 움직이는 사람이 바로 사부야. 예전에 요 황실은 야문이란 조직의 도움을 받았지. 야문에는 정말 놀라운 고수들이 즐비했어. 그런데 어찌된 일인지 요 황실은 야문을 버렸지. 야문의 고수들은 대부분 척살되거나 은거했고, 일부는 남쪽으로 내려가 재기를 꿈꾸기도 했지만 결국 성공하지 못했지. 어쩌면 지금도 어딘가에서 야문의 후예들이 야망을 키우고 있을지도 몰라. 어쨌든 그 야문을 대신해서 요 황실의 은밀한 일들을 처리해 주는 곳이 바로 천랑원이야.”

"그런 사연이 있었구려."

석요송이 고개를 끄덕였다.

"그런데 이 천랑원이 세워지기까지는 우리 사부의 역할이 지대했네. 그래서 비록 천랑원의 원주가 따로 있다고 해도 결국 천랑원은 사부의 뜻대로 움직여 왔지. 그래서 혹자는 야문이 해체된 것도 선대 혈사신보의 주인에 의해서라는 말이 나돌기도 했지. 하여간 사부가 천랑원을 움직인다는 것을 알아두게. 더불어 사부께는 세상에 드러나지 않은 소수의 수하들이 있다. 혈림이라고 부르는데… 조심해. 극한의 수련을 거친 고수들이니까. 그들을 모르고서는 사부를 상대할 수 없지. 부디… 사부를 죽여 줘. 혹 죽일 기회가 있으면 반드시!"

우질이 마치 유언을 남기듯 말했다. 그러자 석요송은 한편으로 소름이 끼쳤다.

어떻게 자신의 사부를 죽여 달라고 이렇게 당당하고 간절하게 바랄 수 있는 것일까. 이런 지경에서도 이들을 스승과 제자라고 할 수 있을까.

"가시오."

문득 우질을 더 이상 상대하고 싶은 생각이 없어진 석요송이 차갑게 말했다. 그러자 우질이 고개를 끄덕였다.

"좋아, 그만 가겠다. 다시… 보지 말자."

우질이 말을 하고는 그의 사매와 서로를 부축하며 눈보라치는 동굴 밖으로 걸어나기기 시작했다. 그러고는 곧이어 눈 속으로 들어섰다. 그런데 바로 그때 아무도 예상하지 못한 일이 벌어졌다.

삭!

날카롭고 소름 끼치는 파열음이 일어났다.

"큭!"

그리고 들려오는 한마디 신음 소리. 석요송과 금불현이 훌쩍 자리에서 일어나 신음 소리가 일어난 곳으로 달려갔다. 그러자 우질이 등에 검을 맞고 피를 흘리며 쓰러져 있었다. 가쁜 숨을 쉬는 것이 더 이상 그 어떤 명의가 와도 살아날 수 없는 지경이었다.

"사, 사형!"

우질의 사매가 너무도 급작스런 일에 놀라 얼음처럼 얼어붙었다가 정신을 차리고는 눈밭에 쓰러진 우질을 끌어안았다.

"사… 매!"

우질이 죽음에 대한 두려움이 가득한 눈으로 자신의 사매를 바라봤다.

"사형!"

"죽고… 싶지… 않아……."

우질의 목소리가 점점 작아졌다. 그러고는 급기야 그대로 숨을 거뒀다.

"사형!"

우질의 사매가 우질의 몸을 끌어안고 소리쳤다. 그러나 한번 죽은 사람이 다시 살아 돌아올 수는 없다. 우질의 몸이 빠르게 굳어갔다. 그러자 그의 죽음을 받아들인 여인이 고개를 돌려 설궁을 노려봤다.

"네년이……!"

"서러워 마라. 너도 함께 보내줄 테니!"

설궁이 우질의 사매를 향해 검을 들어 올렸다. 순간 석요송이 설궁의 손을 잡았다.

"뭘 하는 거요?"

"그대와는 상관없는 일이니 놓아요."

설궁이 싸늘하게 말했다.

"왜 함부로 사람을 죽이는 거요?"

"함부로 사람을 죽인다고요? 이들은 죽어 마땅한 자들이에요. 이들의 악행을 아시잖아요? 아! 그대도 혹 이들과 같은 부류의 사람인가요?"

설궁이 석요송을 노려보며 말했다. 이미 석요송이 금문 출신이라는 것을 알고 있는 설궁이다. 금문의 사람이 천록야에 왔다는 것은 곧 금문도 이번 천제에서 모종의 일을 꾸미고 있다는 의미였으니 설궁에겐 우질이나 석요송이나 마찬가지일 수 있었다.

단지 다른 것은 석요송이 그녀를 우질의 손에서 구해줬다는 것뿐이었다.

"이년!"

그런데 다음 순간 누가 말릴 사이도 없이 우질의 사매가 설궁을 향해 손을 뻗었다. 그녀의 손에는 한 자루 작은 단검이 들려 있었는데 아마도 지금껏 그 단검을 몸에 숨기고 있었던 모양이다.

"흥!"

설궁의 입에서 한마디 비웃음이 흘러나왔다. 공력을 회복한 설궁의 무공은 무서웠다. 그녀의 신형이 마치 바람처럼 흔들리더니 한순간에 여인의 공세를 피해낸 후 번개처럼 검을 그어 내렸다.

"컥!"

미처 석요송이 말릴 사이도 없이 우질의 사매가 설궁의 검을 맞고 쓰러졌다. 그러고는 한마디 말도 남기지 못하고 그대로 절명했다.

그런데 그 순간, 갑자기 석요송이 번개처럼 설궁을 공격했다.

"뭘 하는 거죠?"

설궁이 급히 신형을 날려 석요송의 손을 피하며 소리쳤다. 그러자 석요송이 진중하게 말했다.

"아무래도 소궁주께서는 잠시 나의 통제를 받으셔야겠습니다. 이렇게 함부로 행동을 하셔서는……."

"금문의 일에 방해가 된다는 건가요?"

설궁이 차갑게 물었다.

"그렇습니다."

그러자 설궁이 차가운 미소를 지으며 말했다.

"그렇다면 그대는 한 가지 실수를 했군요. 만약 저들처럼 날 제약할 생각이었다면 저들에게서 해독약을 구해 내 공력을 회복시키지 말았어야 해요. 무공을 회복한 이상 그대의 손에 제압될 일은 없을 거예요."

그러자 석요송이 서늘한 기운을 흘리며 말했다.

"소궁주 또한 한 가지 실수를 했습니다."

"내가 어떤 실수를 했나요?"

"내가 금문의 사람으로서 천제에서 모종의 일을 도모하고 있음에도 소궁주의 무공을 회복시켜 준 것은 무공을 회복한 이후에라도 소궁주께서 내 의도대로 따라줄 것이란 생각 때문이었지요. 그건 또한 비록 무공을 회복했다하더라도 내게 소궁주를 통제할 힘이 있다는 의미기도 하지요."

"그대가 그렇게 대단한 사람이었던가요? 감히 빙궁의 소궁주인 나를 가볍게 생각할 만큼? 어리석군요. 빙궁이 수백 년을 이어온 것은 그만한 이유가 있어요. 전 그만 가보겠어요. 그자, 은올기라는 자의 음모도 그렇고, 금문의 개입도 대비를 해야 할 테니까요."

"미안하지만 소궁주께서는 이대로 가실 수 없습니다."

"말했지만 무공을 회복한 이상 누구도 날 막을 수 없어요."

"제게 검을 들게 하지 마십시오."

석요송이 무겁게 경고했다. 그러나 설궁은 그런 석요송의 경고를 무시하고 신형을 날렸다. 그러나 석요송이 바람처럼 움직여 설궁의 앞을 막았다.

"진정 나와 칼부림을 하자는 건가요?"

설궁이 검을 들어 석요송을 겨눴다. 그러자 석요송이 차분하게 말했다.

"저 또한 누군가에게 매여 있는 사람이라 그분의 뜻을 거역할 수가 없지요. 소궁주께선 저와 함께 그분을 뵈어야겠습니다."

"흥, 그렇게는 안 될 거예요."

설궁이 차갑게 내뱉고는 석요송을 향해 검을 뻗어냈다.

웅!

검에 서린 한기가 북풍한설과 같다. 과연 북해빙궁의 소궁주가 펼치는 검초다웠다. 석요송이 설궁의 검을 오른쪽 옆구리 아래로 흘렸다. 그러고는 가볍게 신형을 틀며 설궁의 향해 유뢰지를 발출했다.

그러자 그의 손을 떠난 지력이 부드럽게 설궁에게 다가가는가 싶더니 설궁의 몸 가까이에 이르자 무서운 속도로 설궁의 어깨를 꿰뚫었다.

칙!

설궁이 황급히 몸을 돌려 석요송의 지력을 피했다. 그러나 유뢰지의 마지막 뻗는 힘이 워낙 강렬했기에 설궁의 어깨 옷자락이 유뢰지에 의해 찢겨져 나갔다.

석요송의 무공이 대단하다는 것은 알고 있었지만 검도 뽑지 않고 자신을 곤란하게 만들자 설궁의 표정이 일변했다. 그녀의 나이는 석요송에 비하면 십여 세나 많았다.

그 세월 동안 그녀 역시 북해빙궁의 소궁주로서 빙궁의 절기들을 쉬지 않고 연마했으므로 무공에 대한 자부심은 그 누구 못지않았다. 그런데 적수공권의 석요송에게 일 초를 손해봤으니 그녀의 마음속에서 호승심이 일어나는 것은 당연한 일이었다.

"조심해야 할 거예요."

설궁이 경고하고는 석요송을 향해 뛰어들었다. 하늘을 날아내리는 설궁의 모습이 마치 설녀와 같다. 그녀가 눈보라 속에서 검을 휘둘렀다. 그러자 흩뿌리던 눈송이들이 그녀의 검을 따라

돌기 시작했다.

우웅!

설궁의 검에서 나직한 검음이 일어났다. 석요송은 설궁의 검법이 평범하지 않다는 것을 직감했다. 그녀의 검을 따라 춤추는 눈송이도 범상치 않아 보였다.

석요송도 검을 빼 들었다. 손에 들린 검을 가슴에 모으자 검 끝에 희미하게 진기가 서렸다. 그때 설궁이 석요송을 향해 검을 내리그었다.

촤아악!

순간 그녀의 검 주위를 돌던 눈송이들이 폭우와 같은 소리를 내며 석요송을 향해 쏟아져 들어왔다. 눈송이 하나하나가 마치 잘 갈린 암기처럼 날카롭기 이를 데 없다.

석요송의 검도 허공을 갈랐다. 그러자 그의 검에서 유려한 검기가 흘러나와 기이한 곡선을 그렸다. 천광검 환의 초식이다. 석요송의 검기가 허공에서 꿈틀거리자 그를 향해 닥쳐들던 눈송이들이 한순간 힘을 잃고 석요송의 검기에 녹아내렸다.

그러자 눈송이들 속에 숨겨져 있던 설궁의 검이 모습을 드러냈다. 배를 드러낸 은어처럼 하얀 검신을 드러낸 설궁의 검이 무섭게 석요송의 심장을 갈라왔다.

순간 석요송의 검이 다시 한 번 꿈틀거렸다. 그러자 마치 채찍처럼 휘어진 석요송의 검기가 이번에는 설궁의 검을 휘어 감았다.

"앗!"

한순간 설궁의 입에서 자신도 모르게 탄성이 흘러나왔다. 자신의 검을 휘어 감는 석요송의 검기가 너무도 강렬한 힘을 가지고 있었기 때문이다.

웅!

석요송을 향해 닥쳐들던 설궁의 검이 엉뚱한 방향으로 틀어지며 허공을 갈랐다. 그 순간 석요송이 설궁의 빈틈을 파고들어 번개처럼 그녀의 혈도를 짚었다.

"아!"

설궁의 입에서 나직한 탄성이 흘러나왔다. 패배에 대한 분함보다는 힘 한번 제대로 써보지 못하고 제압당한 것에 대한 허무함이 배어나오는 목소리였다.

"아우가 데리고 들어가."

설궁을 제압한 석요송이 금불현에게 말하고는 우질과 그 사매의 시신을 안아 들었다.

"어쩌려고요?"

금불현이 물었다.

"묻어는 줘야지."

"이 엄동설한에……."

"그래도 시신을 들판에 버릴 수는 없으니까. 먼저 들어가 있어."

석요송이 두 사람의 시신을 들고 어둠 속으로 사라졌다. 그러자 금불현이 혀를 차며 말했다.

"휴, 형님은 여전히 마음이 여리시군요. 독심 가득한 무림에서 어찌 견디시려는지……."

타탁타탁!

모닥불이 따가운 소리를 냈다. 금불현이 주억거리며 불꽃을 세우고 있었다. 우질과 그 사매를 묻어주러 간 석요송은 아직도 돌아오지 않고 있었다.

북해의 찬바람에 땅이 얼었다고 해도 석요송 같은 고수가 땅을 파는 것은 그리 어려운 일이 아니다. 그러니 아마도 다른 일이 있는 것이 분명했다.

"밀영이 왔나?"

금불현이 혼잣말로 중얼거렸다. 그런데 그때였다.

"그는 누구죠?"

갑자기 죽은 듯 동굴 벽에 등을 기대고 있던 설궁이 물었다.

"누구 말이에요?"

금불현이 퉁명스레 되물었다.

"당신의 그 형님이란 사람 말이에요."

"들었잖아요? 금문의 사람이라고."

"그의 이름과 금문에서 그의 지위를 알고 싶군요."

그러자 금불현이 입을 열려다 말고 고개를 저었다.

"그건 형님에게 직접 물어보세요."

"왜 그를 형님이라고 부르죠?"

"그건 또 무슨 말입니까?"

금불현이 다시 퉁명스레 물었다.

"당신은 여인이면서 왜 그를 형님이라고 부르는지 모르겠군요.”

그러자 금불현이 놀란 눈으로 설궁을 바라봤다.

“내가 여인이란 걸 어떻게 알았지요?”

“우질이란 자가 그대에게 한 짓을 말했잖아요?”

“아! 그렇군.”

금불현이 멋쩍은 표정으로 머리를 긁적였다. 그러자 다시 설궁이 물었다.

“그와는 어떤 사이죠?”

“휴, 소궁주님은 궁금한 것이 참 많으시군요. 나와 형님은 말 그대로 의형제에요. 대를 이어서…….”

“이상한 일이군요. 남녀가 의형제를 맺다니. 의남매면 몰라도.”

“형님도 제가 여자라는 걸 안 것이 얼마 되지 않으니까요.”

그러자 설궁이 고개를 끄덕였다.

“그렇군요. 그런데 왜 남장을 하고 다니죠?”

“그냥… 강호에선 그게 편하죠.”

“하긴……. 그런데 천록야에 청도주께서 오셨나요?”

강호에선 청도주 금온의 행보가 가장 중요한 관심사다. 금온이 천록야에 왔다면 대막의 문파들로선 무척 위험한 지경에 처했다고 할 수 있었다. 누가 뭐래도 당금 무림의 최강자는 금문이었고, 그 금문을 떠받치고 있는 사람이 금온이다.

“도주님은 오지 않으셨어요.”

“그럼 누가 금문을 이끌지요?”

“소도주께서 오셨어요. 소도주께서는 얼마 전 도주께 금문의 태상장로 직을 넘겨받으셨지요."

"금문에 큰일이 있었다는 소문을 듣기는 했는데 그런 일이 있었는지는 몰랐군요. 그런데 과연 청도의 소도주가 천록야에서 대사를 이끌 수 있나요? 그녀에게 그럴 능력이 있을까요? 내가 알기로 청도의 소도주는 이제 겨우 약관을 넘겼다고 들었는데."

설궁이 비웃듯 물었다. 그녀로서는 자신보다도 어린 금령이 천제에서 대막무림의 노련한 고수들을 상대하겠다고 온 것 자체가 어리석은 일이라 생각하는 모양이었다. 그러자 금불현이 나직한 말투로 말했다.

"모든 사람이 그런 의문을 가지고 있었고, 지금도 가지고 있지요. 그러나 소도주를 잘 아는 사람들은 절대 그런 의문을 갖지 않아요. 소도주는… 도주님보다도 무서운 사람이죠. 충고 하나 할까요?"

금불현이 불쑥 물었다.

"경청하죠."

설궁이 비웃듯 대답했다.

"소도주께 협력하세요. 그분은 결국 천하를 갖게 되실 거예요. 그분과 함께라면 빙궁도 천하 위에 군림하겠지요. 그러나 만약 은올기와 같은 인물을 따른다면 결국 빙궁은 폐문의 길을 걷게 될 것이에요. 설혹 은올기가 천하무림을 손에 넣는다고 해도 그는 결코 다른 사람과 권력을 나누지는 않을 테니까요."

"그건 그대의 소도주도 마찬가지 아닐까요?"

"소도주님은 조금 달라요. 군림하되 지배하지는 않으실 거예요. 이미 북천십이문 중 일월문과 천오문이 소도주께 귀부했어요. 소도주께서 그들을 어찌 대하시는지 알게 된다면 내 말을 믿을 수 있을 거예요. 부디 소궁주께서는 현명한 판단을 내리시길 바라요. 소도주님은 따르는 자에게는 너그럽지만 반발하는 자에게는 도주님보다도 엄혹하지요."

"협박으로 움직일 내가 아니에요."

설궁이 차갑게 대답했다.

"말했지만 협박이 아니에요. 이건 충고지."

금불현이 더 이상 할 말이 없다는 듯 신형을 일으켜서 동굴 앞쪽으로 걸어 나갔다. 마침 석요송이 우질 등을 묻어주고 돌아오고 있었다. 조금 늦은 밤이었다.

거짓말처럼 눈이 멎었다. 석요송은 금불현과 설궁을 데리고 눈밭을 걷기 시작했다. 한 시진 정도를 걷자 일영이 유령처럼 나타나 석요송을 맞았다.

"도착하셨소?"

석요송이 일영에게 물었다. 그러자 일영이 대답했다.

"어젯밤 인검을 뵙고 돌아간 후 두어 시진 후에 도착하셨습니다. 눈보라 속을 뚫고 한밤중에 도착하셨더군요."

"무탈하시오?"

"걱정 마십시오. 소도주께서 어떤 분이신지는 인검께서 더 잘 알고 계시지 않습니다. 그보다는… 서둘러 데려오라 하셨습니다."

일영이 설궁을 보며 말했다. 일영의 시선을 받자 설궁이 자신
도 모르게 움찔거렸다. 일영은 살수의 삶을 살아온 사람이라 그
시선에는 항상 살기가 내포되어 있었다.
"갑시다."
석요송이 대답하자 일영이 설궁에게서 시선을 떼고 앞서 길
을 열기 시작했다.

한쪽으로는 설원이 끝없이 이어지고 또 한쪽으로는 제법 높
다란 산들이 토맥을 만들며 이어졌다. 석요송은 일영의 안내를
받으며 산과 설원 사이를 걸었다.
네 사람의 모습이 멀리서 보면 순백의 대지 위에 꿈틀대는 움
직이는 작은 짐승과 같았다. 짐승은 쉴 곳을 찾아든다. 특히나
눈 속의 짐승들은 더더욱. 석요송과 그 일행은 한 시진 정도를
걸어 들에서 산으로 움푹 들어간 협곡에 마련된 금문의 안가로
찾아들었다.
금문의 안가는 오래전부터 천록야의 천제를 염두에 두고 금
령의 명에 의해 밀영들이 준비한 것으로 입구가 세 개인 동굴이
안쪽에서 하나로 이어진 형태를 하고 있었고, 그 안의 넓이는
능히 백 인의 고수를 담을 만했다.
석요송이 일영의 뒤를 따라 안가 앞까지 도달했을 때 금령은
안가로부터 이십여 장 떨어진 산비탈에서 서북으로 펼쳐진 광
활한 평야를 바라보고 있었다. 석요송은 설궁과 금불현을 놓아
두고 홀로 금령에게로 향했다.
금령의 곁에 당도한 석요송이 아무런 말 없이 금령의 등 뒤로

다가섰다. 금령은 석요송이 도착했음을 알고도 한동안 침묵을
지켰다. 그러다가 장난처럼 불쑥 입을 열었다.
"드디어 우리는 천하로 나왔구려. 참… 넓지 않소?"

『북천십이로』 6권에 계속…

萬能書生
만능서생
2
1